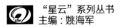

"星云"系列丛书

主编：姚海军

星云 XIV

NEBULA

我们的恐龙岛

刘麦加 王诺诺 任青 宝树 著

四川科学技术出版社

图书在版编目（CIP）数据

星云 . XIV，我们的恐龙岛 / 王诺诺等　著 . -- 成都：
四川科学技术出版社，2024.3
（"星云"系列丛书 / 姚海军　主编）
ISBN 978-7-5727-1279-1

Ⅰ . ①星… Ⅱ . ①王… Ⅲ . ①幻想小说—小说集—中
国—当代 Ⅳ . ① I247.5

中国国家版本馆 CIP 数据核字 (2024) 第 049261 号

"星云"系列丛书

星云XIV：我们的恐龙岛

"XINGYUN" XILIE CONGSHU

XINGYUN XIV：WOMEN DE KONGLONGDAO

丛书主编　姚海军
著　　者　刘麦加　王诺诺　任　青　宝　树

出 品 人　程佳月
责任编辑　兰　银　姚海军
特邀编辑　汪　旭
封面绘画　谢春治
插图绘画　小　花
封面设计　李　鑫
版面设计　李　鑫
责任出版　欧晓春
出　　版　四川科学技术出版社
　　　　　成都市锦江区三色路 238 号　邮政编码：610023
　　　　　官方微博：http://e.weibo.com/sckjcbs
　　　　　官方微信公众号：sckjcbs
　　　　　传真：028-86361756
成品尺寸　160mm×228mm　　印　　张　17.5
字　　数　245 千　　　　　　插　　页　3
印　　刷　四川省南方印务有限公司
版　　次　2024 年 3 月第一版
印　　次　2024 年 3 月第一次印刷
定　　价　50.00 元
ISBN 978-7-5727-1279-1

邮购：成都市锦江区三色路 238 号新华之星 A 座 25 层　邮政编码：610023
电话：028-86361770

目 录

巨大的外婆

刘麦加

——一切偏差都在可控范围，一切未知都具备可以探索的秘迹，一切孤独都有被消化的余地。

刘麦加

青年作家，中国作家协会会员。毕业于西澳大学，经济学硕士，现就职于国家电网。已出版长篇青春小说《她她》《夏墅堰》，短篇小说集《缓慢但到来》，散文集《过去的，最好的》。曾担任电视剧《云之羽》编剧。

2022年开始发表科幻小说，2023年获惊奇奖最佳新人奖提名，第34届银河奖最佳中篇小说奖提名。

一管母藻蛋白试剂从距离我右手不到一米的透明玻璃管中缓缓射出,配合我进行消毒工序的速度,在视线前方可及之处匀速前行。我盯着那团白色的浓稠溶液,以秒针跳动的频率默默倒数,静待七分二十八秒后,它注入体内,把我带去一个全新的地方。

全面消毒的第二道工序刚刚结束,试剂突然停在原地。广播里传来导师的声音:"消毒中止,进化时间推迟。袁纪岳,你外婆来看你了。"

导师载着我从实验大楼开回生活区。路程不算短,我一路无言。

导师不停开导我:没关系的,只要在今天完成进化,偏差基本上可以忽略不计。这二十二年来你很用心也很努力,绝对不会因为这一次会面就产生什么差池。数据库也会做出适当调整,一切都在可控范围内。你不要有什么心理压力,说到底……那是你外婆。

我原以为那是一片火烧云飘在基地生活区的玻璃大门外。距离越来越近,火烧云变成一座大山,大山的脊背逐渐凸出一节节骨骼。夕阳的光铺在粗糙坚硬的皮肤上,让皮肤更像龟裂的山地。那时不时在隆起脊梁后重重呼出的一口气,绝对会呵退所有预备征服她的人。

我走下车,踱步走进庞然大物投下的阴影里。

"你怎么确定,这是我外婆?"盯着这座趴在地上的会呼吸的大山,我犹豫片刻,问导师。

"SNP 测序测过了，不会错的。放心，这个世界上不可能有第二头亚洲象会跋山涉水跑这么远来到这儿，还指名道姓要见你。"导师看看手表，不由分说打开生活区的大门，"你带你外婆随便逛逛吧，二十多年了，这里变化也挺大的。两个小时够吗？两个小时后我来接你。"

外婆被自动门启动的声音吸引。

她挪动后背，小心翼翼地转过头，相较身躯而言可以称得上小巧玲珑的眼睛在半空中绕了好几圈，才垂下来定格在我身上。她迅速站起身，从室外飞扬起的尘土里奔来，粗大的鼻头在距离我只有两厘米的地方停下。

外婆的腰卡在玻璃大门里来回扭动，"哦！阿纪！"

我没有应声，不由自主地后退半步。外婆盯着我的眼神飘忽开来，奔拉下鼻子，在大门被撑破之前她终于镇定下来。喘着粗气的身子瘪下一圈，给自己留出一些余地。她再次抬起后脚，身体小心翼翼地刮过大门的边缘，一堆泥灰的琐屑从皮肤的缝隙里剔出来。外婆这才顺利来到我面前。

"哟！"似乎是为了配合外婆微微翘起的鼻子，我不由自主地抬起手跟她打招呼，"你吃饭了吗？渴不渴？邵阿姨家的轻食店还开着，我们去那边坐坐吧。"

我先走一步，外婆跟着我穿过通向生活区的紫外线消毒通道。我轻轻闭上眼睛，感受自己与外婆的距离，随时调整步伐和速度，保证一直和她相隔两米的距离。二十二年前，我知道外婆要在那天进化，但最终只得到她进化成一头大象的模糊消息。和基地所有人一样，我也是在一个月后才通过内部文件了解到那次实验的经过，三年后才在最新版的《当代进化史》中看到一张一头大象快要把实验室撑破的监控影像。

今天是二十二年来我第一次见到这头真正的大象，也是那天之后，再一次见到外婆。

"对所有未知的真相充满敬畏"是"新人种与新道德"这门课的箴言。我不知道外婆会如何以大象的视角审视我这个多年不见的外孙女，至少在我看来，两米的物理距离是我能体现的最大敬畏。

消毒通道比想象中要长。再次睁开眼，外婆已走在我的前面，后腰上数个土棕色斑块赫然在目。紫外线荧光下，只有血迹才会呈现出这种颜色。

"你受伤了？"我追着外婆走出消毒通道。

"是吗？"外婆毫不在意地甩甩鼻子，"应该是被荆棘划的吧。"

全球现在有四个进化基地，都建于无人区，海底或是高原。我们这个主基地建成时间最早，身处内陆戈壁的最深处，方圆百里寸草不生，根本没有任何荆棘矮丛。唯一可以算得上的威胁，便是自基地建成，就一直盘踞在戈壁边缘的数个反对进化项目的组织。有些是真情实感的科技发展派，有些是大型基因改造商、制药工厂雇用的水军伪装成的人权斗士，这么多年，你方唱罢我登场，佗佗不休。

不用多想，外婆身上，必然是遭受热兵器重创留下的血痕污疤。

来到生活区，视野被敞亮的大广场打开。广场中心，达尔文和孟德尔的两幅巨幅头像格外瞩目，在他们旁边，则是一排小画像。我不动声色地微侧过头，瞥过外婆崎岖的侧脸，企图捕捉她看到这些画像时隐藏在神情中属于人类的那一刻动容。只是那些在正常光照下已经和泥土无异的血迹让我无法不在意，偷窥的小动作过于频繁，最终变成肆意的凝视。

外婆敏锐地察觉到我现下的阴郁。"小张现在是你的导师？"她凑近我问道。

大概是牙齿和口腔的结构变化太大，外婆虽然还保留着语言能力，但是发音非常含糊。

我别过头，"嗯，张教授是我的导师。你进化后，都是他一直在负责照顾我，教育我。他现在还是整个项目的总工程师。"

外婆发出一声鸣叫，步子也轻快起来，仿佛是开心，是惊讶，又或许是适应了生活区潮湿的空气。"他以前当你外公博士生的时候没少挨训，现在也是总工程师了。"外婆眨着眼睛四处张望，全然没有察觉自己一脚一脚踩倒的草地和蹭翻的数个垃圾桶，自顾自感慨，"这里变得好大啊。政府肯定拨了不少钱吧。"

现在是修行时间，生活区很少有人往来。偶尔路过的人看到一头大象在这里闲逛，也没有表现出过分的讶异。对预备进化者来说，处事不惊，随时随地接受所有的意外与不可能，是必备的心理素质。毕竟我们将来要面对的生态位，对人类来说都是绝对的未知之境。

和一同走来的熟人点头打个招呼后，我跟上外婆的步子说："前几批进化者提供了非常乐观的进化数据，所以经费一直很充足，导师的压力也小很多。如果这次我的进化足够理想，估计政府就可以正式宣布，人类可以不用再畏惧染色体变异……"

"所以一切都在变好，不是吗？"突然，外婆激动地甩起鼻子挥过我的身边，如果不是扶住她的前肢，我大概已经被晃倒了，"……哈，那个是电影院吗？居然还有电影院！"

真实地碰触过外婆才发现，她坚硬的外皮上覆盖着一层绒毛。有些尖锐，然而比起她直白而霸道的躯体，足以算是意外的柔软。这份柔软令我瞬间回忆起年幼时，外婆紧紧拥住我，她那头花白细软的头发摩挲我颈部的触感。

"真好，这里终于像是能够生活的地方了。你外公是绝对的极简主义者，他在的时候可是竭力禁止这些东西的。我们真的跟着他受了不少苦呢。"外婆说。

"嗯，外公坚持认为艰苦卓绝能够造就高贵的人格，虽然现在进化有现代科技的辅佐，个体的修行不需要那么严苛，但是结合当时的境况来评价，外公的理念没有错。"

"这是《当代进化史》上的定论吧。"外婆歪过头，忽闪一下大耳朵，黑溜溜的眼中闪过熟悉的狡黠和睿智，再次贯穿了我们之间二十多年的空白。

记忆好似细菌，不管是免疫屏障还是经年修行，都能穿越而过，一旦开始生长，便呈几何级数繁殖。

"呃，前阵子又翻了翻那本书，就记住了……"我的话音未落，外婆已大步迈

开走向电影院。我抬头看一眼天花板投射出的时钟，很担心外婆突发奇想要我陪她看一场电影，一是时间不够，二是我实在认为影院的设施应该承受不了外婆的体积与重量。

正琢磨如何打消她想要看电影的念头时，外婆突然唤我："阿纪，这个怎么用啊？"

她站在影院门口的一台无糖冰激凌自动贩卖机前，用鼻子来回晃动这台彩色的机器，不知所措。这番神态像极了很多年前，基地第三次改造后，年迈的外婆面对全新的一切时茫然的样子。外婆进化成另一种生物，我还没有，她可以毫无波澜面对的过去，对我来说却是大脑皮质在意志刺激下呈现的翻江倒海的汹涌潮汐。远远望着她，被母性血亲的双重确定性驱使，我的认知逐渐失控，在越发大胆的修正中，眼前巨大的身形和我意识中外婆的概念，竟然逐步重叠在一起。

外婆身高四米二，体重至少五千五百公斤，她有一条现今地球上所有生物的器官都无法比拟的最灵活、最敏感、最无所不能的鼻子。二十二年的时间足够她融入一个大象家族，加之她保留了人类大脑的神经元，大概不费吹灰之力就当上了首领。她可以在最恶劣的环境下生存，整个自然界几乎没有她的天敌，是实实在在的食物链的顶端生物。

基地外的信息我大部分从新闻和书籍里获得，知晓那并不是一个因为科技过于发达而等比例变得更加美好的世界。人类的速度在五十年前就已达到光速的十分之一，可是我们依然没有来到真正的未来，倒是资源滥用、重工与核污染，以及无节制的基因改造工程彻底摧毁了人类的基因池。《人科基础基因学》这本书七年没有更新过，因为染色体变异的速度远远超乎想象。在这个书的最后一版中，17号染色体短臂2区4带2号压带中的第1次压带已经出现整体性消亡，67%的基地外新生儿几乎没有任何自带的免疫系统。

前光速时代的振奋和希望破灭的压迫我恐怕永远无法感同身受。基地虽然经过几次科技升级,但都避免和最前沿最高端的自动化同步,不仅仅是为了我们能专注于自身的修行,更是出于对暴力扩张型发展的抗拒。

广场上空悬浮的高瓦数白炽灯笼罩着外婆,清晰勾勒出她身上大大小小的疤痕。她背着一个充满侵略性和失落感的旧时代,穿过一群不管是在她人类形态还是大象形态都无条件反对她、攻击她的人回来看望我,然后便被困在这个隐秘基地的生活区。她左右挪腾不开地方,一台小小的贩卖机就让她犯了难,眼周的皱纹叠出层层的尴尬。明明在她面前这里的一切都不堪一击,可看上去更加易碎的却是她自己。她是这般格格不入,即使这个基地,这个为人类未来指出一条出路的项目,是她与外公携手创建的。

这里本属于她,却似乎再也无法接纳她。

"你想吃什么味道?"

"香蕉!"

我给自己点了一个薄荷味的冰激凌筒,刚拿到手,外婆已经把香蕉味的冰激凌一口吞下。硕壮的鼻子悬在半空,在我手上的冰激凌周围打转,嗅来嗅去。我伸出手,把冰激凌递给她,"你可以尝尝薄荷味的,也很好吃。"

贩卖机制作冰激凌的速度刚刚好赶上外婆吃冰激凌的速度。我干脆坐在机器前,一手刷电子通币,一手给外婆递去做好的冰激凌。

"怎么样,感觉如何?"我问。

外婆后退两步,退到能看到我且鼻子也刚刚好够得到我的地方,点点鼻头,满意地说:"很好吃。香蕉味的最好吃。"

"嗯……"我又点了一个香蕉味的冰激凌,鼓起勇气大声问,"我是说,做大象的感觉,如何?"

"哦。嗯。还行。"

"他们是不是已经不再监控你了?导师以前说过,他们把你放出去之后,一直在监控你，确保你的安全。"

"啊，是的，早就不监控了。一开始是因为基地的监控卫星被其他项目征用了，后来好像有一个进化者的进化结果很不错，小张他们觉得他的端粒体更有价值，至少，可能更正确吧，那之后就不怎么管我了。"

"哦哦，我知道那个进化者，是个很照顾我的前辈，我这次进化使用的母藻蛋白里就有他的端粒体。"我垂下眼睛挑选下一个冰激凌的口味。不用再做确认，外婆身上所有伤疤的形状我都已牢牢记住，"但是，外面还是挺危险的，他们不可以就这样不管你。"

外婆漆黑的蝌蚪眼定住，如同一个泉眼，丝绒一般浓密的情绪从中漫出。

"可是我很好啊，阿纪，我真的很好。"

"外面的情况是不是比想象中更糟糕？染色体消失到第几号了？你和外公指出了一个正确的前进方向，但依然有人想伤害你，对吗？"

如果生活区广场上那些科学家和进化先驱的画像对我们来说只是《当代进化史》上的一行行文字和考点，对外婆来说，那则是她的抉择、她的信念，以及她和她的丈夫、同事们亲手谱写的蓝图。

在很多科学家都在考虑如何把速度提得更快、发展出更强大的技术时，以外公外婆为首的一批生物学者就坚信，不能简单粗鲁地把文明等级以使用能源的能力区分，应该把发展的主体放回人类自身，去寻求更高级的文明表达，而不是局限在自身以外的科学或者技术，否则最终带来的不是进步，是更大的灾难。他们当时的声音太小，大部分人都置若罔闻。直到人类的22号染色体开始消失，官方终于认识到把人类速度继续提高到光速的五分之一甚至是二分之一的欲望，在某种程度上亲手造就了一个会把大部分人毁掉的大过滤器，人类进化项目才在各种反对声中真正得到政府支持。一批染色体健康、基因正常的人聚集在这里生活修行，被当作进化预备者培养，作为基因改造工程最终的补救方案，以求人类能进化到脱离现有染色体还能继续传承，达成碳基范畴下的共同体。

——如果被基因操控的文明表达是一条死胡同，那就进化到用蛋白质操控的文明，去寻找真正的自由。这是基地建立的根基，也是外婆曾经说过的原话，虽然到如今，能够真正认同的人，还是少之又少。

谈不上愤怒，也说不上是担心，毕竟在最极端的情况下，我的多巴胺和血清素的比例变化也可以控制在0.9%的波动中。我冷静地看着外婆，难免被她唇边残留的淡黄色奶油吸引注意力。

"阿纪，相信我，跟真正的自由比起来，那些虚张声势的威胁不值一提。"外婆的视线落回眼前的冰激凌，闲适地舔一口，"你知道吗，我刚出去的时候，小张他们不光监控我，还让我做汇报呢。哎哟，我真没想到成为大象后还要工作，很长一段时间都担心他们会做出一个巨大的键盘让我直接写报告。"

我不得不低下头，避免看到外婆夸张的鼻眼，忍住笑出来的冲动。外婆接过我又举起来的一个冰激凌，继续说："不过说实话，他们应该继续监控下去的，至少最近我又有了一些非比寻常的感受。"

"什么意思？"

"一切好像都越来越模糊，关于曾经做人的记忆。但同时，记忆越模糊，我又越对人类这个物种的自我认同更加深刻。是不是很神奇？"

"你觉得，做人和做大象最大的区别是什么？"

"嗯，这个嘛……虽然我快忘了做人类是什么感觉了，但我猜其实应该差不多。总体来说可能做大象更自在些，除了屁股很痒却找不到树的时候。"

我扑哧笑了出来，外婆也伸长鼻子鸣叫一声。

这就是我的外婆，不管是人类形态还是大象形态，她总能让一个非常沉重的话题变得轻松愉悦。八岁那年，父母先后进化，继外公之后为基地提供了相当珍贵的实验数据，我也成为孤儿。我的童年本该孤独又凄凉，但是因为有外婆的陪伴，竟成功健康地长到十八岁。这个"成功健康"的含义，是指一个青春期人类走完漫长而圆满的叛逆期，在激素最混乱、最活跃的阶段给身边最亲近的人带来无数伤痛和难过，经历过毁灭与自我毁灭后才完成的自我重建。

自动贩卖机发出售罄的警告，外婆把最后一个冰激凌推回我面前，"小张说今天你要进化，我们不能聊太久，下次再一起看电影吧。"外婆的鼻子圈住我，把我举起来，放到她的头上，"你邵阿姨的店在哪里？我带你过去。"

再次走过生活区广场，在一排达尔文和孟德尔等人画像的注视中前行，那是人类在自由意志下演化的证据。外婆踱着步子，平静而事不关己地走过那些画像，即使其中有她的丈夫、女儿、女婿，以及人类形态的她自己。

在真正的自由面前，人类感知中的悲怆，可能真的仅仅是一些皮外伤。

坐在外婆身上，吃着冰激凌，任她载我走过我经常休憩的长椅，经过我频繁出入的图书馆，路过放置着外公、外婆和父母原始DNA的储存室……从四米高的地方俯视生活区，它们呈现出与曾经截然不同的样貌，我又一次在外婆的带领下认识了这片基地。原来就算我即将进化成另外一种生物，也依然能在外婆的肩头重新认识自己的生态位。

"阿纪。"外婆唤我，"为什么会选在今天进化？"

外婆不知道，在她之后，进化日的选择权就不在进化者自己手中了。为了方便统计、整理归档，也许还考虑到某种仪式感，只要不是不可抗因素，所有通过严格筛选有进化资格的人都会在四十岁生日这天进化。

"我现在的激素很平稳，和母藻蛋白的适配率比同期所有人都高，各项人格测试都表明我的心理已经完全成熟，而且修行和学习的时长也达到了饱和值。这是项目组比对很多前期进化者的实验数据，统一整合计算出来的最佳进化时间。"

我刻意避开今天是我四十岁生日这件事。外婆没有在和我相见的第一时间提到，就说明她大概忘了。我愿意更大胆地推测，外婆现在的时间概念应该不再是人类时间，而是大象时间。

"这样啊，那我来得还真的挺巧。"外婆说。

"是啊，我是被导师从消毒间拉出来的。再晚一点点，你就见不到我了。"

外婆沉默好久，柔声说道："阿纪，进化并不是死亡。"

"我知道。我记得。你以前给我说过很多遍，导师也一直这么强调。但你确实离开太久了，我等了你好久。"

"哦……是哦。"

"我以为你永远都不会回来，我们再也见不到了。"

"怎么可能！"

"你为什么这么久才回来？"

"雨季持续的时间太长了，河道很深，我过不来。"

"你去了很多地方吗？这段时间你都去了哪里？"

"好多好多，说不清，那些都是大象的标识，我知道在哪里，但无法用人类语言表达出来。它们脑中有自己的地图，会根据地图做非常长距离的迁徙，绝对不会偏航。大象的记忆力特别好，比人类的记忆力好十倍。"

"你也有一个自己的地图吗？"

"是的。这也是我另一个越来越强烈的感受，一开始我以为自己只是在漫无目的地迁徙，但后来我发现，我其实在画一张地图。"

"这段时间，你都在画地图？"

"嗯，地图太大了，我现在暂时还无法认清那是什么。人类大脑的神经元再发达，也依然有它的认知限制。"

"你的意思是说，大象的地图比人类的认知更高级？"

"差不多。可能需要更高级的生物，站在更高的视角，才能识别出来。我这次回来，也想跟大家聊一聊这件事。"

时间一分一秒流逝，生活区天花板上时钟的时针即将走完一圈，外婆应该终于想起它代表什么意思，开始加快步伐，说话的速度也变快："阿纪，你结婚了吗？"

"没有。"

"那你有自己的孩子吗？"

"没有。不过，项目组有保留一颗我的卵子。所有的进化者其实都会留下DNA样本。如果我进化后的生态位被证实具有普遍适应性，他们应该会考虑对我进行大规模克隆吧。"

"哇，你岂不是有机会成为新人类之母？"

"那你到时候就是人类之婆了。"

"哈，不用。我只要做阿纪一个人的外婆就够了。"外婆卷起鼻子，轻轻打在我的头顶。我和她曾经拥有的质地相同的细软头发也许唤醒了她些许人类时期的记忆，外婆的语调从方才的铿锵有力愈加回归到以往的轻声细语，"阿纪，今天之后我们可能又会有一段不算短的分别，我希望你记住，我这一生，最开心的时刻，一个是你母亲出生那天，另一个就是你出生那天。确切地说，你的出生给我带来的满足和激动更加强烈。也许过段时间我连这件事也会忘记，但这个事实永远不会改变。"

外公还在的时候，邵阿姨在当时那个简陋的实验室的厨房帮工，基地慢慢扩大，邵阿姨从实验区出来，开始经营生活区唯一一家自营的餐饮店。进化者在进化之前，都会被强制控制碳水和糖分的摄入，为了提高进化的成功率，进化者被禁止食用很多食物。邵阿姨的轻食店贩卖的零食，是为数不多被项目组承认的合格食品。

邵阿姨比我更快接受外婆是头大象这件事，友情的力量大概是另一个我还无法参透的"未知的真相"。邵阿姨非常开心地拿出一大把刚出炉的核桃分享给我们。她把核桃撒到外婆脚下，外婆的大脚板都还没真正放上去，核桃的外壳便碎了，露出香脆可口的仁。邵阿姨开心得不得了，撒了更多的核桃在外婆脚下。

外婆不停地捡起一粒粒核桃仁递给我,自己都没来得及吃。核桃仁粘在她鼻子上粗粝潦草的褶痕中,如不易察觉的印记,让她比以往更像外婆了——从我出生到十八岁,乃至现在,外婆无时无刻不在用自己的身体击碎生活坚硬的外壳,把里面的果实送到我面前。可是曾经年少无知的我,居然无数次埋怨过那些果实太小太少,还不够美味。

十八岁之后的很长一段时间里,我都很自责。我一度固执地认为,外婆会进化成一头大象,是因为她错过了最佳的进化时间。

外公作为开拓者,父母作为后继者,外婆和我一样,在基因上早被检验成为预备进化者。她本该更早进化,可是我太年幼,她舍不得我;后来我变得任性叛逆,她更加不放心,所以一再推迟进化的时间。待我成为真正意义上的成年人,外婆时年七十三岁。

在外婆之前,进化也出现过很多意外。那时辅助进化的蛋白质试剂还不稳定,进化者进化成美罗培南[①],差点儿把基地变成一个超级细菌培养皿。我的外公,第一代进化者,在设备极其简单落后、几乎没有外作用保护的情况下,进化成真菌孢子。据说,当年工程师用扫描脑电波的方式花了一个月才在天花板的夹层找到那些孢子尘埃。

外婆是第一个提出从藻类提取蛋白质辅助人类进化的人。藻类是这个星球上存活最久的生物之一,它们用自己的方式从数次生物大灭绝中存活下来,其中蕴含的生命力的表达肯定比我们想象中要强大得多,于是外婆理所应当成为第一个使用母藻蛋白的试验品。项目组的所有工程师都做好外婆会进化成任何形态的生命体的准备,万万没想到,七十三岁的外婆居然"只是简单地变成了"一头大象。

在"当代进化史"课上,老师提到这次实验时说过,政府当时非常不满意外

---

① 美罗培南为顶级抗生素,在正常环境下使用会让细菌产生极强的抗药性,变成超级细菌。

婆的进化结果，乃至这个项目差点儿因此中断——人类可以进化成孢子，可以进化成细菌，甚至可以进化成电脑或宇宙飞船，但是变成一头大象，这是明显的倒退——在外行人眼中，人类绝对不可以退化成动物。尽管他们忘了，人类本来就是动物。在自然界中，甚至有不少动物一直比人类高级很多。

项目组所有人员不得不没日没夜地快马加鞭，用时三天撰写一篇长达七十三页的报告，义正词严地反驳外界所有极其肤浅、不专业的论调：这次进化是人类第一次用神经元控制基因完成整体上的、彻底的、颠覆性的、意义非凡的改变。在母藻蛋白的辅助下，大大提高了进化的安全性和可行性，也帮助人类意志第一次完全战胜基因编码，完成了自我意识上的蛋白质序列的成功重组，并且是用人类的基因序列组成了大象的形态编码。所以这不是一头半人半象，也不是像大象的人类，更不是一头简单的大象，而是人类科大象属。更何况，变成大象并不是退化。因为大象形态存在于进化者的潜意识中，潜意识的挑选是随机的，这种随机恰恰佐证了自我的绝对性。人类不仅不用再担心染色体变异消失，甚至可以实现从碳基生物转型为智慧型生物的可能性。只要在进化者的潜意识内植入更多的文明形态，一定可以从现阶段被基因控制的扩张型种族进化成具有高道德层次和精神文明的种族。"变成什么不重要，怎么变成才是关键。"所以这次实验是一次空前的成功，足以为将来的进化者提供难以衡量的宝贵经验……

那些日后会被编入教科书的信息是导师提前透漏给我的，一方面他觉得我在这件事情上的自责对修行不利，一方面又为我的成长感到欣慰。导师无比肯定地告诉我，外婆变成大象并不是"进化的失败"，那些报告的内容，甚至还是在刚刚进入大象形态的外婆的指导下完成的。

这些信息，的确让二十岁的我松了一口气。

现如今，真真切切看到过、抚摸过外婆的长鼻子、大耳朵、粗壮的腿和结实的腰，它们每个部分都那样恰如其分、严丝合缝地组成了外婆的有机体，抛开课本上所有烂熟于心的关于进化可能性的条条框框，我似乎更偏向于另一个真相——不是外婆进化成了大象，是她终于进化成了自己。

她本来就应该是这个样子。

聪明，强大，温柔，自由，充满力量和威严，拥有极其分明的喜怒哀乐。偶尔看上去笨拙得毛手毛脚，是因为基地和我对她来说都太小、太狭窄了，她太害怕伤害到我们，所以才不得不如履薄冰。她属于更广阔的天地，必须在以百公里为单位的地方奔跑才能真正舒展开来。

是我束缚了她十八年，让她仅仅只是一个外婆。

比起外公进化成孢子，父母进化成到现在还没有找到交流方式的一摊肺状苔藓，外婆进化成大象，本就在理论上拥有和人类交流的更大可能性。所以很早以前我就想过，如果能再见到外婆，我一定要问她"为什么是大象"，那团母藻蛋白在她身体里到底发生了什么。我相信所谓的随机性不过是向上级汇报的一种最安全妥当的说辞，外婆充满智慧，她一定不会让随机性掌控自己。

可是今天，直到最后，我都没有问出这句话。外婆兴致高昂地把余下的时间用在跟我们分享春日的暖阳，雨季的到来，月下的绿芽，她穿过云贵高原时看到的日出和在雨林休憩时环绕的花草。我认真倾听一头大象描述她视角下那个截然不同的世界，跟这一切相比，那个问题的答案显得无足轻重。

我送外婆回到生活区的大门口，一群工程师正在门外忙碌着。有的在摆弄巨大的仪器，有的在整理新搭的帐篷，那架势应该是在等着给外婆做检测，可能接下来还要讨论外婆对自己的那些新发现。眼下我们都有点要紧的事情要做，会面不言而喻来到尾声。

我在组织告别的措辞，外婆先迈脚走出去。基地的夜黑得又浓又重，我穿着单衣，并不觉得冷，只是在大门处站久了被风吹得脸疼。外婆在门外转了一圈，仿佛又想起什么似的，在自动门关上之前探回头来。

倒三角形的头脸从夜幕中露出,外婆在我周遭来回嗅嗅,用大象的方式更深刻地记住我,"阿纪,我很想在你进化之前给你一些技术方面的指导,但我又觉得这是对你的不信任。事实上,我其实也忘了进化那一刻发生了什么。

"我只想叮嘱你一件事。我和你外公、你的导师,以及千百个科研人员,耗费极大的人力、物力和财力,极力抹去原始又野蛮的生命本能对我们的控制,想要让我们的头脑和理性开拓出人类的未来,这绝对没错,这代表着绝对的先进。然而在很多情况下,你不得不承认,人类有一部分智慧、认知和记忆是附着在基因上的。阿纪,假如你今天成了一种非常高级的生物,我是说假如,有那么一瞬间,你的基因似乎想要重新夺回控制权,先尝试理解它、尊重它,不要着急抗拒它、扼杀它。归根到底,是它带领我们人类走过了数百万年的艰苦岁月,我们最初的生态位,是依靠它的力量拓展开的。"

导师载我回实验室,我一路无言。

"怎么样,感觉如何?两个小时会不会太短了。"导师打破沉默,"我很想让你们多待一会儿,虽然四十岁这一年里哪天进化差别都不大,可如果让你例外,年底审计的时候会非常麻烦,所以……"

"很开心。"我说,"我很开心就够了。"

导师的目光通过后视镜落到我身上,"纪岳,你越来越像你外婆了。"

"嗯,我知道。"

"你能这般不动声色,这很好。"

"大概是因为太开心了。以人类年龄来算的话,外婆现在九十三岁,正常情况下,我们其实根本没有机会再相见。今天的这两个小时已经是人生的彩蛋了。一想到按照大象年龄,她才二十二岁,还很年轻,也很健康,我真的很开心。"

"你和你外婆以后会有机会再交流的。"

"是的。所以我没有告诉外婆我有多开心。当然,如果我没有进化成理想状态，无法再和你们、和外婆交流，这也许会是一个遗憾，但也是一个可以接受的遗憾。"

导师刷开实验室大楼的门。

"纪岳，这些年来我送过十三批进化者去顶楼进化，进化这一天发生的一切对你进化的结果影响可以说是微乎其微，所以我才会说一些平时不太会对你们说的话。"我们一起走进电梯，导师按下十六楼的按钮，"其实在最经典的进化论里，进化这件事情，没有成功和不成功之分，也没有理想和不理想之别。一个生物的进化行为中，只有一件事最重要。"

"什么？"

"多样性。"

"生物多样性？"

"没错。"

"你今天的进化和从地球向宇宙发射一艘载人飞船没有什么区别，只要飞离地球，就没有哪个方向是错的。宇宙那么大，未知的领域那么广阔，所以每个方向都是对的。"电梯停下，电梯门开户，进化室洁白的大门出现在我眼前，"从这里，发自内心，自主选择迈出的每一步，都是人类进步最伟大的一步。这话是你外婆说的。"

进化室的大门就在前方。我离走出人科人属智人种的范畴，只剩下不到十步的距离。

导师抬手做一个"请"的姿势。我走出电梯，导师跟在我身后，"我还是博士生的时候，问过你外婆，人类进化的最终目的到底是什么。如果只是从染色体变异威胁的角度来说，大力提高基因技术，用科技补全染色体的缺失，的确才是最安全可靠的方式，至少比用一个个活体的人进行进化实验似乎更道德。"

"外婆怎么回答？"

"你外婆说，我们不能只站在人的角度来设定道德的标准，要站在自然的角度。在大自然中，生物的演化没有道德不道德，反而是那些把整个自然界作为踏板、作为牺牲品去实现发展的行为，才不道德。在她的理解里，人并不能仅仅是一个冷酷而强大的人，一开始我们确实抱着一些非常恢宏而伟大的目的推进这个项目，但不得不说也有一点共同的私心。"

我驻步在消毒室门口，急切地用掉最后一次展示好奇心的机会："什么私心？"

"我们很想证明，人类这种生命，在任何地方以任何形态，都可以更好地相遇。"导师一把把我推入进化室的消毒间，声音嘹亮地对我说，"所以不要觉得遗憾，你外婆肯定很开心，也绝对洞察到你今天很开心，她极有可能早已对你做出了回应。

"那么，袁纪岳，勇敢发射吧！"

七分二十八秒后，进化如期而至。

整个过程谈不上舒适。

如何调整呼吸，如何控制肌肉，如何让大脑进入暂时的封闭以保存更多的神经元，在模拟课上我练习过无数次，已经轻车熟路，但变化真正发生的时候，那感觉还是前所未有。

我仿佛亲眼看到那团母藻蛋白在我身体里绽放，无形的力量霎时胀满我的神经末梢，随之而来的眩晕又差点儿让我溺毙。如同坐了一趟四维的过山车，又像是蹦了一个极其漫长的极，更似直接从深海海底不断向海面划去。

从海面探出头深吸一口气却无法感知肺部的起伏。

世界从全视野扑来。

并没有花太久时间。又也许时间的流逝跟我曾经的体验已不再相同。

总之，在四十岁的第一天，我成为人科下的又一个新物种。

至于我是什么物种，什么形态，是不是进化树上的一枝新芽，能不能带领人类成功去往共同体的未来，都是导师他们接下来的工作。我当下能做的就是感受。尽情努力地感受这个新的生态位，同时把所有细枝末节的感受在神经元里置换成人类可以理解的信息，保存下来。

一切偏差都在可控范围，一切未知都具备可以探索的秘迹，一切孤独都有被消化的余地。

唯一的意外，发生在进化完成的那一刻。

数以亿计的信息在无法抗拒的全视野中徐徐展开，我从中骤然识别出一头大象在这颗星球上描绘出来的巨大地图。那是另一个高级物种早早预留在那里的一个礼物，等着进化后的我来签收。毫无疑问它是给我一个人的，因为这个世界上再也不可能有第二头亚洲象会把我的名字画进她的地图里：

阿 纪 生 日 永 远 快 乐

我们只是拉尼亚凯亚超星系团的过客，无意间被一条相同的等位基因串联成一行，变成钟表的分秒。我们分头行动，又总能相聚，纠缠在一起来到未来，回到过去，把彼此嵌入大地的褶皱里，光风霁月。

（责任编辑：姚海军）

天钩牧藻

王诺诺

——

不同于真空中的绝对寂静，藻泡里是很嘈杂的，那或许是生命的噪声。

王诺诺

《科幻世界》杂志专栏作者，作品曾连续三年入选人民文学出版社出版的"中国最佳科幻作品年选"，曾获得银河奖、华语科幻星云奖、百花文学奖科幻文学奖、冷湖奖、晨星奖等奖项。

已出版科幻作品集《地球无应答》《故乡明》《浮生一日》，《春天来临的方式》《山和名字的秘密》等多部作品翻译成英、日、韩语，在海外出版。

1

老人坐在密封船里，船像一个狭窄的罐头，内部塞满了牧藻人，漂在中国南海上。

海上旅途又冷又潮，乘客裹紧了外套。船舱光线昏暗，时不时听到一两声咳嗽。空气里有一股机油混合胃酸的味道，但老人闻不到，早在上海温室的时候，他的鼻子就坏掉了。

这年头，活到他这把年纪，是很难的啦。

邻座的年轻人觉得稀奇，不住观察老金——左袖口露出的手背皮肤，截然不同于自己的苍白，老年斑之下是古铜的底色，右手却没有织物覆盖——那是一只机械臂，色彩斑斓的电线从暗哑的合金体缝隙透出来。脸上粗糙不堪，沟壑明显，但背挺得像箭一样直，他有多少岁？六十？七十？

老人眼皮耷拉着，眼睛却什么都看得见。

"你多大？十六？十七？嗯？"

年轻人被吓了一跳，忙道："成年了！我十八！"

"十八？哦，十八。"老人依旧闭着眼，"逃课出来的？"

"上个月职校毕业了，我去天钩站，是持证上岗的牧藻人。"

老人没睁开眼，也没搭理他。少年有一丝窘迫，急切地想证明什么似的，从包里掏出了金属名牌，"不信？不信你看。"

老人终于抬起眼皮子，看见少年拿着证件在他眼前来回晃。他皱起眉，将脖子往后缩，挥挥手示意把名牌拿得远些，才眯眼认出上面的字：

吴晴，男。生日：2042年8月18日。职业：牧藻人。地址：上海温室，浦东区东方路4095号。

"哦？还真十八了。名牌收好吧，别弄丢了，这东西有大用场，牧藻人如果在天上死了，就靠这个辨认尸首。"老人终于正眼打量年轻人。

船舱中的吴晴实在是太显眼了，他是最年轻的那个，也是衣着最干净的那个。周围的牧藻人都是一身土黄色的宇航内胆服，服装和粗犷的脸一样，从未被认真打理过，面上满是油渍和线头。吴晴的领子却干净到让老人怀念起二十八年前的夏天。

如今，已是第二十八个无夏之年。

二十八年前，一场毫无预兆的灾难降临地球——据科学家考证，扣动灾难扳机的是一个太初黑洞。太初黑洞是宇宙形成初期的代谢产物，初始质量高达十亿余吨，体积却甚至比原子还小。它游走于真空之中，在与地球相遇时，以极高的速度进入地壳，六分钟后，从地球另一端射出，像烧红的尖刀插入奶酪一般，轻易扎透了厚达一百千米的岩石圈，在地表留下了几百米宽的孔洞。

七分钟后，太初黑洞离开太阳系，像个无名杀手般，继续在宇宙中游荡，在它身后，人类的灾难才真正开始。

在地球内部，黑洞剧烈搅动了地幔，释放出相当于数百万颗原子弹爆炸的能量，能量以冲击波的形式由内而外撞击地壳，唤醒了地球深处的那头红色野兽——

短短三年内，遍布全球的八十九个火山口逐一爆发。这是从未有过的地质灾难，太平洋热点的岩浆从夏威夷火山中不断涌出，此处的基性岩浆黏度低，容易蔓延。高温和烈火迅速吞没绿洲，岩浆与海水碰撞，激烈地翻沸、冷却。在大陆上，黄石公园内的酸性岩浆则伴随着大量气体爆破而出，地表塌陷；侵入地壳的岩浆腔室"炸"开了山体，昔日缤纷的牵牛花湖像肥皂泡一样破裂，成为灰黑的碎石空洞。

无论是太平洋火圈，还是大西洋海岭火山带，都在吞吐火焰，以万亿吨计数的物质被抛入大气。

征服过地球两极、最高峰与最低谷的人类从来也没想过，最大的生存威胁竟来自毫不起眼的火山灰。

微米级的火山灰蔓延至全球平流层，遮蔽了阳光，全球平均气温下降了二十二摄氏度，以南北两极为中心，冰盖急速生长，而冰层的高反射率进一步加剧了降温……如同推倒第一张多米诺骨牌，正反馈链条一旦启动，地球便势不可挡地进入了灰霾笼罩的冬天。

火山灰是细碎、尖锐、轻质的二氧化硅，由于质量极小，不会轻易因重力沉降，这带来的破坏是巨大的：悬浮在大气中的火山灰携带静电，阻碍电磁波传递信息，全频道通信受阻；一旦附着在电缆上，它们的多孔结构会迅速吸水，引发大规模短路事故；那些岩浆快速冷却形成的二氧化硅颗粒等同于小且尖锐的玻璃碴，进入任何一台运转着的机器，都会严重磨损发动机。

火山灰还有最为致命的一点：人一旦吸入游离的火山粉尘，微小的颗粒阻留在肺泡之中，久而久之，肺会变成一块坚硬的、无法伸缩的"石头"，人最终将死于呼吸衰竭。全球矽肺病发病率急速飙升，在病人痛苦的呻吟中，地表沦为一片废土。

空气不再支持呼吸，温度不再适于生存，就像一万八千年前的祖先，人类迎来了又一次冰河期。相比于茹毛饮血的部落时代，这一次，文明背负着近百亿人口，它的步伐更加沉重。

当然，人类尝试过自救。

巨型城市的上空张开了如同菌伞一般的防护罩，以钛合金钢材作为骨架，支撑起的双层钢化玻璃隔绝了外部的粉尘和低温，城市从此成为温室，人类文明以孤立的数十个据点为单位，苟延残喘了二十八年。

老人眼前的少年只有十八岁，他是温室和冬天的孩子。

"小子，你怎么愿意从上海温室出来？"

"家里有个妹妹。"

"……还是个好哥哥。"

上海温室的氧气含量连年下降，这不是什么秘密了。封闭的温室与地球曾经拥有的复杂生态相比，是极其脆弱的。尤其是上海温室地基的混凝土注坯释放了大量二氧化碳，室内碳氧平衡被打破，种类有限的植物无法调节碳循环。要堵住氧气缺口，唯有控制人口。

于是，几年前上海出台了一条规定：对于养育超过一个孩子的家庭，在子女成年后，其中只有一人可继承室民身份，从事室内职业。其余的孩子必须前往室外就业，去做牧藻人、运输员或防护罩维修工等苦差。

室内与室外，就是天与地，生与死。在寒冷、真空、粉尘的摧残下，牧藻人的职业生涯往往不会超过五年。即使是最强壮、经验最丰富的牧藻人，在恶劣的中地球轨道（MEO）环境里，也面临着远高于其他职业的死亡率。

应了那句牧藻人的俗语："天上待一天，人间少一年。"

"一个家庭只有一个孩子能够待在室内，照这样下去，城市人口只会越来越少，迟早有一天，上海温室会变成一座鬼城，所有温室到最后都会完蛋的。"老人喃喃自语。

"你也是从温室里出来的？"少年问老人。

"嗯，我从温室退休了。"

"退休？"

"嗯。工作干烦了，不想干了，就退休了。"

"您原来在温室里是干什么的？"

"画家。"

"画家？"少年不解地皱起眉。

"画画的，哦，画，你这个年龄可能没见过，画就是一种艺术品……"老人准备解释。

"喂，我说，"吴晴压低声音说，"老爷子，你不会是被'旅行'了吧？"

喷发纪元的重要原则是"资源利用效率最大化"。少年在温室的时候，听过那种传闻：如果一个人活过了六十岁，就会被判定无法再对温室贡献价值，等待他的就是被强制"旅行"。

但事实上，真正的旅行者少之又少，因为能活到六十岁的人已是凤毛麟角。即使拥有一颗坚强的肺和一个钢铁般的胃，扛住了岁月的蹉跎，在六十岁前主动结束生命也是一个普遍的选择。毕竟，与室外的严寒相比，一点儿药品或者一氧化碳，简直像无梦的睡眠一样友好。

隔着座位的另一个牧藻人伸过头来，他似乎许多天没洗澡，脖颈上积攒着厚厚的油垢，"哟？旅行者？我也是第一次见！"

这话引来了一阵牧藻人的骚动："旅行好玩儿吗？老爷子？"

"得了得了，老头儿挺可怜的了，子女都不管了被赶出来，还不够你们砢碜的？你们少说两句吧！"

"要我说啊，哥几个凑凑钱，到船上餐厅买些好菜，然后老爷子吃完了就在海里一猛子扎下去，省得一把老骨头受那个罪啰……我瞅你身上的内胆服啊、玻璃镐①啊都不错，正好给我们哥儿几个分了，这就是温室人常说的那个什么……资源，资源利用效率最大化！"

少年狠狠瞪了一眼这些牧藻人，但他们嘴上丝毫没有停下来的意思。

老人倒没生气，"资源利用效率最大化？原来你们也知道这个？"

---

① 作者虚构的一种牧藻人用来凿入藻壁、固定自身的工具，用法类似登山者的冰镐。

"哈哈，怎么说？老爷子你同意啦，你的玻璃镐我看着就很不错……"

"既然知道资源利用效率最大化，那你们还不赶紧跳海里，把物资给我。然后我去天上带回几个金红色的大藻泡，这可是我强项。放心，到时候我会记得分一点钱给你们瑟瑟发抖的妻女。这才是资源最大化利用。"

那个脖颈很脏的牧藻人拍案而起，"老不死的，你以为你是谁啊？上天一次，就能带回大藻泡？还几个？"

"这人怕是老了，糊涂了！出现幻觉了？还以为自己是'死不掉的老金'哪。"

"诶，我说你一把老骨头，恐怕天钩一转起来，超重就得把你膀胱里的尿都压出来！"

老人没再理会他们，又闭上眼睛。牧藻人骂骂咧咧的声音持续了一会儿，但是很快，那些靠劳力过活的人失去了兴趣，裹紧沾满了污渍的衣衫，陷入一种介于睡眠和清醒间的混沌状态，以此减少体力和体温的非必要流失。

大约半个小时后，老人感到肩膀被轻轻拍了一下。

他睁开眼睛，是少年端着一碗还在冒热气的汤面。

"真要让我吃点儿好的，送我上路啊？"

"你先吃。我这辈子最烦牧藻人，嘴又臭，心还坏！"

老人顿了一顿："但你自己……现在也是牧藻人。"

少年目光黯淡下去，把面碗放在桌板上，海上的风浪一波波袭来，清淡的汤汁晃出一点。

老人从吴晴手中接过餐具，夹了一筷子面条，唆进嘴里，发出不那么文雅的刺溜声。

"好吃。"老人抬起头说，花白的胡茬儿上沾着一点儿油花。

"我让师傅多放了些孜然，香吗？"

"应该是香的。"

"应该？"

"我的鼻子，十几年前就闻不见味道了。"

老人端起碗喝了一口面汤，然后将剩下的半碗面推向少年，"老了胃口就是小。面是好吃的，汤也热乎。给我吃确实浪费了，也闻不到香味。"

这碗加了鸡蛋和肉丝的汤面如果折合成现金，抵得上牧藻人好几天的太空劳动。

食物稀缺是喷发纪元里人类面对的重大挑战。火山灰遮蔽天光，光合作用无法正常进行，绿色植物纷纷枯萎衰败，其中包括绝大多数农作物。

一开始，人们在室内用人造光栽培作物。但这项技术依赖稳定供能，可绝大多数发电设备已因火山灰颗粒磨损得瘫痪，有限的能源用来维持温室室温已捉襟见肘，再用来维持人造光源保证耕作不现实。

蔬菜和谷物都变得短缺，更别提用牧草饲喂家畜，肉蛋奶变成了奢侈品。

少年没有客套，接过老人递来的碗，仰头吃完了面条，咽下汤里卧的荷包蛋。这些花光了他从家里带出的最后的钱。

接下来，他的后半生是否能吃饱，就完全要看天钩在太空藻田里给他安排的命运了。

2

密封船越过岛链，在快驶到西沙天钩站时，吴晴和老人钻上甲板。虽说是甲板，但和舱室一样暗，只在全封闭的穹顶边角留了一个小小的窗。

在玻璃罩下长大的少年从没见过海，也没见过天。有限的天光无法穿透平流层中的百亿吨火山灰，更无法射入防护罩，所以在上海温室时，吴晴眼中的天空一直都是板结成块、毫无层次感的灰色一片。

他挤到那个圆形小窗前向外张望，还好，能看得清。圆窗的玻璃里嵌了加热丝,融化了因舱内外冷热差产生的厚霜。

"坐了一路船,您不过来看看天钩长什么样? 您不是……那个……画家吗? 那么大,那么壮观的天钩,您不找张纸来画一画?"吴晴问。

"这种东西,不是这个时代我们这些画家该画的。"

老人像是想起了久远的记忆,他缓缓摇摇头,挑了一个角落,靠着积满灰尘的沙袋坐下,揉了揉微微僵硬的膝盖。他太熟悉这片海域和天钩了,即便做梦也能描绘出它的每一帧动态。

少年不一样,第一次见到天钩总是兴奋的,趴在窗前哼唱起一支耳熟的小曲,过了一会儿,又开始不住发问:"天钩,天钩怎么还没来啊?"

"老爷子,待在这个地方,我们能看到天钩吗? 不会是我挑的角度不对吧?"

"一会儿可以看到牧机吗? 藻泡呢? 藻泡能看到吗? 老爷子您别不吭声啊,倒是回我一句啊。"

老人缓缓开口,说道:"往这个方向能看到天钩,但是看不到牧机,牧机太小了。至于藻泡……从这里往东北一千千米是最近的定居点,广州温室;向西南一千多千米是胡志明温室。这片海域上密密麻麻全都漂浮着藻泡,只不过位置不同,藻泡的疏密程度不同。"

"胡志明温室? 我怎么从来没听过? 课本上也没写过,它也是现存的十九个温室之一?"

"不算是。那里的火山灰防护罩虽然还完好,但罩内外的人无法达成定居协议。简单来说,就是室外的人想进去,室民不同意。几次暴动后,城市千疮百孔,之后无论工程师再怎么修护环境,那里的生态系统都无法配平。上次在那里观察到有人类活动的迹象还是十二年前。"

"您知道的可真不少啊!"

"在过去的那个时代,画家就是最博学的人。"老人答道。

二十多年前,他曾坐着一模一样的密封船,到访过世界上绝大多数温室。更早一些,在第一次上天之前,他也曾像少年一样趴在舷窗前等待天钩,等待命运的钩子伸过来狠狠钩住自己的一生。

人的命运,跟漂满太平洋的藻泡又有什么不同?

藻泡,藻泡,老人心里说,谁能想到呢?原本应该在火星度过的后半生,竟变成了像西西弗斯一样,日复一日搬运圆滚滚的藻泡?

她知道了,会笑话自己吗?

喷发纪元中,82%以上的食品都依赖天钩、牧机、牧藻人和他们的藻泡。藻泡的大小不一,上天前的初始直径不到半米,成熟后的大藻泡可以"长"到二十米左右。它由三部分组成,一层柔性可伸缩的玻璃膜在最外,内填充海水,海水中悬浮着基因改良后的绒毛球晴藻。绒毛球晴藻属硅藻门,是十分基础的单细胞生物。经过定向基因编辑后,它能适应宇宙中较高强度的辐射,即使身处沸水和固体冰中,也能存活相当长的一段时间。

在喷发纪元初期,科学家提议:既然地面上的阳光被火山灰遮挡,那么,不如将"农田"搬往太空,搬到火山尘埃无法染指的大气层之外。在那里,太阳不再受任何阻碍,可以均匀、充足地将自己的光与热抛洒在农作物上。

"天钩牧藻",这一人类史上最浩大的农业工程由此启动。

天钩系统的主体是一段长四千多千米、由碳纳米管材料制成的"绳索"。它原本是火星殖民计划中太空电梯的主体,时间进入喷发纪元后,该计划无以为继,便被改造成了运输藻泡的交通工具——天钩。天钩悬于中地球轨道上,以一百五十分钟为周期,绕地球公转,同时,天钩也被加上了一个围绕自身质心自转的速度,自转周期为五十分钟。

就这样,这段巨龙般的绳索在几千千米外的太空中公转并自转,跳起稳定的律动之舞。

当天钩的尾端转至地球表面时,因为天钩公转速度与天钩自转速度、地球自转速度方向相反,大小相抵消,天钩末端相对地面趋于静止,就可以捕获地面低速的藻泡了。

藻泡被天钩尾端钩牢后,随着天钩自转,相对地面加速,像荡秋千一样被带离地表。等到天钩完成绕轴心一百八十度旋转后,在远离地表的大气层之外,高速运动的尾端会启动脱钩动作,将藻泡一"甩",藻泡就被高速甩入中地球轨道中。

藻泡通过这种方式获得大于六千八百米每秒的巨大速度,从此就像一串晶莹的泪珠,绕着地球旋转、生长。成千上万的藻泡绕地球公转,那是人类在太空开垦出的新农田。

"天钩那么大,让它动起来要耗费不少能源吧?"吴晴问道。

"你不是牧藻人吗,现在你们课上连这个都不讲了?"

"学校主要是教牧机的操作指南和藻泡运行轨迹的计算式。"

老人沉默了一会儿,低声道:"现在的学校还真是定向培养啊……一切都是为了在那个小小的温室里吃饱,也彻底不管以后天钩坏了有没有人修,温室漏了有没有人补。"

少年没有吱声,老人只好耐心地解释:"电动机原理终归是学过的吧? 就是通电导体在磁场中受力的原理。你把长达四千千米的天钩想象成根极长的导线,将它通上电,而地球本身就是一颗巨大磁铁,在地球磁场中,天钩就像通电导线一样获得了旋转的力。"

"但是天钩的旋转是持续的,也不像导线一样转一阵子就停了。"

"导线只是一个比喻,天钩中的电流并不像导线里的直流电,而是无数个微小的闭环电路,可以根据所在磁场的强弱、方向,以及天钩运转的速度调试电流方向。"他看了一眼机械右臂上镶嵌的表,"好了,最好别东张西望,天钩要来了。"

少年不再吱声。果然,过了一会儿,远处传来漫长的"闷雷",那是天钩高速摩擦大气时的声音,然后"雷声"逐渐小了,近了,说明天钩和地面逐渐趋近相对静止。这时,浓厚的云层里突然探出一根巨大的黑色的"刺","巨刺"像庞大的钟摆一样挥舞向下,末梢在空气中划出圆弧的形状,以倾斜的钝角扎向海面。

那便是天钩的尾端,即使隔着三千米冰冷的水汽,吴晴也轻易地被它的气势震慑。

直径二十余米的"巨刺"距离海面越近,速度就越慢,与海面的相对角度也渐渐接近垂直,在即将与海水接触时,它几乎停滞——天钩的公转和自转速度相互抵消,相对地面静止了。黑色"巨刺"九十度垂直于海面,高耸入云,像一根定海神针,也像通向天界的巴比伦塔。吴晴暗自感叹:这庞然大物,只是太空中那长达四千千米的碳纳米管绳索的最末尾一小段!

在那个直立的瞬间过后,它又动了起来,底部温柔地划过海面,轻盈地刮起一层水,掀起与它尺寸完全不相等的浪花。"巨刺"与海面的相对角度再次变大,直到被收纳进厚厚的云里,轰隆的"雷声"再响起,又逐渐远去。

就这样,天钩完成了一次与地面的对接,在那水面轻轻地一刮,便将数以百计的藻泡从海中带走。这些藻泡的目的地是大气层之外,天钩将吸附着它们从海面到太空,绕着质心完成一百八十度半圆的旋转。在距离地面四千千米的最高处,天钩尾端会将藻泡统统释放。

少年呆呆地望向天钩消失的地方,那里是他接下来的人生舞台。

还真是个毛头小子,老人想。

3

"那就下次见,谢谢你的面条。"下船后,老人拍拍吴晴薄且瘦的肩膀。他们在天钩站的安检处排队,过一会儿将分别登上两架牧机。

"老爷子,我,我们还会见面吗?"

"那要看你了!看你能不能扛得住大钩子钩着你甩!可别大意了,要知道,这可是世界上最大的海盗船！如果你能活着回到地面，那么，说不定我们以后能见上一面。"

"什么是海盗船？"

"哦对，你也没坐过……反正就是你这种细胳膊细腿儿无福消受的东西！"

"不要说大话，先顾好你自己这把老骨头！"

别离的气氛变得轻松起来。

"对了……老爷子，等我从藻田下来，去哪儿找你？"

"你去西沙天钩站附近的晴藻加工厂问问就行，我姓金。"

"姓金？你不会真的是……老金？传奇牧藻人老金？"少年的目光聚焦在老人那一只机械右臂上，"课本上就有他！老金在中轨道遇到了牧机故障，差点儿死掉，但老金厉害！孤身一人将一个偏离轨道的金色藻泡从天上带回来，是个大英雄、大疯子！据说他落地时，发现防护服泄漏了，右手臂被冻成了冰坨子！因为这英雄事迹，他还破例获得了室民资格！你是老金？我见到老金了?！"

"哦？原来你知道老金啊？"老人悠悠道。

"你真是他？"

"你觉得像吗？"

吴晴的目光从头到脚扫了老人一遍，皱着眉头道："书上的照片没那么老。"

老人笑了，笑得弯下了腰，眼角的笑纹似室外龟裂的土地。

"我当然不是老金，不是所有姓金的人都是老金！"

少年听罢，撇撇嘴，这个毫无笑点的玩笑让他觉得忧伤又占了上风，他还太年轻，还没习惯离别。

"我听过一种传闻，老金成为室民后，在温室过得并不好。离开藻田，他的精神状态就出了一些问题。"

听罢，老人停止大笑，清了清嗓子道："你倒是说清楚，他们都是怎么说我……说老金的？"

"……进入温室后，他经常用自己的公信力传播一些不利于温室的思想，大致内容嘛，无非是温室的存在对人类发展是一种桎梏，躲在泡泡里大家迟早得玩完，必须到室外去，像原来一样生活。"

"你不觉得他说得很对吗？"老人挑起一边眉毛，问道。

"太脱离实际了！现在空气中的PM_{10}的数值比人类的耐受极限高出几十倍，更不要提零下几十摄氏度的平均气温。大家都说他疯了，有人猜测这大概是牧藻事故造成的创伤后遗症，就想让所有人都去室外，一起体验他经历的濒死遭遇，这是一种报复社会的倾向。因为温室之前都把他当成模范牧藻人来宣传，所以后来就变得难下台了。甚至还有一种传闻，说他最后被公投处决了。"

"没有处决。"老人摆摆手，"室长跟我说，要么停止传播不利于温室的危险思想，要么离开温室。我就说那我宁可出去，继续牧藻，也比和胆小鬼一起缩在温室里好。"

"……为什么你希望所有人都走出温室？"

"地表曾经有过三十二个温室，现在只剩下十九个，每一个都面临着和上海温室相同的问题——生态系统脆弱，过于单一的物种结构无法调节室内的空气和水文，更无法支持大规模人类定居。任何病虫害都会引发连锁反应，导致某个种类的动植物彻底灭绝。但温室里又住着那么多人，为了让大多数人活下去，所有温室都在修修补补，这几乎耗费掉了每个城市所有的生产盈余。那些大温室就像一艘艘注定沉没的破船，水手埋着头，在舱室内疯狂地打着补丁，直到某天抬头一看，才会发现航线上立着一座冰山。而此时的破船早已千疮百孔，根本来不及转向，船上的人也来不及逃生。"

"可是，现在的室外根本不适合生存啊！你是想让所有人都死吗？"

"走出温室并不代表在室外生活，我们可以走得更远一些。"

"更远？"

"火星。"

吴晴觉得老人不可理喻，"人类连自己住的地球都没办法改造，哪有余力去火星？"

"很久以前，在天钩被改造成这个样子之前，还是有机会的。我们有机会让少数人去火星。不过现在确实是很难了，天钩变成了一个只会往中轨道抛玻璃球的大摇臂。"

吴晴觉得自己永远无法理解老人，背过身子，抬头看见西沙天钩站外的那一片天，不由得定住了。

与上海温室地区的天空截然不同，西沙天钩站位于赤道地区，大气层更厚，所以这里天空的灰色更加浓稠。云朵是接近于鱼背鳞的青灰，空气中的火山灰增大了云层内摩擦，电荷在摩擦中积压，时不时有电光在云中一闪而过。

这叫作云闪，放电的一瞬间，空气被加热到几万摄氏度，闪电枝丫在天空蔓延、生长，此起彼伏。

又过了一会儿，云里飘出零星的雪花，那不是象征纯洁的白色晶体，而是腐蚀性极强的酸雪。面对冰冷阴霾的海岸线，吴晴实在无法想象在几十年前，这里曾是碧海蓝天、椰林飘香的热带。

老人顺着吴晴的视线望去，像是明白了什么，用那只健康的手，在他眼前打了个响指，隔着宇航内胆服和刚刚穿戴好的牧藻衣，响指变成了一阵闷闷的摩擦声。

"记住几个小技巧，你会平安回来见到你爸妈，还有你妹妹。"

"先管好你自己吧。"吴晴说。

"真的不听？"

"不听。"

"第一，80%的牧藻伤亡事故都发生在牧机里，所以，你坐上牧机后要套上你拥有的所有安全服，绑上所有你能看见的、能绑上的安全带。"

"这个教科书上写了。"

"第二，如果发生了意外，绝对不要贪恋你用血汗换来的物资和藻泡，连一秒的犹豫都不要有。命比什么都重要。冷静思考,勇敢应对,或许还有机会让自己回到地面。第三,如果真的遇到了人力无法战胜的灾难,到了最后的最后,闭上眼睛想一想你的家人和曾经吃过的美食。"

"第三条是什么情况?"吴晴问。

"大实话啊,你总不想做孤魂野鬼或者饿死鬼吧?"

"你的这些建议都是说烂了的套话,我还以为是什么老金独家秘籍呢。"

"独家秘籍,也是有的。帮我按住右手。"随后他用那只完好的左手撬动卡扣,将机械右手背上镶嵌的一只表卸下,递给少年。

"这个送我了?"

"很贵的,怎么可能送你?借你!是借给你的,等你下次见我再还。"

"真要我还?"

"一个我们这行的说法。上天之前,要向别人借一点什么,说好等落地再还。老天不会让欠别人东西的家伙死在外面。另外,这玩意儿确实有点用,喷发纪元之前的石英表,防火防水,辐射、真空环境里都能准确走时,用它来对照天钩时刻表,分秒不差。"

吴晴没有说话,点了点头,走上去拥抱了老人。老人衰老的肩膀有一丝僵硬,却还是挺拔的,就像撑起上海温室顶梁的中心支柱。

"走了?"

"嗯,走了。"

然后老人消失在了队伍的人群里。

4

过了安检后,老金在休息室享用他的午餐。

他拉开宇航内胆服的三重拉链，从贴身内袋掏出一个棕色的扁纸包，展开纸包，将里面一片棕色的"饼"掰碎，沿纸角倒入金属饭盒。再向天钩站的工作人员借了些热水，在饭盒里冲泡粉末。最后用食指弹了弹纸包，剩余一点沾在上面的粉末也被弹了下来。

拿筷子在饭盒里搅了一会儿，粉末遇热水化开，深棕色消失了，成为冰粉般透明的、黏稠的胶体。老金用筷子蘸起一点，嘬了嘬筷子尖，翻出一包椒盐，撒一些上去。有了点滋味，透明糊糊也不至于那么难以下咽了。

这种食物的名称是晴藻粉羹，在喷发纪元里，吃它算是十分平常的一顿。

上海室外的食品加工厂里有几百台机器，每天轰隆隆作响。它们将牧藻人带回的藻泡里的绒毛球晴藻粉碎、碾压，通过离心步骤，使得硅质外壳分离，只留下富含晴藻淀粉的胶状物质。这种黏稠的提取物干燥后被研磨成粉，冲压成饼，简单用热水冲泡后，就是类似凉粉的主食。

晴藻粉羹确实不是令人食指大动的美味，但提供了人体所需的能量和绝大部分营养物质。就靠着它，喷发纪元的绝大多数人类得以生存。

干燥的藻饼体积极小，更是室外游民从事体力劳动时的必备干粮。这碗晴藻粉羹下肚，老金那旅途的疲惫消退了些，他看了看墙上的钟，起身，随着人流走出温暖的休息室，走进户外停机场。

天钩在靠近赤道面的轨道上以大于六千八百米每秒的速度环绕地球旋转，公转周期为一百五十分钟，同时它绕其质心自转的周期为五十分钟——绕地球转一圈，天钩有三次从地面抓起藻泡和牧机的机会。

地球赤道被三大天钩站划分成了三等分，这三个掌握世界粮食命脉的天钩站分别位于中国的西沙群岛、尼日利亚的拉各斯和墨西哥的瓜达拉哈拉。

其中，西沙天钩站的建成时间最早，服役时间最长。除了天钩偶尔非周期性变轨之外，每隔一百五十分钟，它就开放一次天海接口，兢兢业业地将一批批牧机和藻泡送入中地球轨道。

长时间超负荷的服役让设备和工作人员都呈现出一种紧绷的状态。

老金的牧机泊在两片"水泥墙板"之间，这两片"墙板"就是候钩室之外天钩站最重要的建筑体。它们相距一百余米，高达数十米，在一片海水中兀然拔立。"水泥墙板"的上方由金属材质的天窗相连，构成了一个简易的巨型棚，两面透风，下方连海，一会儿等天钩入站时，上方的金属天窗就会打开。

二十来架牧机停在"墙板"隔出的狭窄海域上。老金低头看了一眼，"墙板"临近海水的区域已经长满了密密麻麻的藤壶，这种坚硬顽固的生物在出生后的一段时间里，以自游生物的方式在海洋中漂浮，长成后无法独立行动，必须要附着在其他物体表面。在潮间带，它伸出细长的软刺扎进岩石等硬物，长久以往，建筑体将被腐蚀、损毁。

老金记得上次来这儿时，墙根上还是光滑的，现在竟然已经没人有心思清理这些"寄生虫"了。

他顺着临时梯爬到工会分给自己的牧机上。大部分牧藻人是买不起一架属于自己的牧机的。老金曾经有一架，在十八年前最后一次牧藻时，它被弄坏了，结局应该是烧毁在了大气层里。

果然，租来的东西不会有好的。他打开牧机的罩子，一股混杂着霉味和铁锈味的空气扑面而来。座椅上的皮面已经被磨得破烂，操控杆看起来被无数人用过，早盘出了包浆。

老金用机械手点了点自己的左胸，每当他要祈祷些什么的时候，就会习惯性地做出这个动作。

"早知道不该把机械表给那小子的，抵给天钩站的话，还能租到更好一点的牧机。"他喃喃自语。牧机天窗的开口十分狭小，老金佝偻起身子，将双腿先伸进座位，再深吸一口气，想俯下身，将上半身的重心缩进牧机舱内。这个过程中，他感到一个重心不稳，下身一滑，差一点儿掉进冰冷的海水里。

是机械手太碍事了？还是自己不熟练了？

毕竟不干这行十几年了，需要时间适应一下。凭着那些年的经验，他闭着眼睛都能找到最大的藻泡，他一定能撑下来，撑得比别人时间都长……对，只要再多给自己一点点时间。

他再次用机械手指尖点了点左胸。

老金系好安全带，逐一检查了牧机携带的五个喷气式微型推进器和五个核爆破式微型推进器——在藻田里，它们被用来为藻泡施加变轨的推力。一个彪形大汉划着皮艇过来，小艇和他的身形严重不符，仿佛整个人陷在了水中。这是起飞前做安全检查的工作人员，他看了一眼老金，帮助他将牧机的"盖子"从外部关上，又前后检查了几次舱体的气密性。

安全员瞥了一眼老金的义肢，忽然想起什么似的，敲了敲逐渐沾上霜雾的巴掌大的小窗，又指了指老金的右手手臂。"你是老金？"隔着小窗，人声微不可闻。

"放心，手臂不导磁的，可以飞。"老金回道。

"那……祝你好运。"最后，安全员笑了，用夸张的口型比画道。

水域里闲杂人士被肃清，天钩站的遮板缓缓打开，牧机们进入待飞状态。十分钟后，那阵熟悉而漫长的"雷声"再次从远处传来。

它在滚滚黑云里向老金逼近，牧机之间的无线电通话中断，只剩下天钩中控室在一遍遍播放介绍和安全事项。

"您好，欢迎搭乘天钩去往中轨道藻田。目前，天钩系统是前往太空藻田最安全环保的交通方式，"温柔的女声无法盖过天钩的轰轰响"雷"，"西沙天钩站是地表现存的三个天钩站之一，累计向太空藻田运送藻泡两千万余个，满负荷运送牧机五百架每日。牧机将高速穿过地球磁场，旅途中请关闭您的一切电子设备，请勿佩戴导磁义肢、假体、护身符等。您的安全是我们最重要的使命。天钩到来前，请再次确认安全带已扣好。旅程中，牧机最高速度将达到六千八百米每秒，请勿擅自解开安全带。最后祝您旅途愉快。"

话音落下，牧机顶部传来坚硬金属碰撞的清脆声响，代表着天钩尾端已运行到了牧机正上方，在天钩不到一秒的停顿时间内，牧机顶部的金属锁牢牢扣住天钩尾部的连接器。那是一种古老的詹式车钩结构，在机械咬合之外，连接器通电后又叠加强大的磁力吸附金属钩，才能对抗高速旋转时的离心力。

老金感受到自己在某个瞬间被抬升离开海平面。他的余光扫过窗外黑色的海面，隔着火山灰浓度极高的空气，那里已成朦胧一片。此时，他无法伸长脖子凑到窗前仔细看，甚至无法前倾哪怕一厘米，因为身体早被狠狠地压在座椅上。紧接着，就是钻心的难受，五脏六腑连带着四肢向下坠，向后下方坠。尤其是那只机械臂，它与躯干连接的地方有几颗嵌入骨肉的"钉子"，血肉承受着锥刺般的压力。

老金感觉右手就要断开了。

超重状态下，血液迅速从头部流失，五感逐渐消散，他不再能听见声音，也看不见色彩，至于嗅觉，嗅觉是老早就失灵了的。这一次他能否活下来？他这样苟延残喘下去，就真的能活到看见火星风景的那一天？"别自欺欺人了……"一个讨厌的声音在黑暗中说道。

脑海里又回想起吴晴那张脸，那张脸好奇地望着船舱外的藻泡。

此时的吴晴应该也在另一架牧机中忍受着超重带来的不适。不知道太空、天钩，还有一望无际的藻田，是否跟他想象中的一样？

5

藻泡本身是一个无动力的大"水球"，被天钩向旋转的切线方向甩入轨道后，海水中的绒毛球晴藻会在太阳的照射下进行光合作用。晴藻单体只有数十微米的直径，但由于内含叶绿素a、叶绿素c和胡萝卜素，许多晴藻聚集在一起，在阳光下会呈现出一种耀眼的金黄色。在藻田中大量繁殖后，藻泡从原先的无色透明转变为澄黄发亮，它会从太空中的一滴"泪"变成沉甸甸的一滴"油"。

藻泡的最外层——柔性玻璃外膜是维持晴藻生存的关键。这层玻璃膜透气防水，光合作用必需的二氧化碳分子——尽管中地球轨道的大气已非常稀薄——能渗透进来，包裹着的海水又不至于挥发殆尽。

当藻泡运行到地日之间，被太阳长时间暴晒，玻璃膜向阳的一面会变成白色，反射阳光；藻泡到了地球背阳面，温度下降，它又会起到一定的保温作用，减缓水体结冰。

最重要的是，玻璃膜本身可为硅藻提供繁殖必不可少的硅元素。利用这一点，玻璃膜变成一个会"生长"的活性膜，玻璃膜的外侧吸附逃逸到外层大气中的火山灰，将它变成膜的一部分。膜内侧的硅则被晴藻"吸收"，成为绒毛球晴藻的硅外壳。外侧增厚的同时内侧被消耗，玻璃膜用这种方式实现动态平衡，从视觉上看，就是藻泡慢慢"膨胀长大"。

由于和外层大气的摩擦，并且吸收了低动能的火山灰与二氧化碳，藻泡在轨道上运行的速度逐渐减慢。这是一个相当漫长的过程，就如同古时候种葡萄，总要等到太阳晒了百个日夜，干枯的葡萄藤才会发出嫩芽，结出沉甸甸的果实，再过百个日夜，果实才会由青转红、转紫。绕地球若干圈的漫游之后，藻泡直径有二十米左右，通体金黄，这就到了丰收的时刻。

牧藻人乘坐着牧机来到成熟藻泡跟前，结合藻泡的速度、质量、高度，用计算机算出一个角度适当、大小适当的力，为藻泡装上微型推进器，恰当地"助推"藻泡一把，将那一颗颗金黄的大泡泡"推"向地面，落在海洋中的回收区域里。

当然，这一"推"也会被牧机携带的记录仪认证，留下电子编号。牧藻人每将一颗藻泡成功变轨、"推"回地球，那么这颗藻泡收益的0.3%便从工会转到他的账上。

在漫长的十多分钟的超重体验后，老金终于感到身体稍变轻了些，加速度施加在他身体上的力从竖直向下变为了水平方向,此时牧机走过了四分之一个圆弧。他艰难地向那狭小的圆窗望去,视野里没有地球。

耳边是黑障造成的无线电噪声,只能听见自己因为加速度而紊乱的心跳和呼吸。老金下意识地去看表,可是右手手腕原本安装表盘的地方只剩下一个空荡荡的凹陷。他只好看着窗外,一下下数着自己的心跳,挨完了后半段旅程。

牧机终于完成了四千千米的爬升,时隔十八年,老金终于要回到他最熟悉的太空藻田。

或许是没被火山灰污染过的真空足够澄澈,划过窗外的星星越来越多,一颗,两颗,三颗……有的是来自几光年外的恒星光芒,有的是太阳系的行星,还有的让人感到陌生。其中,某一颗星星实在是碍眼,它忽明忽暗,甚至曲线行进。像餐桌边一只阴魂不散的苍蝇,越来越大,越来越近,太近了……

虽然大脑正处于缺血状态,老金还是隐隐感觉到了不妙,但他无法思考这意味着什么。事实上,即便他拥有最精准的思想,对即将发生的一切也毫无帮助——此刻,没有任何力量,能阻止这长约四千千米的巨型天钩停下。

牧藻人的直觉使老金在最后一刻按下了防护服的气密确认键。

"一切良好。"防护服的计算机在耳边提示道。

在最后一个电子音节落下后,致命的撞击就来了。

6

撞击并没有直接发生在老金的牧机上——若真如此,反不失为一种解脱。根据后来的事故报告,肇事的是一颗GPS定位卫星的碎片。

GPS定位卫星的轨道高度平均为两万千米,仅仅依靠二十八颗卫星就实现了全球通信的覆盖,这是属于旧时代的科技奇迹。在"天钩牧藻"工程刚刚启动时,为了腾出轨道面，中、低地球轨道曾被有计划地清空过，人造卫星在各国航天中心的指令下，如同流星雨一般纷纷坠入大气。GPS定位卫星所处轨道远高于天钩活动范围，暂时幸免，依旧在太空运行。

随着时间推移，人类维修天钩系统已变得力不从心，地面对人造航天物的控制逐渐减弱甚至完全丧失，那些肩负科研、勘察使命的卫星变成了一颗颗孤星，游走于人们头顶的真空中。

对于运行在高轨道的卫星来说，虽然那里气体非常稀薄，但并非不存在。"天钩牧藻"工程启动二十多年后，大量缺乏维护的高轨道人造卫星因成年累月叠加的空气阻力自然变轨，并且发生碰撞，产生的碎片开始进入天钩轨道面。这就是悲剧的源头。

高速旋转的天钩尾端被碎片狠狠击中，类似子弹击中厚钢板，撞击点在千分之一秒内"荡漾"起一圈涟漪，波形在固体表面无法传播，巨大的裂纹在天钩的尾端生长出来。

龟裂处剥落的碎片被旋转的天钩高速甩出，如同一支巨型霰弹枪，将鹿弹射向每一个角度。

老金感受到一阵强烈的震动。

尖锐的蜂鸣警报响起，牧机上方裂了个拳头大小的口子，舱外真空导致的负压试图把一切吸入黢黑的宇宙，狂暴的气流像舞动的金蛇，在舱室四处留下抽打的痕迹。

幸亏有安全带将身体捆牢，先前小瞧这又老又破的座椅了，居然那么稳当！

很快，那个拳头大小的裂口扩成了手臂大小，随着舱室内气体的外逸，蜂鸣警报逐渐变得低沉，直至消匿。狭小的舱室被抽成了真空，失去了作为传播介质的空气，声音马上就听不见了。

负压也随之缓解，至少，现在不担心被抽到太空里去了。

"这下可好了。"老金的喉咙干涩至极，他低低挤出这句话。

耳机传来一阵嘈杂的哔剥声，没人回应。

他又进行了几次呼叫，依旧没有响应。

他尝试操作了几个常规按键——舱室内的控制系统也坏了，撞击造成舱门无法打开，座位也无法弹射出。

这一次，或许真的要死了，他心想。

更严峻的问题摆到面前：窗外的星象正疯狂变换，这意味着牧机正处在高速旋转中。老金费劲地抬起眼睛，头顶裂口的位置原本是与天钩尾端连接的詹氏锁，如今那里透出来一片黑森森的虚无，他已脱离了天钩系统的约束。这当然不是一个好信号——照这样一圈圈转下去，受过最严苛训练的航天员也会晕厥。

老金摸索着从座位旁的储物空间里拿走了两罐喷气式微型推进器、若干罐微型核爆破式加速器。然后狠了狠心，解除了锁扣，让安全带一条条从身上弹开。就在最后一条安全带离开身体的一瞬间，他被一股无法抗拒的力量"甩"到牧机舱壁上。

幸好，有先见之明的他紧紧抓住了一条看起来最长、最牢固的安全带。安全带绕着义肢的手腕转了好几圈，尾端卡在拇指之下的金属凹槽上，老金又将其绑好固定，便开始攀附着舱壁，一点点向那个被撕裂的口子挪移。

从方位上已完全分不清上下左右了，在旋转造成的失衡和混沌下，老金死死盯着那个黑口子，不到一米的直线距离，却漫长到几乎不可完成。

有意思的是，人在临死的时候通常想到的都不是死亡。上一次，十八年前，似乎也是这样。上一次是怎么脱险的来着？

老金的某一部分大脑不受控制地闪现出画面。

先是一些彩色的片段，快乐的童年、青春的军旅生涯、汗水与高温里的训练、阳光之下绿草皮之上的毕业礼和婚礼、爱笑的妻子，还有本以为会在某一天到达的远方。

突然，记忆里出现一阵尖锐的警报，画面开始褪色，接连着地质灾难、尖叫、饥饿，最后一切都变成了灰色。

在一片灰色中，他听到一个冷酷而苍老的声音："抱歉，金少尉。组织了解，为了成为首批使用太空电梯登上火星的航天员，你已付出多年努力。没有人愿意停止太空电梯计划，可很多时候，并不是所有事都能如人所愿。"

"发射场都竣工了，原定于后年的第一次发射……"还没有老去的老金急切反驳。

"但在生存都成问题的时候，用太空电梯助推航天器大规模探索火星的计划显得太不合时宜了。"

"那就不要大规模，只送一小部分人去火星。"老金的声音不大，对面的人愣了好一会儿。

"你的意思是，节衣缩食，送一小部分人去火星？多小的一部分？"苍老的上司挑起眉毛，"还有，那剩下的绝大部分呢？资源耗尽，留在地球上，等死？"

"你知道复活节岛巨石的故事吗？"

"你是说，外星人建的那些巨型人脸？"

"那根本不是外星人建造的。当初波利尼西亚人驾船来到复活节岛定居，他们拥有高超的航海手段和建筑技巧。为了巩固岛上的阶级统治，他们建起了象征人与神沟通的巨石——这是一个天大的错误。在那个时代，这可是一项浩大工程，为了给巨石搭建脚手架和搬运用的滚木轨道，波利尼西亚人砍光了岛上所有的树木。人们在石像建造上消耗了所有的生产剩余，使得与造石像有关的技艺、知识才能得以传承。日复一日地，石像竖立起来，岛屿也荒芜下去。数十年数百年过去，岛上的人忘记了航海技术，复活节岛上也不再有制作船只的木材。于是，这一支波利尼西亚人被困在岛上，因为缺乏交流和创新，技术倒退，等到欧洲人再次发现他们，文明已经倒退回刀耕火种的石器时代。"

"所以呢？金少尉，你是想说，我们得趁着现在还有木头，赶紧去火星？"

"哪怕只是一小部分人，不然我们全会被困死在这里，那些温室就是我们的复活节岛石像。"

苍老的声音沉默良久。"可是,小金,你要知道,很多时候,并不是所有事都能如人所愿。"他重复道,"现我代表项目组正式通知你:经过太空电梯工程委员会和专家组的反复研究,我们决定取消原定发射,太空电梯项目组即日解散。"

"解散?"老金不敢相信他听到的话。

"可能你也听说过,太空电梯的主体会被改造,直接应用于天钩牧藻项目,以缓解现阶段人类遇到的粮食危机。为了将藻泡运往中地球轨道,建成的太空电梯高度要被整体下移,它的下端被拉到几乎贴近地面,并且改为了以一百二十四分钟为周期,在近地轨道绕地球旋转。在绕地球公转的同时,也被加上了一个围绕自身质心自转的速度。"上司说道。

他再次望向眼前的年轻人,"我们应该庆幸,太空电梯的建设早于灾难,否则,绝不可能在资源如此短缺的情况下,修建那么长的一段太空绳索。粮食短缺问题将彻底无解,人类文明可能在极短时间内就会灭亡。"

"所以……不去火星了,就待在地球上。让这段电梯旋转起来,变成一个大钩子?去太空里搞农业?这就是砍倒复活节岛上所有的树!"

"你以为你说的这些,那么多的科学家和顾问会没提过吗?"苍老的声音提高了音量,"作为人类,我们永远没办法抛下大多数人。"

两人沉默下去。半晌,老金感到肩膀被拍了一拍,手中被塞入一个信封。

"进入温室的名额。我不知道复活节岛上的波利尼西亚人是否后悔过。但无论结果如何,总要有人守着那些巨石像活下去……"

这是老金最后一次与这个苍老的声音对话。不久后,老上司主动申请参与北京温室建设团,长期室外作业摧毁了他的健康,两年后他因矽肺去世。

老金将自己从回忆中拽拉出来。

他终于触碰到牧机顶部的扶手,紧紧抓牢,以此作为固定自己的锚点,再把另一只手探出那条顶部裂缝,试图将身体挪出牧机。

可裂缝实在太窄了，脱去宇航内胆服和牧藻衣或许还能出得去。但在真空之中，那无异于自杀。

他只好用义肢击打裂缝旁边的舱体，一下，两下，三下，每一次击打在真空之中都是寂静的，只能通过手臂传来的震颤感受舱体的坚硬。略微松动后，他把义肢的四根指头抠入裂缝边缘，用力向下拽拉。

"记得上次，让他们帮我装了微型液压传动的。"

老金这么说着，再次施力，一块舱体碎片被生生掰弯，现在裂口足够他钻出去了。

他兴奋地自言自语："还真是童叟无欺！等回到上海温室，要帮那家义肢保养店免费宣传！它店名叫什么来着？'丝滑体验义肢店'？还是'丝滑体验义肢保养中心'……"

可是，真的回得去吗？

在老金从牧机中探出身子的那一瞬间，离心力就将他的整个身体狠狠甩了出来。还好有那条事先缠绕在右手臂上的安全带，才让他不至于彻底失控，飞向太空深处。

他隐隐感觉右肩有什么东西折断松脱了，急剧分泌的肾上腺素让他根本顾不上疼痛。牧机连带着他，像一只巨大的陀螺，疯狂地旋转，地球、群星、远去的残破天钩，组成了走马灯一般的旋转图景。零星的色彩被角速度融化了之后，在视网膜上重组，他逐渐看到了另一幅景象。

7

"你也来借这本书？"那是一个盛夏，年轻到不可思议的老金在图书馆最后一排书架前，与一只纤细的手一起，分别抓住了一本书的两个对角。他记得书的名字是《太空电梯——论低成本进入太空的可能性》。

"是我先拿到的。"那只纤细的手的主人看起来不太有礼貌的样子。

不过年轻的老金没生气，"这本书很冷门，网上找不到电子版。要么，我们加个联系方式，等我读完了，直接转借给你？"

"为什么不是我先读，再转借给你？"

"呃……或者，你看这样行吗，我今天就拿着它的实体去做个电子备份，晚一点传你电子版，可以吗？"

少女思考了一会儿，点点头，好像愿意了。

"你怎么想找这本书？"她问。

"我是太空电梯计划的预备役。未来我和战友的飞船会搭乘太空电梯，前往火星进行殖民任务。这本书的内容跟我即将接受的训练有关，可能涉密，更具体的细节我就不向你透露了。"

"可是，你们这个计划还要很多年才有机会实现吧？"即使在她有礼貌的时候，好像情商也不算太高。

"啊对，不过我现在十八岁，只要十五年内太空电梯能完成建设，那么，我便可以顺利出发，并在三十五岁之前参与第一批火星基础设施的搭建。哎，再透露下去，又要涉密了。哦对了，你呢？为什么对这本书感兴趣？你也是航天学校的吗？"

"不是啊。"这是少女第一次对他笑，脸颊上有一个可爱的梨涡。

"我是个画家。"她说。

一阵警报取代了无线电噪声，老金猛然从回忆中惊醒。

"注意！注意！氧气罐发生气体泄漏，目前氧气储存量85%。"

"目前氧气储存量84%。"

"目前氧气储存量——"

老金关掉了耳机，即使死在太空里，死在永恒的旋转中，死于缺氧，最后变成一具干尸，他也不想生命最后一刻被噪声包围。

"消停会儿吧！"他吼了一声。

大声吼叫会加快氧气的消耗，这一点他比任何人都清楚。

只能冷静，冷静。该怎么办？

这趟天钩带了二十多架牧机上来，倒霉的人显然不会只有他一个。其中或许有还未丧失气密性的牧机，里面甚至还能找到备用氧气或牧藻衣。

吴晴，对，还有那个孩子。

老金的心被扎了一下——不知道刚刚的撞击对吴晴造成了什么样的影响。

第一次上天牧藻就遇到了这种地狱级的考验，真是个倒霉的家伙。

他看了一眼牧藻衣上的读数，氧气存储量78%。他掏出塞在工具包里的那一罐喷气式推进器，然后努力控制思绪，放缓呼吸，在急剧转动的视野里寻找有人造痕迹的天体。

打转儿的反光。

贴满太阳能硅片的外壳。

不规则的截面。

在四千千米的高空中，拥有这些特征的物体都有可能成为老金的救命稻草。

分分秒秒流逝的时间无疑没有站在老金这一边。氧气读数持续下降，撞击时，被撞散的各架牧机获得了不同方向的速度，时间越长，牧机之间的距离就会越大。

老金狠狠甩了甩脑袋，努力让自己从失重和旋转造成的眩晕中清醒过来，他的视野已不再清明，一旦失去了意识，那么剩下的就只有死亡。

终于，眼前显现出一抹亮色，那是牧机特有的卵鞘外壁的反射光，只是微弱的一星点，但已足够了。那种太阳能硅片才有的色泽不会有错。老金默数了三个数，抓准时机，横下心，松开了安全带——那根连接他和牧机残骸的"脐带"。

他沿着圆周运动的切线方向，往那抹亮色匀速直线地飞去。

无论是对于牧藻人，还是对于喷发纪元后的人类来说，每一趟旅程都充满危险。

地面上看着笨重的牧藻衣如今看来是那么单薄，穿梭在真空里，它是隔绝死亡的最后一道屏障。

除了祈祷不要和高速移动的太空垃圾撞个满怀外，老金启动装备自检，让牧藻衣的系统排查故障。好消息随即传来：牧藻衣主体没有破损，一个氧气罐阀口的配件在他爬出牧机时发生了剐蹭，松脱了，这才导致气体从储氧器与牧藻衣的连通器中大量逃逸。

"还好，衣服本身没坏，这玩意儿可没法修。"他微微松了口气。

随着缺氧的加剧，他感到心跳越来越快，肺像疲劳的弓弦一样极尽收缩与扩张。血管中奔腾的红细胞做的尽是无用功，因为每一口吸入肺部的空气，都比前一口更加稀薄。

保持清醒居然是那么难！

他一次又一次把挤进眼底的幻想甩走，直到数分钟后，那个遥不可及的反光点在视野中逐渐变大……

"所以，你是画家？我怎么不知道航天学校有油画系？"老金第二次见到那个有着梨涡的女孩儿时，也是晴天，是自己主动约的她。

"我是美术学院的。美术学院油画系。"

"美术学院不在市区吗？你们自己没有图书馆？干吗来我们这儿借书？"

"我要的学术资料只有你们这儿有。"

"我怎么不知道我们学校有教画画的书？"

女孩儿见年轻人有兴趣追问，眼睛里放出光芒，"不是教画画技巧的书，而是为了艺术，更伟大的艺术——我有一个理论，有兴趣听吗？"

老金点头。

女孩儿三两步快速走到老金前头，在操场的跑道上，边说着话边倒退着走，"地球上的第一幅画，是法国肖维洞穴里的岩画公牛。原始人用矿物颜料、手掌、石头在岩壁上涂抹，从那之后已经过去了三万多年。三万多年的时间里，诞生过多少位画家？他们又画过多少幅画？地球上所有的东西、所有的景色、所有的故事都被他们画完了！三百多年前的艺术家转投入抽象画，不再记录真实，而是用色彩、线条刺激人的情绪。一百年前科学家从神经递质的角度解析了大脑的反应模式，一系列刺激情绪的药物又被投入市场，于是，抽象画对欣赏者来说也变得再无独特之处。所以，我们这个时代的画家，是非常不幸的，阳光底下无新鲜事，也再无艺术，真是——无画可画！"

老金担心女孩儿倒退着走路会摔着自己，但又不好意思打断她的演讲，只好附和道："无画可画？这是你的观点，还是你们老师说的？"

"百分之一百我原创的！我就叫它——"她思索了一会儿，然后抬起头问道，"你姓什么？"

"金。"

"我就叫它'沈金猜想'。"

"啊？神经猜想？"

"不是！是沈金猜想，我姓沈！"女孩儿踮起脚尖，用手指狠狠弹了一下老金的额头，"为了感谢你帮我把《太空电梯——论低成本进入太空的可能性》做了一整套拷贝、等我下课、请我吃饭，还有陪我饭后逛操场……我把这个理论加上你的姓，你应该感到荣幸。"

"作为被命名致谢的人，我能不能知道这个沈金猜想，具体到底猜想了啥？"

"沈金猜想——想要从重复中发展出新艺术，那就一定要离开地球，去火星。去人类从未去过的地方，看祖先从未看过的风景，过他们从未体验过的生活，拥有他们从未有过的情绪。只有如此，才能画出与那些伟大的画家们截然不同的画。"

"哦，我明白了。所以你来借书，是想看看太空电梯长什么样的，为它画一幅画？"

女孩儿一本正经地摇了摇头，"我要去火星写生。借这本书是为了弄明白，去火星之前我还得做好哪些方面的准备。"

"噗哈……"

"你笑是什么意思？"

老金迅速调整表情，"笑的意思是——那可太好了！我们可以共同进步了。你看，我是太空电梯计划的预备役。你呢，要成为人类历史上第一位宇宙绘画家，我们两个注定要携手开拓人类认知的边疆。所以，现阶段应该互相督促，齐头并进，经常一起来图书馆看看书，约着去操场上跑跑步。从知识和体魄上打好基础，以应对前往火星途中的各种紧急状况。"

少女知道年轻人在耍嘴皮，却没有戳破。他又不算讨厌，更何况，老是靠报假学号溜进航天学校图书馆，总不是个事儿。

"行。那第一步，能不能把你们平常训练的内容和标准发给我？让我这个自学成才的也参考参考？"

"诶？这个恐怕真不行。涉密……还是有涉密风险的，预备役虽然不是正式的项目成员，但这个工程的保密程度很高。"老金挠着头，露出了难色，"不过，我还有个好法子。虽然不能把资料直接发给你，但我可以经常来找你，给你一对一授课，言传身教！这可比什么纸面上的资料都来得高效！"

"……喂，你不会是想找我谈恋爱吧？"

老金一愣，不太好意思地抬起头，看见她又笑了，头顶的太阳有些刺眼，那双眼睛弯成甜美的缝线，他又看见她左脸上那个小巧的梨涡。

梨涡在阳光和微风中深陷，进而旋转，坍缩成一个黑洞，阳光和笑容都被吸入深渊。它产生的巨大的潮汐力把老金拉成无限长的一根丝线，丝线用无尽漫长的时间穿过了黑洞视界，把老金带到了四十二年之后。刺眼的阳光消失了，温暖的春风也消失了,一切都安静下来,他被甩到大气层之外、黑暗包裹的真空之中。

8

氧气下降到43%时,老金离另一架牧机已经很近了,近到可以分辨出它的型号。

缺氧让视野受限,牧藻衣已提前帮老金算好:以现在的速度、方向继续飞下去,与那架牧机的运行轨迹会有一秒到两秒的交集。

他要做的,是在那至关重要的几秒内,正确使用推进器,减小自己和牧机之间的相对速度,然后能抓到什么是什么,不计一切代价进入另一架牧机。

老金的机械义肢紧攥着所谓的微型推进器,其实就是一罐压缩气体,可以定向喷射气体,达到反向助推的作用。它的容量并不大,在失重状态下可以帮助牧藻人微调方向,但指望它来彻底转向绝不可能,老金有且仅有一次机会。

越来越近。

老金打开了推进器的气阀,向自己的上前方喷射气体。几秒钟内,他的“高度”逐渐下降,和牧机到了一个轨道面上。此刻,再将气阀对准自己的正前方,减速。

就是现在。

老金伸出右手,机械义肢敏捷地抓牢牧机一片翻起的外壳的边缘,死死扣住机械手指。右肩再次传来金属撕拉肉体的疼痛,在因疼痛丧失意识之前,他用另一只手抓住牧机外壳,分担了一部分的拉力。

氧气越来越少。

老金这时才发现,千辛万苦找到的这一架牧机也被撞击撕出一个大豁口。舱内的空气早就跑完,豁口黑洞洞的,如同伤疤一样,向宇宙展示着人的脆弱。

死亡离自己又近了一点。

他没有时间去绝望，求生本能使他顺着这个直径达到一米的大洞钻进牧机，打开头顶的照明灯，原本黑暗的舱室被冷色调的光源照亮。

驾驶座上有人，那人的透明面罩上凝固着一大摊褐色的血，老金看不见他的面容。胸前的金属名牌边缘亮起一圈红光，这意味着牧藻衣已监测不到他的心跳。

头盔和牧藻衣连接的地方深深瘪陷了下去，看起来是撞击发生的一刹那，身体离开座位，狠狠撞在了硬物上。

安全带没有全部绑上，致命的错误。老金想。

还好，在死者的牧藻衣上检查不出破裂的痕迹，应该还维持着气密性。老金没犹豫，将自己的氧气管拔下，连接上死者的储氧器。

新鲜空气一下子涌了进来。肺部本能地舒张开，因为气体急速流动，老金的喉头发出了一阵尖锐的抽气声。

氧气弥漫到每一个扩张的肺泡，再通过毛细血管被送进大脑。胸闷和昏沉缓解了，眼前的物体逐渐清晰。

他将亡者的储氧器占为己有，又再认了一遍名牌上的字。

虽然老金获得了氧气补给，不会立刻因缺氧死亡，但这架牧机早就失去了动力，老金待在这里无异于身处太空中一口移动的棺材里。没有时间做停留，必须马上上路。

老金从这架牧机残骸中又拿了些微型推进器，然后扒着豁口边缘往外面看。他庆幸撞击发生时，他们正处在地球阴影面，眼前是一片寂静的黑夜，没了阳光的干扰，他能看得很远。

视野消失处有一星亮黄色，那是大气层之外，生命的颜色。

老金爬出豁口，对准那抹亮黄，掏出从牧机里获得的便携式推进器，拔下气阀，离开牧机外沿，缓缓加速，又开始了一段漫长而脆弱的旅途。

9

"小绳子，你别担心！这次是集训，又不是真去火星不回来了。"

老金正将衣物一件一件地叠好，放进行李箱内。女人坐在床边，细致的五官皱起，像是有什么事让她烦心不已。

"结婚第三天去集训，从预备役毕业后，就没有过几天假期。难怪你们航天学校毕业的都找不到对象……"

"怎么，后悔啦？现在有名有分，你可要对我负责了！"老金指着电脑，桌面被替换成一张青年男女的结婚照，右边的女人笑得灿烂，脸颊上有一个深深的梨涡。

小绳子见他上当，马上转向他，"那你看，都是夫妻了，那能给我透露一点机密不？昨天，我从小道消息听到的，太空电梯的主体'绳索'已经在天上组装好了？"

"这个嘛……"老金故作神秘，"其实明年就差不多能竣工了。"

"喂喂，都嫁给你了，就换那么一点儿情报，也太不值了！至少得告诉我太空电梯什么时候第一次启用，载荷多少，第一批去火星的人员能不能带家属……"

老金摇摇头，这并非机密，只是一次次和小绳子之间"情报交易"和那些对太空电梯的畅想，已经成为他俩之间无伤大雅的保留节目。

"哎，英雄难过美人关，只好再违背一次纪律，把重要秘密透露给你：太空电梯的主体是一段长达四千多千米、由碳纳米管材料制成的'绳索'，上端距离地表四千千米，下端距离地表约一百五十千米，垂直于地表，与地球自转同步。超音速飞船从地表起飞，抬升到平流层之上，从底部与绳索对接，再沿绳索向上攀升。绳索绕地球公转的角速度相同，飞船到达绳索顶端时，将会获得大于一万一千二百米每秒的线速度,从而脱离地球引力,向更远的火卫一飞去。"

"这些可不算机密,现在连小学生都知道。超音速飞船脱离地球轨道以后呢?在那以后,要多长的时间才能到达火星?"

"七至八个月。"

"要是你先去的话,不算在火星执行任务的时间,打一个来回就要一年多!一年多里把我忘了怎么办?"

"我保证。"老金一本正经地将右手举到胸前,"将来,我到火星的第一件事就是落实工作,践行最重要的任务——为小绳子来火星考察铺平道路。"

"保证?你对什么保证?"小绳子抿起嘴笑。

老金又不信神,向上方看,只有一盏孤零零的吊灯,眼珠转向斜下方,看见那只举在胸前的手,笑着说道:"我对我的右手保证,如果不带着小绳子去火星,就让我的右手断掉,从此就剩一只左手,和杨过一样。"

"切,这叫什么保证?你右手断掉对我又没好处。"

"那可是帮你大忙了,帮你解决掉小三了。"

"什么意思?"

"哦?听不懂算了。"

半秒之后,小绳子也反应过来,羞红了脸,"诶"地娇嗔一声,用被子蒙住了头。可过了不多一会儿,声音又瓮声瓮气从被子里传来,"喂,你别晃我。谁跟你闹呢!"

"我没晃你。"

"刚刚明明就晃……"

她的话没有说完,就在一刹那,尖锐的警报声在空气中撕开一个伤口,弥散到城市中的每一个角落。

接下来,就是他们从未经历过的破坏级地震。

听到那阵地震警报声的人们不可能想象得到,地震只是灾难的前奏,他们中的绝大多数，将在六个月到三年内痛苦死去。

中地球轨道上，老金携带新的氧气补给向远处的藻泡飘去。呼吸着曾进入死人肺部的空气，他并未觉得不妥。在灾难刚开始的那几年里，地面哀鸿遍野，更令人不适的事他也做过。

寂静的真空中，耳机里只有一片宇宙辐射的噪声。他依旧不舍得关闭信号接收器，就哼起了一首歌，调子他也不知道是从哪儿学来的，或许就是之前吴晴在甲板上哼的那支。

又或者是小绳子过去常唱的那支。

第一罐微型推进器早已用完，第二罐也所剩无几，为了确保在靠近藻泡时有调整方向的余地，他不得不减少微型推进器的喷气频率。

但还是于事无补，藻泡不会在真空中静止等待。在还有不到三十米时，老金发现这是一个追及问题，藻泡有一个远离老金的速度，而手上的这一罐推进器已经完全空了。

他使出全身力气，将空罐子抛向自身运动的反方向。

罐子的质量还是太小了，给予老金的反作用力不够，视野中的藻泡不再变大，照这样下去，他和近在咫尺的藻泡之间会逐渐拉开距离。

明明就差那么一点儿！

真空之中，人找不到抓手，也无法借助任何别的力。就如同一条鱼被剪去了尾和鳍，再放进广袤的大海里，由惯性这支残忍的洋流摆布，被推向无尽的虚空。

右手臂隐隐作痛。

他忽然想起，当时也是差那么一点儿！

喷发纪元的第三年，第五波余震到达地壳时，他正拉着小绳子在塌成废墟的浦东 CBD 狂奔。在户外行动不是什么好主意，他当然知道这一点。只是公路早因频繁的地质活动变形，没法再承受车辆驶过，任何想由世纪公园入口进入上海温室的人,都必须冒险步行这几千米。

他们艰难地避开不断下坠的瓦砾,将汗水深深浅浅地甩向枯槁的土地。

随着地面一阵水平方向的颤动,建筑接连倒塌。滚滚烟尘袭来,在来不及反应的几秒之内,老金隐隐感觉到有什么糟糕的事要发生了,他试图将小绳子从那片越来越具体的阴影里拉出来,但还是太慢了。

他攥着的那只手被压在了瓦砾堆下。

那只手曾和他同时抓住一本书的两个对角。

十多年来,他无数次从噩梦中惊醒——当瓦砾坠下时,明明只差一点点,只要他再快一点点……

飘浮在真空中的老金最后一次检查了牧藻衣的气密性,然后用左手笨拙地在右肩摸索,将机械臂连接处的按钮一个个打开。搭扣一个个松动,直到最后,老金左手发力狠狠一拽,重达二十公斤的右手臂彻底与躯干分开。

这么做是十分危险的,只要牧藻衣与机械臂的连接处没有扎紧,那空气就会再次泄露。但他已顾不得那么多了,想要活下去,这是唯一的办法。

老金低吼了一声,使出全身力气,将机械臂向太空深处扔去。

这次抛出去的物体质量足够大了,随着这一举动,他获得了一个朝向藻泡的速度。那右手则打着旋儿,飞得越来越远。他愣了一会儿,似乎想起了什么:"看来,还真是不能乱发誓。"

10

老金再次失去了右手,他终于触碰到了藻泡壁。

这是一颗大得惊人的藻泡,在太空中生长的时间太久,金黄的颜色已经浓郁到几乎发红。地球遮蔽了阳光,但凭借大气投来的熹微的漫反射光,它就像琥珀般夺人眼球。

常年吸附游离的火山灰，使得藻泡的外壁比想象中粗糙。和大多数藻泡一样，这颗圆形的玻璃"水球"也有一个缓慢自转的角速度。还好，不算太快，不然就很难登陆了。

老金将微型玻璃镐深深插入玻璃膜中。这十分不容易，失去了一只手臂，此时他只能用脚部的备用玻璃镐来完成这一操作。左手则把微型推进器扎入玻璃膜，每个推进器的连接位置都是牧藻衣内置的便携电脑精准计算出来的，容不得丝毫偏差。过一会儿，这些推进器要逐一启动、喷气，运气好的话，能按照电脑的规划改变藻泡轨道，大"水球"就能带着他回家。

完成了这一切后，老金全身贴在藻泡外壁上。他将微型核爆破式加速器抵在自己的牧藻衣和藻泡之间，能量值调到最小单位。他深吸一口气，心脏几乎要狂跳出来。这是最危险的一步，他不确定贴在身上发生的爆炸会不会击穿牧藻衣，直接把肠子搅烂，因为之前从来没听说有人这么做过。

当然，还有一种可能，有人做过，只不过给炸死了，所以这么做的记录也没被保存下来。老金心想道。

他大口喘着气，倒数计时过后，一阵极为不舒适的颤动传来，还好，最小能量值的爆破是可控的。现在，腰腹附近的牧藻衣和藻泡壁都被炸开了碎纹。牧藻衣、藻泡之间的阻隔不复存在，形成了一个连通器。

老金不是求死的疯子，他通常是绝境中还能保持理智的那一种。只不过，在如此极端的情况下，理智和疯狂的界限早已变得模糊不堪。

藻泡内的液体不断从裂缝中渗入牧藻衣，内胆服的布料逐渐被濡湿。现在，他丝毫不敢挪动身子，像壁虎一样死死扒牢藻泡，因为一旦松动的玻璃裂纹暴露，藻泡内的液体就会向真空喷涌而出，再在压强为零的空间里瞬间汽化，自己也会因牧藻衣的氧气泄漏死亡。

他唯有静静等待着藻泡内的海水通过牧藻衣破裂的缺口流进来。处于微重力环境中，液体不会像在地球上那样，先灌满牧藻衣的脚部，水位再逐渐上升。对太空中的液体来说，表面张力占据主导地位，泄漏进牧藻衣的水聚成一个个不规则的饼状面团，漂浮在牧藻衣内。

渐渐地，进入牧藻衣的液团越来越多，水不再到处飘舞，而是充斥了牧藻衣内的大多数空间。空气变成少数派，聚集成气泡。到最后，仅剩下一个大气泡在老金的头部，供他维持必要的呼吸。

这一次，他必须比死神跑得更快。

老金扭动左手手腕、手肘等关节，让它们和牧藻衣之间出现更多的自由活动空间。然后手指并拢，像一个不好好穿衣服的小学生，将手臂从牧藻衣的袖管中缩回。

租来的牧藻衣足够宽大，这一过程算是顺利。现在左袖管空空如也，缩在牧藻衣内腹部位置的左手洞穿胸前碎裂的牧藻衣面料，老金探出手，摸到了藻泡表面已经被炸出裂痕的玻璃。他用力将玻璃向藻泡内部一推，那块松动的玻璃果然被移开，为老金打开了一个能通人的缺口。

老金深吸了一口空气，藻泡液体把最后一丝空气挤出，耳鼻彻底被水包裹。他屈下身子，头伸出牧藻衣胸腹前的破洞，再扒着破裂的玻璃膜，一点一点地向前挪移，直至双腿也抽离出牧藻衣。像金蝉脱壳一般，他仅仅穿着内胆服钻进了藻泡。牧藻衣就留在藻泡外面，逃到藻泡内侧的老金还不忘调整牧藻衣的角度。依靠着玻璃镐的固定，那件牧藻衣堵在藻泡破洞处，成了"玻璃"外壳的一部分。尤其是那只透明的头罩，卡死在藻壁的裂缝处，但愿它能保护剩余路程中藻泡不发生泄漏。

但愿。

11

老金全身浸在金色的藻泡液里。

那是淡盐水、绒毛球晴藻、合成水肥的混合物，它们在中轨道面已经航行了超过三个月，或许有三十个月。长时间沐浴阳光，大量吸收飘散在外层大气的火山灰，藻泡成长到了超大体的状态，却因初速度过大迟迟未能降轨、减速进入大气层。

淡淡的咸腥味从喉头传来。

人类是离不开空气的，在喷发纪元之前有个疯子在水下憋气二十四分钟。老金不知道那个憋气大王的结局，只记得读到这一则吉尼斯世界纪录的新闻时，他对旁边的小绳子笑道："二十四分钟？换了我可能五分钟都坚持不了！"

"怎么了？你肺活量不行？"

"是太无聊了。二十四分钟，那是将近半个小时！什么都不能做，什么话也不能说，像金鱼一样被缸子外面的人欣赏，别说是二十四分钟了，两分钟我都忍受不了。"

还有什么比二十四分钟无人理会的水下闭气更加难熬呢？

老金忽然回想起年轻时的傻话来，他竟不知如何回答这个问题——失去家园、失去梦想，再彻底失去小绳子。只要能避免其中任意一件事发生，他愿意在水下度过哪怕一百个二十四分钟。

熟悉的缺氧体验再一次占领大脑。他不能停下手脚，拼命将液体拨向身后，无氧运动使乳酸在肢体里迅速积累，它们变得有如千斤重。必须在倒下之前游到藻泡中心，那里有绒毛球晴藻释放出的氧气。

因为藻泡持续自转，离心力让藻泡内容物实现了密度分层。晴藻光合作用产生的氧气密度远远低于水，它们聚集在藻泡的中心。

金色的浑浊液体里充满了肉眼不可见的晴藻，老金心想，做一株植物，或一个浮游生物是多么好，被动地接受阳光和水，反正叶绿素或者叶黄素会让自己吃穿不愁。躺平就行了，反正什么也都做不了，不如在高空欣赏地面上的人类缓缓走向灭亡。

只可惜他不是硅藻，他总得做些什么。

藻泡中心的气泡球就在眼前。

此时，太阳正从地平线升起，地球的轮廓被镶上小半圈璀璨的日光冠冕。大气泡与水的交界面也反射着太阳白炽的光芒，简直像一团悬空飘浮的水银。

老金把头扎进那气泡里，大口吸气。大气泡的形状不规则，最宽处有数米，他抬起头，看见这只气泡内的空间相当大，头顶的气泡边缘反射出无数个自己的面容，那是扭曲的、苍老的一张脸。一定是在太空中游历得过久，藻泡中才出现了那么大的中心气泡，它包裹着人类小小的一颗头，显得格外空旷。

一股好闻的香气钻入鼻孔。

那是青草地？图书馆和旧书？还是阳光晒在白衬衫上的味道？

奇怪，自己应该早已失去了嗅觉，怎么竟能闻到香味？

他的第一反应是恐慌，因为无法弄清吸入肺部的气体中氧含量具体是多少，是否含有藻类释放的有毒气体。所以，老金片刻不敢停留，迅速启动了附着在藻壁外部的推进器。

藻泡开始了变轨。

12

藻泡自西向东公转，完全走出了地球的阴影，阳光越来越强烈。在漫长的变轨过程中，水温逐渐上升，这是为数不多的好消息，他不太需要担心失温休克。

便携电脑随着牧藻衣被抛到藻泡之外，老金无法实时了解变轨进程，唯有祈祷在弃衣之前的最后一次计算是准确的，钉在玻璃膜上的推进器正按规划运作。

不同于真空中的绝对寂静，藻泡里是很嘈杂的，那或许是生命的噪声。

"唰——嘶嘶——哗啦——"

窸窣的声音是晴藻叶绿体的生物膜在释放出一丝丝气体；清脆的声音是那些气体聚集成气泡，两个泡泡遇到一起，轻碰之后炸破；舒缓的声音是吸收充足阳光后，晴藻悄悄顶开自己的壳面，进行分裂增殖……

老金知道，以上不过是大脑的想象，他在这里听到的所有声音都来自耳道附近的血液流动。耳朵进水后内部构成鼓状结构，放大了血液的回声。进水液面的薄厚不一，液面变化着轻轻撞击鼓膜，回声清晰可见。

"当你把海螺贴在耳朵上的时候，听到的不是大海的声音。"

"那是什么？"小绳子问道，此刻她的左右手分别拿着一个肥肥的海螺放在耳廓上，这让她看起来像一只小飞象。

"血液的回声。"

小绳子似乎很扫兴，将两个海螺放回陈列架。他们所在的这一座海洋馆，在灾难之初就被改造成了临时地下避难室。由于大量含硫气体溶于水，头顶上方的大型水族隧道里已经没有会动的鱼了。水体富营养化滋生出硕大的浮萍，幽灵一样，在他们在上方缓缓摆动，将幽蓝的影子投射到小绳子的脸上。

"火星移民计划，叫停了吧？"她的声音微不可闻。

"叫停了。现在他们要搞一个'天钩牧藻'计划，原来的太空电梯会被改造成在天上旋转的大钩子。"

"这个我知道，宣传到处都是。"小绳子指了指墙壁，原本贴着的海洋生物简介已经斑驳，剩下一幅大海报簇新而抢眼：画面上是一只旋转的天钩，地球被一圈黄色藻泡包围。"天钩牧藻——人类最后的希望。"海报下方这样写道。

"你可能没办法去火星看从来没有人见过的风景了，也没办法画出……"

"你觉得，这个时代还需要画家吗？"小绳子打断他。

老金一时语塞。半晌，缓缓开口："下个月，我们可以启程去上海温室了。太空电梯项目组解散时，给每个军官家庭配了入室券。"

"作为遣散补偿？"小绳子问，没等老金回答，她接着问道，"你知道，最大的问题是什么吗？"

"你说什么问题？"

"我们的问题，'天钩牧藻'的问题，温室的问题，人类的问题。"

"我不知道你还在想这些。"

"连我一个学美术的都在替你们着急！灾难之后，人的处境就像被改良的硅藻。"

老金没有明白小绳子的意思，示意她继续讲下去。

"每个硅藻个体由两片壳包裹，上壳大一些，下壳小一些，嵌套在一起。在它进行无性繁殖时，分生的两个新细胞各自顶着一片旧有的壳，然后它们再分泌产生一块新的壳，把自己保护起来。可谓物尽所用，非常经济。然而，这样的策略也带来了问题。每次分裂，有一半的后代以母细胞的上壳为上壳，与母细胞一样大，另一半的后代则以小一号的母细胞下壳为上壳，个体会不可逆地变小一号。几代过后，部分后代细胞变得越来越小，已经无法支撑起生命活动。"

"越来越小无法支撑起生命活动？你是在说温室？"老金问。

"温室不会成功的。'天钩牧藻'计划也是。它们都不会成功，只会缓慢地、温和地失败。"

"温和地失败？"

"早在二十世纪，美国人就在亚利桑那的沙漠中做过类似的实验了。生物圈2号，把几千种植物、动物、微生物和十来个男女放进六千块玻璃组成的巨大温室里。期望它们在全封闭的环境中，依靠光合作用自给自足，像伊甸园一样维持物质平衡。但很快，这种对地球生态圈的粗劣模拟就失败了，大片植物死亡，优势种则如杂草一样蔓延，空气变得浑浊，动物因饥饿而瘦弱不堪。更不用提实验员的严重心理问题……现在的温室计划，跟一百年前的生物圈2号实验没有任何实质区别，只是更大，看起来更炫。将仅剩的资源投入温室和'天钩牧藻'的建设，是最糟糕的赌博。"

"你以为相同的话我没有对他们讲过？这些观点，那些专家和顾问没有在会议上提出过？"老金反驳道。

可是小绳子依旧自顾自地说："温室里的好日子能有多久？十年？二十年？等到温室环境恶化到人类无法适应时，我们才会像那个运气极差的硅藻一样，发现自己卡死在狭窄的壳内，早已无处可去。"

"没用的，小绳子，已经结束了。"

"在温室里待着只有死路一条，火星探测是唯一的救命稻草了，趁我们还有能力离开地球……"小绳子继续说道。她的眼窝微微泛红，老金有些恍惚，自己已经有多久没有看见她脸上那颗可爱又温暖的梨涡了？是不是从喷发纪元开始，它们就消散在了厚重的阴霾之中？

13

藻泡在剧烈的加速中向地表坠去。

老金被死死地按在藻壁上，供他呼吸的氧气泡在巨大的加速度下已经变得支离破碎，星星点点弥散在藻泡中，硕果仅存的一小半漂到了远离老金的另一头。

他是什么时候失去嗅觉的？

好像就是从第一次进入温室时开始。

就是那一天，他永远失去了小绳子。

压住小绳子的是一块断裂的板材，弯曲的钢筋从断裂处冒出头来，它是那么沉，无论老金怎么推拉都岿然不动。余震丝毫没有减弱的趋势，但他死死握牢那只手，真切地感受到温度和生命力一点点从那只手上流逝。

他本以为小绳子已经死了，却听到了她微弱的声音："好了，你不用纠结了。"

"小绳子……你说什么？"

"你不用纠结，我们两个谁进温室了。"

"你不要说话，很快就会来人救我们。然后我们一起到温室里去……"

"别装了。入室券，只有一张，对吧？"

老金的手有一瞬间的颤抖，他很快恢复了平稳，但他没有把握他紧攥的那只手是否发现了这短暂的颤抖。

"你是怎么发现的？"

"我偷翻过你的东西。你骗我说我们都能进温室，你是个骗子。"小绳子用另一只手从胸口的袋子里掏出一个皱巴巴的信封，"这里。"

"怎么在你这儿？"老金连忙去翻自己的包裹。

"别翻了，我调包了。"

"为什么？"

"我说我偷过来，准备自己进温室，你相信吗？"

"……不相信！"老金感觉有一块巨石压在了自己的心头，比压在小绳子身上的那块更大、更厚。

小绳子虚弱地笑了，她闭上眼睛，"你已经信了，因为这是真的。依照我的计划，我会在最后关头偷偷离开你，然后溜进温室。遭受背叛的你会死在温室之外，很惨，特别绝望地死去。而我，会不计代价地在温室里活下去，怎么样都要活下去，直到……"

"直到什么？"又一块砖石落在他们身旁，老金的头发和皮肤上落满灰尘，但他顾不了那么多，俯下身子，试图听清越来越模糊的句子。

"直到……有一天，移民火星计划重启，我登上航天器离开地球。为了活到这一天，付出什么代价，都值得。"

"你在骗我，你根本没有那么残忍。"

"但是我原本的计划失败了。现在我去不了火星了，你要去。"小绳子说道，"我没办法画画了，你要代替我画下去。我教过你这个大直男什么是画面比例，怎么搭配颜色。"

"但是，我画什么呢？"老金止不住地颤抖。

"画……就画很多年前我们遇到的时候。画那个时候的太阳、草地、微风，画我和你走在操场上，一圈圈地走，讨论千万里之外的火星，直到太阳下山了，我们才发现竟然还没吃饭……"

小绳子的手彻底冷了下去。

后来，老金一个人走进上海温室的大门，室内是温暖而湿润的，他发现在上海温室湿润的空气中，自己的嗅觉永远死掉了。

那之后的几十年里，老金曾经无数次回忆，小绳子死时自己的心情究竟是怎么样的？痛苦？还有一丝……庆幸？

他确实不再纠结让谁使用那张入室券，小绳子的死亡让他从两难的选择困境里彻底解放了出来。他有的时候甚至开始怀疑，在那块断裂的板材重重摔下的一刹那，自己拉小绳子的动作是否有意放慢了半拍。脑海里无数次地回想当时的动作，每一帧的位移，每一块肌肉的力道，这么多年过去，那关键的几秒，已经成为他记忆中最深的瘢痕。

如果小绳子没有死，那么在上海温室的门口，自己会怎么做？

抛下她，自己进去，还是像所有电影里的伟大主角一样，把生存的机会让给她？

哦，他又忘了，自己从来没有选择的机会，如果小绳子没有被压死，那么死于矽肺病的人一定是他。

他从不怀疑她的执行力，于是隐隐感叹自己的好运气。还好当瓦砾坠下时，自己动作慢了一点点，还好慢了一点点……

藻泡开始不受控制地飞速旋转起来。老金将双眼闭上，唯一剩下的那只手紧紧握着嵌入藻壁的玻璃镐。漫天金黄色像成熟后的麦田，一阵风吹来，浪一般地把秋天的丰盈呈上来。

秋天是多么美，还好当初慢了一点点……自己拉她的动作慢了一点。

又是熟悉的超重。五脏六腑像绑了铅锤，被狠狠揪起、拽拉、恶心、疼痛、晕眩，所有的不适感袭来，程度之强烈，数倍于之前的任何一次牧藻之旅。他眼前的金色越来越浓，越来越深，从秋天的金黄，到稻草的枯黄，最后直到夜幕垂降下来，田里的稻秆被聚拢成堆，一把火点燃，滚滚浓烟升腾，一切都被烟的黑色取代。

完全黑了。

烧焦的稻秆真香啊。老金感叹道。

"你的绘画技巧进步了不少。"一个甜美的女声在黑暗深处响起，老金循着声音去找，黑暗尽头是一个少女带着梨涡的笑容。

"还好，当时，你拉我的动作慢了那么一点点。"她说。

然后，就是一次意料之中的剧烈碰撞。

14

"最后啊，老金掉进了近海。又漂了好几个小时，才被附近捕捞藻泡的工人发现。"

"真是神人啊！他究竟是怎么回来的？据说牧机早给撞坏了，他是把牧藻衣脱在外面，钻进了藻泡里？"

"他自己又不愿意说，没人知道细节。这人不仅自己回来了，还捎带了一颗金红色大藻泡！"

"真是惨啊，据说那趟天钩上有几十个牧藻人，全给卫星碎片撞死了。而且是惨死，好多尸体就飘在轨道上，还不知道哪天能回到地面上来。"

西沙天钩站附近的晴藻加工厂里，几个工人交头接耳地议论。天钩进入了维修周期，晴藻粉的加工工作量骤减，闲得无事的他们就聊起了最近最大的新闻。

"这个老疯子的事迹又传回温室里了，听说他这回不要室民身份，只要求通过他的一项实验提议。"晴藻工人检修完了最后一台硅藻壳离心机，将机芯的盖子盖上。

"什么提议？"

"他说，他能乘着藻泡回来，路途上好几个小时呢，也没死，说明这个藻泡有一定的载人航行功能。他在金色藻泡里看到了人类重启火星探测计划的可能，让温室政府批准藻泡载人的可行性实验。"

"真是疯了。"他的搭档打断道。

"我还没说完呢！他说只要照得到阳光，晴藻完成光合作用，不仅能提供氧气，还能提供食物。如果造一个小小的藻泡，哦不对，像藻泡一样的飞船，里面塞满晴藻，说不定人类可以在里面生存，用最少的飞船质量，飘到火星去。"

"那在藻泡里，上厕所怎么办？"搭档问道。

"你脑子坏的啊？老金是个大疯子，大疯子才想出来的点子，你还真当一回事儿？"晴藻工人说道，他将所有的维修工具放入工具包内，今天的工作算是告一段落。他直起身子，准备伸一个懒腰，却在抬头的一刹那，发现对面搭档的脸色很不自然。

"怎么？看到鬼啦？"他问。

"那谁……老金，在你身后呢。"搭档眯着眼睛小声道，尴尬地向前指了指。

他心里大叫一声不妙。果然白天不能说活人,晚上不能说死鬼,像老金这种早该死了几次却都活下来的人,是无论白天晚上都不能说的。

工人慌忙转过头去,见门口站着的人背着光,只剩一个黑色轮廓,他的右手是一只锃新瓦亮的机械义肢,那是上海温室出的最新款,造价不菲。

"啊,老金,好久不见。"

"你刚刚说我是个大疯子,我可都听见了。"

"哎!我多嘴,我多嘴!主要是他在说!"工人指向一旁一脸错愕的搭档,"我、我就是在旁边附和几句。那个……老金你来我们厂子里,是有什么事儿啊?"

老金见他转移话题,也没追究,"上次天钩事故,有一架牧机残骸掉到你们这儿附近了。我打听了一圈,是你带着厂子里的一队人去做'物资回收'了,对吗?"

"天钩事故?哪一次事故?"

"你说哪一次事故?"老金两只手抱在胸前,反问道。

见装蒜无效,晴藻工人只好招供:"哦哦,那一次,你大难不死,又回来的那一次!对,哎,当时就一架牧机掉在附近,机身被大气烧得只剩个壳儿。我们在里面啥都没发现,里面人都烧成灰了,真的什么值钱的东西都没有!"

"少装,那架牧机里有我的东西。喷发纪元前产的玩意儿,防火防水。"

老金走进屋子,来到工人跟前一把抓起他的手腕,一只精致的石英手表在腕间晃荡,与工人粗糙的帆布工服形成鲜明对比。

"捡别人的东西倒挺勤快,居然还配了个表带。"机械义肢不愧是最新款的,液压传动器十分灵敏,老金的手指轻轻一扭,工人就疼得嗷嗷直叫。

"哎哟哟,轻一点儿!我也不知道是你的呀!温室不是老说资源利用效率最大化嘛,我去捡个东西……"听到这儿,老金加重了力道,工人又一阵号叫,"主要是我做机械维修这一行的,看到这种精致的小东西,就不由得喜欢,没多想就拿回去了!"

老金终于松了劲儿,他接过晴藻工人极不情愿递来的手表,又将那只表装回了机械臂手腕处的凹槽。

"老金，你是不知道，那牧机里的牧藻人还是第一次上天呢！我看了眼他的名牌，才十八岁，刚刚从上海温室出来，你说惨不惨？不过，这毛头小子胆子也太大了，居然敢偷你的手表？"

"不是偷的，我借给他的。"老金低下头，细细调整着手表和机械义肢之间的位置。

晴藻厂工人听完，便愣住了。半晌，搭档拉了拉他衣角，才回过劲儿来。

"你又怎么了？"搭档小声问。

"真狠。一个牧藻人之间的说法：上天之前，要借给别人一点什么东西，说好等落地再还。老天不会轻易让借出东西在外的人死掉。"

"那欠别人东西的人呢？"

"那就说不准了。"晴藻厂工人皱眉耸耸肩。

"你们又在说什么呢？"

"没，没什么。说你的新机械义肢，看着真新鲜，干我们机械维修这行的，就对这种东西着迷，是在上海温室买的？哪家义肢店？"

"哦，这个……我特别记了他们铺子的名字，叫'丝滑体验义肢保养中心'。他们的服务和产品都很好，个人五星推荐，报我名字可以打折。"

老金说完话，手表的位置也调整好了，他走出了晴藻工厂的大门。十二个小时之后，天钩会结束维修，重新开始运转。留给老金就位的时间，越来越少了。

（责任编辑：姚海军）

银岬之梦

任青

自然景观的灭亡，就像月亮以每年三点五厘米的速度远离地球一样，是无可逆转的终结，正如人类彼此的陪伴与誓言，也会有契约完结的那天。

任 青

科幻作家，连续获得第32、33、34届银河奖，小说《还魂》获雨果奖最佳短篇小说提名，多次获得百花文学奖科幻文学奖、冷湖奖等奖项。

作品被翻译为多国语言，入选"2023中国年选系列"及多所高校创意写作教材。代表作有《还魂》《夜行环线》《弃日无痕》《消失的马戏团》等。

致令人毛骨悚然的纯爱。

1

"进程66%，"一个声音对我说，"倒计时四天，请掠夺那婴孩。"

祖母的声音，是从一周前出现的，作为一个画家，脑子里有些潜意识的碎碎念很正常。我始终无视它的存在，只要拼命过好我的现实生活就可以了，比如，全身心享受"岬之梦"酒店带来的快乐。

"岬之梦"酒店位于银岬岸边的茂密树林里。沿着海角大道分岔出来的小路深入郁郁葱葱的绿色植被，走大约一千五百米，就看到了筑在平坦基底上的酒店主楼。酒店的大多数房间朝向悬崖和大海，透过窗户能够看到海浪翻起的白色泡沫。在月色清晰的夜晚，浓郁得泛紫的海面如摇曳不停的绸缎，而风暴来临时，会撞击在礁石上发出裂帛一般的声响。彼时我正被生活抛向天堂又洒到地狱里去，所以这番如梦的场景给了我极大的安慰。

几个月前，我作为业余画者获得了马格利特奖。随后，我唯一的亲人，七十二岁高龄的祖母竟从家中台阶跳下去，当场过世，原因不明。说是跳，其实她只是站在台阶边缘，轻轻把自己扔出去。这股寻死意念，大概是她在晚年持续二十载的混沌中，脑子里扯出的唯一一条线索。网络说这是报应，因为我总在画作中描绘恶魔的形象，把来自地狱的阴惨之美带到人间，所以反噬了自己的亲人。不，也不算亲人，我原本只是她的学生，正因为没有其他亲人，才认她做了祖母。祖母去世之后，我关闭了网络，自闭了几周，每天看着更高、更陡峭的台阶发呆。随后，买过我几幅画的朋友卓先生来电，邀请我去他经营的"岬之梦"酒店度假。目前是酒店淡季，我可以免费居住整个秋冬，条件是离店之前要送给他一幅新的画作。我答应了，立即搬入酒店，把自己的房子挂在二手房市场，很快达成了交易。我不知道自己为何这样做，就像再也不会从酒店离开一样。

深秋果然是淡季，酒店里几乎一位客人都没有，留守的员工也很少，除日夜两班保安、两名厨师之外，只有领班凛小姐在独自照管。由于客流稀少，她干脆不穿制服，只是来回更换几套颜色鲜明的碎花便装，每天戴不同的花朵胸针，似乎要把夏天早已消失的余韵从冥府勾回。我详细记录过那些花朵的名字，都很有趣，有的甚至叫作"香豌豆""小手球"。不工作的时候，她常去视听室消磨时光，那里有块巨大的屏幕，管理员不在，可以随意播放电影。这也是我很喜欢的地方，我任由她选片，播什么看什么。在安静欣赏和讨论电影后，我们成为朋友，变得熟络起来，她也把称呼从"您"改成了"你"。凛小姐很爱放老片子，经常默默张开嘴模仿台词，银幕的投影在她眼眸中闪烁，如同通灵。

自从来到酒店后，我便足不出户，即便秋色很美，我也对除海以外的景致毫无兴致。那海洋完全可以从我房间的窗户、从巨大明亮的餐厅、从前往视听室的洛可可风格的走廊上看到，所以也没有必要专程去一亲海的芳泽。因为看我太封闭，凛小姐在一个没那么阴寒的日子里，邀我去看银岬特有的叠浪。我答应了这个建议，于是终于走出了酒店大门，同穿着白底花裙的凛小姐越过苔藓和石块纵横的道路，慢慢走向海边。她的皮鞋踏上斑驳的灰色苔地，像践踏着我心中自闭的残梦，一路渐渐飘来植物和海风清新的味道，瓦解着我对世界预设的想象。午后太阳暗淡的光线落在她褐色的长发上，肩头刚刚沾染的水汽在几秒钟后便自行蒸发。在抵达海岸之前，她俯身摘下白袜子上沾着的草茎，在风中认真整理裙摆。

"海会根据人们造访时的形象决定明年的性格，"她说，"所以到了海边，必须注意仪容。请把你身上的苍耳摘下来。"

"遗容？"我拍掉了身上的尘土和植物，"海会归还遗容甜美的溺死者吗？"

"是仪态的仪。"她皱皱眉头，似乎对这个蹩脚的笑话不太满意，"人们如果形象憔悴，海洋明年就会更加狂暴。你的腿没事吧？"

"没事。"我活动了一下膝盖。来酒店之前，我用奖金更换了双腿的润滑液，义肢足够支撑半年不必保养。

她点点头，带着已经整理好"遗容"的我来到山崖的边缘。我终于近距离看到了秋天的海，皮肤忽然感受到零零散散的细雨，但随即明白，那不是雨，是自然扑面而来的水汽。秋风吹动大海，波浪涌上岩石。我往悬崖边缘前进两步，看海的样貌，屏住呼吸听海的声音。凛小姐似乎害怕我跳下去，紧跟上来，轻轻捂着头发，露出像海一样的蓝色发卡。在人迹罕至的环境里，我根本忘记了自己的存在，四顾惊叹，只看到一层蓝色的海浪上面，还有另一层白色的叠浪，犹如为大海罩上了银色外衫。在视野中央，海里有一处幽暗的堤坝遗迹，浅浅露出水面。正是因为潮水往复冲击，越过这处遗迹，才会产生如此澎湃的白浪景观，银岬也因此得名。凛小姐说，在海浪的不断侵蚀下，遗迹将越来越矮，终有一天会消失在海面之下，到那时候，叠浪的景观也会跟着消亡吧，只是还需要很多年才能抵达那一天。自然景观的灭亡，就像月亮以每年三点五厘米的速度远离地球一样，是无可逆转的终结，正如人类彼此的陪伴与誓言，也会有契约完结的那天。

凛小姐继续对我讲述酒店的历史。因为建设酒店时没有用上"银色"要素，所以引起创始人妻子的不满，重修时把房间的装潢全都设计成银色或者白色。如今，创始人夫妻已经去世，卓先生作为侄子，中止了自己物理学家的工作，勉力维持酒店的运转，保留老东家设计的那些复古的、时尚的、科技的要素，同时又增加了很多新收藏，稀里糊涂弄得像个博物馆，几乎是心不在焉地经营着。由于银岬是度假胜地，旺季不乏客流，所以酒店没有倒闭的风险。现在深秋已至，游客稀少，我倒觉得这个季节的银岬更有魅力，大海啸叫的声音比想象中更加低沉，与夏天台风暴雨来临时相反，此时的波涛浸染了浓重的蓝色和茫然的自信。海的自信是什么？我无法用言语总结，大概就是在寒冷的季节独霸一方，击溃所有人类对爱和死亡的等待，熬过一年一年，看智慧的物种走向齑粉。

我在海边看了半小时，直到打了几个喷嚏，才感觉寒冷，却发现凛小姐早已在我身边瑟瑟发抖。她穿得极少，简直是夏天的装束，但却忠实履行了领班的职责，陪着唯一的客人在此挥霍生命。海岸天气突变，天空阴沉下来，乌云欲雨，大海愈加暴戾，我不住向她道歉，迈开麻木的双腿走回酒店。她兴许后悔带我来此地了吧，一边露出有些勉强的微笑，一边坚持在前面带路。在卷动树林沙沙响的秋风中，我感觉自己失落了什么东西。此刻我的耳中都是大海的声音在回响，就像脑电波的噪声般难以忘怀。道路上、树丛间，影影绰绰都是过去的影子。

我其实不太清楚我的过去，祖母坠楼之前的过去模模糊糊、挤成一团。我只记得一些片段，我记得甚少有人给过我惊喜，所以祖母在我某年生日赠送的礼物让我非常感动。那是一支用于签名的白色钢笔，笔身刻有我的名字，第一次落笔便是签在我的第一幅画作上。我记得她带我去过的几个度假胜地，但只剩下模糊不清的影子和七彩的光，在记忆中飘忽闪烁，就像凛小姐变换不停的美丽胸针。到酒店后，我感觉暖和多了，凛小姐拿毯子给我，自己也披了一条，笑称今年冬天的第一丝呼吸已经来临。此刻已接近晚餐时间。今日的定餐有些寒酸，可能厨师终于忍受不住客流稀少的寂寞，开始糊弄自己的工作。淡季缺少服务生，上菜的也是厨师。那瘦瘦的男人摘掉高帽子，摆在门边桌子上，假装服务生推着餐车前来。帽子在桌子上失去支撑，逐渐坍塌。帽体似乎动了一下，我很想掀开看看里面有没有藏着老鼠。

"客人您感冒了？"他上菜时主动问我。

"是我，"凛小姐果断接过话茬，"我有些感冒。"

"下次给你讲酒店里冻死的人。"上菜的人依然看看我，冲我挤挤眼睛。凛小姐不太高兴了，摆弄杯子发出巨大的声响。她真的只是领班吗？我觉得她实际上相当于大宅的年轻管家。这家酒店充满谜团，我对很多房间非常好奇，它们的门过于宽大，显然不是客房，似乎是为了进出巨大的桌子和设备准备的。我曾偶然见过几个开着门的屋子，棋牌屋、水疗室、著名科学家下榻处，里面布满线路、按钮和机关，有一种古典的科学浪漫。其他没开着门的房间是用来做什么呢？会议室？作战中心？酒店建作战中心干吗！好，如果是画漫画的话，我大概知道自己要画什么了。今天的海角之旅倒是给了我一点启发。

此时，凛小姐的工作卡片亮了，她拿起那张背部磨砂、正面散发微光的半透明卡片，看了几秒钟，惊讶地睁大眼睛。

"明天竟然有预订？"她说。

"啊？除了我之外，又有新客人？"我说，"可喜可贺！"

的确可喜可贺，因为我是免费住进来的，酒店几乎是赔本运营。但凛小姐对新工作似乎不太热心，她皱着眉头、略带厌恶地读完整个预订信息，叹了一口气。我知道，这对她来说，相当于假期结束了。

匆匆吃完晚餐后，凛小姐要去维护一下水疗室，以便明天的客人入住使用。那房间似乎非常昂贵，拥有酒店里唯一不必中和金属颗粒的清洁水源。估摸着她干完活儿了，我在大厅通向视听室的楼梯处等她。可是，灯塔看守人阿承却来了。他是凛小姐的追求者，经常找她聊天，每隔一天就来一次。我想，如果灯塔工作不是二十四小时两班倒的话，他恐怕天天都会来。看到那少年满面笑容地走进大堂，我并没有离开座位，只是和他打个招呼，客气地寒暄几句，问灯塔运行状况云云。这其实都是废话，灯塔看守只有三个任务：一是瞭望数周也未必出现一次的船只，避免触礁；二是武装防备入侵海角的不速之客；三是帮已经去世的酒店创始人看管悬崖上的宠物鸟。我猜做一辈子看守，都不会有开枪的机会。阿承不到三十岁，长得白净可人，大概因为与复杂事物隔绝，讲话有浓重的少年气，头发总有海岸的湿意，是个有吸引力的美男子。正说着，凛小姐从电梯中哼着歌走出来，看起来心情恢复了一些。

"设备一切正常！"她说着，冲我笑笑，又冲阿承点点头。这顺序似乎使阿承有些泄气。凛小姐身后那威严的电梯门关闭了，闪烁着灯光向上运行。酒店里没有别的客人，是谁在呼叫电梯呢？

"明天有新客人啊？"阿承显得有些忧郁，透过眼睛能看到他的玻璃心。

"对，淡季的客人，一对夫妇。"凛小姐用散发柑橘味道的毛巾擦着手，"实在难得！"那味道直往鼻孔里钻，阿承的眼神似乎都变得朦胧起来。

"我、我今天看到了异境。"阿承缥缈地说，"今天的海和灯塔，不太对劲，我不知是不是梦。"

"什么异境？"我插嘴道。

"是——"

"不用管他。"凛小姐打断阿承的话，对我笑了笑，"他说的都是话术，只是想吸引我的注意力而已。"

阿承摊摊手，没有再继续解释，而是话锋一转——

"那我想请你，亲眼去灯塔上看一看。"他说，"你一定就会相信我要说的话。"

"我今天要去视听室。"凛小姐说，"没看到我有客人吗？"

"客人需要你二十四小时陪同啊？"阿承说，"灯塔也是酒店财产，灯塔那边真的……"

"去吧。"我对凛小姐说，"不要把我看作客人，我毕竟没花钱。我今天也想趁你不在，看个恐怖片。"

凛小姐如同得到免死令般松了口气，她害怕恐怖片，从来不会瞄一眼，从这个角度看，是个幼稚的大人。阿承则很开心，冲我挤挤眼睛。他的反应有些过度了，这里的人们总是偶尔"过度"。我不去管他们，独自进入视听室，选了一部发生在酒店的恐怖片。这部片我看过许多次，片中的小说家为寻找灵感，来到一间每位住客都会自杀的房间试住。在银幕亮起的一刹那,我突然产生了越来越明显的疏离感,就像自己此刻在玻璃罩下与人世隔绝,而电影正在侵入亲眼所见的现实。我感觉已经很久很久没有独自看过电影,似乎以前有个人经常与我共看。单凭这短短半个月的交往,这人应该不是凛小姐。会是祖母吗?难道七旬老人会陪我看电影?银幕上,男主角来到了一家豪华酒店,竟然很熟悉这家酒店的布置,他来到大堂的走廊,在一位女性的陪伴下,仰头望着一幅巨大的画。

我眨眨眼睛。我在这个酒店见过同样的东西。我对"画"这种载体有些敏感,一定没有记错。电影中的酒店装潢看起来,也越来越像我身处的"岬之梦"。我跑出视听室,来到酒店的走廊。大堂已经关灯,这里一个人都没有,门外保安的眼睛看着我,亮晶晶的,就像一只猫。我想开启走廊的灯光,却失手打开了主光源,大厅一时灯火通明。

走廊中的确有幅画,我望着它——画的是海边翻飞的群鸥,悬崖上有一轮太阳露出熹微的晨光,海面形同暗夜,右下角有不认识的画家的签名。面对这颜色厚重、幅面巨大的作品,我想到,和电影桥段一模一样,我曾和某人一起鉴赏过它。我闭上眼睛,感到右腿义肢隐约刺痛。

想到了,是我的祖母。

我与祖母一定来过此地,或住过这家酒店。

"进程77%,"祖母的声音响起,"倒计时三天,请掠夺那婴孩。"

我愣在画面之前,想把声音赶走,但它已经离开了。脑子中的诸多念头静止下来,大堂灯再次熄灭,凉意升起,夜色如冰层般碎裂,沦入迷雾之中。

2

遗憾的是,除了共同看过那幅画之外,我对陪伴祖母旅行的记忆依然模模糊糊、难以忆起。于是我整晚休息不佳，在早餐时睡眼惺忪，打了几个哈欠。不知是因突来的工作压力还是错觉，我觉得凛小姐对我冷淡了一些。她在清早就忠实履行起领班的义务，穿着藏蓝色带银白缀饰的漂亮制服，在门厅迎接唯一预订者的到来。我几次问她昨晚在灯塔看到了什么，她都心不在焉、含糊应对。我悻悻回到茶座，思忖自己是否有得罪她的地方。一个人静下来的时候，过去的阴影又开始在我身边盘旋。祖母坠落的那一瞬间，以及那一瞬间之前无数被切割和打碎的时时刻刻，如同缺少模板的拼图，让我思维呆滞，不敢动弹。我在茶座间耗费了几乎两个小时，直到茶水变凉，流下一滴不易察觉的泪水为止。

我也不知道自己为什么会流泪，我并不了解自己。双腿义肢虽然补充了润滑液，但仍在痛。我对它的控制很弱，甚至不知自己为何会更换这对义肢。此时，外面响起车辆熄火的声音。我抬起头，新的客人到来了，他们在凛小姐的带领下迈进大堂。凛小姐从我身边走过，满面笑容，但眼睛里没有灵魂，我不知道她在无视什么。女宾是一位孕妇，从肚子的形状和大小来看，可能快要分娩了。男宾四十多岁，个子很高，下巴上留着淡淡胡须，一副权威模样。我忽然感觉——

——感觉我认出了他。准确地说，我知道他是谁，大概是在新闻上看到的吧。"警务监察官安巍"，这是我对他的印象。他充满自信地走在妻子身边，眼中充满关爱之情。昨晚的夜班保安正在假装门童，推着两个人的行李紧随其后。这位假门童经过时看了我一眼，眼睛似乎变回了白日无精打采的猫的眼神。

"咋一直盯着他看？"瘦厨师在假装大堂工作人员，他开口问我，"你认识这客人？"

"是警务监察官。"我说，"新闻里出现过啊。"

"我不看新闻。"他说，"只看美食和赌狗。我曾经上过美食综艺呢，得了月冠军，然后第二周就把奖金全输光啦。"

"祝你以后好运。"我说，"狗运亨通。"

下午，我拖着睡眠不足的躯体，憔悴地回到房间里，拿出尘封已久的全息数字画板,开始创作。彷徨的时候灵感更多,所有艺术家均是如此,仿佛出现在眼前的不再是颜料,而是蘸着血的酒,如尼采所言,血便是精义。我决定继续画最擅长的魔鬼题材,首先要确定的是魔鬼的名字。我查询了一下资料,想到自己的老熟人——六目恶龙阿兹达哈卡、精神错乱的拉玛什图、忧郁新娘阿达特·莉莉、骑鳄的塞列欧斯公爵。每次作画的时候,我觉得自己的精神并非处在单一层面,而像是复杂人格的结合体,心中潜藏的内源之恶如同一条薄薄的帷帐,使我不能耳聪目明。这一次呢,是欲望之魔阿斯莫德[①]?我笑了,血与酒在心中汹涌。

下午,我只画了寥寥几笔。晚上,我独自来到视听室,播放影片,是传说中胶片被毁的全时长版《黑洞表面》,比市面上所有的版本都长三十分钟,大概已是海内孤版。我如饥似渴地观看这部电影,可什么都没有看进去。半小时后,我听见响声,有人坐到了旁边。我还没有用余光瞄去,就闻到了淡淡的柑橘味道。是凛小姐来了。

电影在继续播映,她没有说话,我几乎能通过银幕看到她眼中的微光。如果光能够回溯的话,我们两个的视线一定已经逆流而上,汇集在银幕的中心。这段戏声音嘈杂,我也没有说话,感觉如坐针毡,甚至有了从视听室脱身而出的冲动。

很快,影片进入了一段没那么激烈的镜头。在面色严峻的演员山姆·尼尔讲话的同时,我也转过头去,对凛小姐说——而她竟也在看着我,和我同时开口。

"今天对您照顾不周。""今天忙完了?"

"啊!"我尴尬地笑笑,"你先说。"

"不,不,你说,你说。"她似乎有些惶恐,推辞道。

"我只是想问,今天忙得如何?"

"还好,只有我一个人,所以有些累。"她说,"这对夫妇住进了水疗室,这样对孕妇比较好。"

---

① 天主教"七宗罪"中代表色欲的恶魔,拥有半人类半魔女血统。阿斯莫德扭曲了人类正常的情欲观念,被其诱惑而犯罪的人们将会被永远关在第二层地狱中。

"为什么要带临盆的产妇来这里?"我说,"穷山恶水,虽然景色不错,但是太偏远了。"

在黑暗中,她似乎摇了摇头,"酒店不能拒绝住客。如果出现安全风险,我们会呼叫山下的医院。"

"这么有名的大人物,"我说,"何苦让老婆冒这种风险。"

"大人物?"

"新闻中常出现呀,"我说,"警务监察官安巍。"

凛小姐似乎在黑暗里沉默了几秒钟。

"我不知道,"她说,"没听说过这人。"

"你们都不看新闻吧。"

"看,"她说,"我早晨工作时会被迫在大堂里看会儿新闻,但从没见过他。"

"那抱歉,可能是我记错了。"

"或者是我记忆有偏差。"在突然变亮的银幕光线下,我看到她在摇头,"管他是谁,反正客人就是客人。"

"反正客人就是客人。"我重复道,"酒店业的真理。"

"但是,你总说自己搞不清以前的事,却清楚地记得新闻里见过谁?"

"我只是记不清和祖母有关的事。"我说,"其他还好。比如,我读过的小学、中学、大学,我倒是都记得。只是具体事件模糊了。"

此时,电影突然进入高潮,血腥场面在银幕中爆发。凛小姐一下站了起来。

"是恐怖片!"她说。

"科幻惊悚,不算恐怖。"我打着哈哈说。

"一切未知的,都是恐怖。"她总结道。

这句话似乎颇有深意。说完之后,她站起身,走出了视听室。我没有去追她,因为有个声音恰到好处地响了起来。

"进程88%,"声音说,"倒计时两天,请掠夺那婴孩。"

我待在座位上，瞪大双眼。银幕上正在上演撼人心魄的追杀戏。我再也无法无视这个声音了，因为我现在大概猜到了"婴孩"指代的是什么。

"谁在那儿！！"我在震耳欲聋的配乐中大喊道。

演员山姆·尼尔回应我一个呆滞的眼神。

膝盖隐隐作痛。

3

我必须行动起来了，虽然我不知道那个指示的来源，但至少要弄清"婴孩"身上有何秘密。上楼的时候，我在四层停了下来，电梯在我身后砰然关闭，弄出让人紧张兮兮的金属声。我踩着绛红色的地毯，来到那个精致的房间门前。"水疗室"，字体复古，门框有艰涩的诗句搭配银色雕花。诗乃安德雷森所作——"我把一整日的孤独送给你……在滚滚海潮打碎的静寂中。"四周的确很安静，我站在门口，电压不稳，灯影摇曳，门的纹路沉默如谜。

此时，我仿佛听到了低声咕哝的声响。我轻轻地俯下身子，把耳朵贴在门上。

是水的声音，呼哈，咕嘟，轰轰……不，准确地说，是海浪的声音，就像里面有一个小小的海，听起来神秘而惬意。我甚至想敲门进去看看，但想到夜色已深，还是停住了伸向门边准备敲击的手。

这时，房间内传来有人说话的声音，分辨不出具体内容。我听到脚步声啪啪作响，越来越大，似乎往门这边来了，我赶快转过身，离开了走廊。我低着头越走越远，没有人出来追我，我也没有乘电梯，而是来到楼梯口，急忙向上走去。

楼梯给我的感觉更安全一些。回到房间内，我看到自己寥寥数笔勾勒出的阿斯莫德的轮廓，透视扭曲难懂，线条却张力十足，像降临人间的魔王。"进程"是什么意思呢？我想。"婴孩"会是那孕妇腹中的胎儿吗？

第二天早餐时，餐厅依旧空空荡荡，警务监察官夫妇并未下楼用餐，而是让人送到了房间内。凛小姐倚靠在餐台旁，目不转睛地盯着新闻。这副样子也许过于放松了，不，我仔细看了看她紧锁的眉头，这不像放松，而是紧张和心事重重，好似她和我认识的自信领班并非同一个人。

但这是个机会。我轻咳一声，拿出便携画板，坐在凛小姐面前的桌子旁，冲着她摆弄起来。

"客人，你在干吗？"她问，"饭菜要凉了。"

"凉倒是没凉，但你专注于电视，没有发现我把咖啡弄洒了吗？"

"见鬼！"她回过神来，"对不起，我去收拾！"就要往我刚才的餐桌跑去。

"等等！"我叫住了她，"不用收拾，我已经擦完了。"

"谢、谢谢。"她狐疑地往那儿看了一眼，似乎觉得我在骗她。职业荣誉感使她身上微微发抖。

"为何如此专注于电视？"

"我……在看地方新闻，"她说，"找找有没有你说的警务监察官。"

"不只如此吧。"我说，"警务监察官就在四楼。一定还有别的事，你在紧张什么？"

她低下头，开始咬手指甲。这也是酒店工作的一个禁忌。我不知道她怎么了，似乎显得非常不安。

"也没什么，"她答道，"这是我的工作，和你没有关系。"

"你要扮演医生？"我问。

"什么?!"

"鞋子。"我说，"今天你没有穿皮鞋，而是类似护士那种坡跟白鞋，并且，也换成了纯白没有花边的裙子。"

"你的……观察力不错。"她说，"我今天，必须用酒店的健康设备，去给警官的妻子做检查。卓先生不在，这是我第一次使用，稍稍有些紧张。"

"需要帮手吗？"

"不，我自己可以应付。如果需要的话，我就去找厨师。"说着，她露出微笑，可嘴角在颤抖，似乎自己都不相信那"厨师"可以有效地协助她。

"你已经照顾了我许多天，我很想为你提供力所能及的帮助，至少在那灯塔浑小子不在的时候，你可以依赖我。"

"谢谢，他不是浑小子，是五年来唯一一个让我有存在感的人。"她似乎有些动摇，"但让客人帮忙不太合适，说明我是个没用的——"

"不！"我打断她，"我不算什么客人，我没有花钱入住，你把我当作卓先生的朋友好了。既然是老板的好朋友，就也算酒店团队的一员。让我帮忙，并不损害你的职业荣誉感。"

她看着我，似乎正在说服自己的内心，或者抵触自己的想法。她也许，只需要一个心理安慰罢了。

"而且，我有医疗证书，是十二年前考到的，上一个龙年。"我扯了个谎。我真的需要进入那个房间看一看，甚至可以用欺骗和人格来交换这个机会。我已经把持不住脑中的倒计时，无法知晓"婴孩"真相的话，我会心痒难耐，而心中那个声音将永远使我如芒在背。

"……谢谢。"她终于松了口，"那就麻烦你和我一起进去。我真的有点紧张。"

我长出一口气，"好！请借给我一套酒店制服，或医生的白大褂，什么都行。"

为防止对方认出我是客人，凛小姐给我找了一副黑框眼镜，并且让我戴上口罩和深蓝色医生帽。她自己也披上了纯白色外套，戴了一个小小的粉色三角帽。随后，她领我进入二楼走廊尽头一间令人惊叹的仓库里拿设备。那间屋子简直如同未开放的豪华陈列室，又像科幻小说中的蒸汽朋克、柴油朋克、磁带朋克、原子朋克博物馆，见证了酒店创始者的惊人收藏，甚至使我开始怀疑他是不是来自未来的技术大盗。

"这里是个百宝箱啊！"我忍不住说，"未来朋克大宝库。"

"老板去世后,大部分设备只有卓先生会用。"凛小姐解释道,"我本不应该带你进来的,就当是答谢你帮助我吧。"

"我想再进来一次。"我说,"等你没有这么忙碌的时候。"

"到时候再说。"她答道。随后,她从库管系统入口扫描虹膜,检索出昨日备好的检查设备。那东西像个垃圾桶,矮矮的,橙色的外皮上贴着一个光溜溜的人体图案,还有个可以推动的把手。

"这玩意儿有什么用?"我问。

"是一种基于混合现实的全身检查设备。"凛小姐说,"其实,使用孕期检查工具就够了,但我不太放心,想为她做个全身检查,防止出问题。"

我听说过这项技术,可以对人手甚至手术器械无法触及的部位进行扫描结合,形成反映身体状况的全息影像。类似于艺术家通过扫描古建筑细节,将平面的照片扩充为立体建筑图景,做到完全映射现实。

"对方拜托你去检查的?"我问。

"是我主动的,"凛小姐说,"不过,他们也对临盆感到担心。"

"既然如此担心,为什么还要来这儿旅行?"

"那我就不方便问啦。"凛小姐摇摇头,推着小车在前面走,我紧紧跟上。机器其实能够自动行进,但由她推着会显得专业一些。我们进入电梯,开始向四楼上升。

"到那里,我会严格按照设备规程操作。"她说,"如果他们对检查结果有疑问,烦请你运用医学知识解释一下。"

"好。"我硬着头皮答应。凛小姐似乎放心了一些,舒了一口气,扭头看看锃亮的电梯内壁。

"戴这帽子,显得脸很大。"她看着倒影中的自己,在没话找话。

"不紧张的话,脸就会变小了。"我安慰道。其实我也很紧张,毕竟是江湖骗子,装模作样。

电梯停了，我们推着这橙色的"垃圾桶"，来到水疗室门前。终于能看见里面的样子了，我又想到，昨天听到的那咕隆咕隆类似大海的声音，到底是什么呢？

凛小姐敲了敲门，"安巍先生，您预订的体检服务。"

很快，门锁从蓝灯变成绿灯，门自动打开了。凛小姐推着机器进去，我紧跟其后，透过脸上稍微过大的圆形眼镜片，再次看到了安巍的脸，并且确定，他就是我记忆中的"警务监察官"。出乎意料的是，他正穿着笔挺的制服，佩戴整齐的领带和徽标，似乎严阵以待，要在这里抓捕什么重要犯人。

"辛苦你们啦。"他冲我们点点头。我感到他的眼神在我身上多停留了一会儿，希望只是错觉。水疗室是间巨大的套房，穿过玄关处干燥的窄条房间，进入正厅，我感觉光线明朗起来。房间的中央，竟是一个类似太空船舱的巨大舱池，里面装满黏稠的溶液，溶液中有许多气泡，池底两侧布满用于造浪的管道。而最令人震惊的是，那位孕妇竟身着泳装，闭着眼睛，半沉入池中，在池水的中心悬浮。

我一时悚然失色，但想到自己的"医生"身份，没敢开口说话。她还活着吗？从胸口的微微起伏看来，应该是活着的。可已经沉入水里了啊！我仔细观察了一下，她身边似乎有个看不见的弯曲空间，包裹住身体，使人不至于溺死，几个细管道曲曲延延伸入其中。看来，这是种操纵磁场的设备。

"你们的'水中墙'适应力不错，她腹部的膨胀感缓解了许多。"安巍对我们说，"似乎是军用转民用，对吧？"

"技术层面我不懂。"凛小姐甜美地答道。在我听来，安巍的发言简直是在套话，作为堂堂警务监察官，他应该对这种技术明白得很。凛小姐没再解释，优雅地连通电源，完成准备工作，启动了那台混合现实机器。"垃圾桶"上的橙色裸男亮了起来，不断闪动，彰显发明人在美学上的坏品位。

在凛小姐忙活的同时，我走近了那个大池子，看着闭着双眼的女子。她穿着淡紫色连体泳装，肤色白皙，肚子明显隆起，即使泡在水中，却依然涂着鲜艳的唇彩，在深水的映衬下，显得更加美艳动人，和凛小姐是完全相反的两种气质。水中的小小气泡围绕着她头发,形成了波浪一般的静态形状,似乎被3D打印定格为雕塑,像条没有尾巴的美人鱼。

——那么,这位光彩熠熠的美艳女郎,警务监察官的妻子,凸起的肚子里装的就是那个"婴孩"?

此时,安巍来到池边,轻轻敲了一下。女郎突然睁开眼睛,惊恐地与我四目相对,头发上的气泡颤动。我来不及移走视线,她却变为笑颜,似乎张嘴说了什么,但我听不到。警务监察官直接把手伸进池子里,扶她起来,那些管道根根断开,缩进池底,仿佛一条条纤细的花园鳗。女郎的身体浮出水面,将清亮黏稠的液体排到两边,让我想起从海底破浪而出的幽灵船。她从安巍手中接过毛巾,擦拭起自己的头发。

"对不起,医生,我刚才睡着了。"女郎认真擦着脸上的水说。她的肚子直挺挺的,使整个人呈现出不自然的动作和神采。

"啊……没关系。"我敷衍道,几乎忘记一切与医疗专业沾边的词汇,只好求助般看向凛小姐。

"产检的准备工作已就绪,"凛小姐不动声色地说,"请女士躺在这边的床上。"

4

检查的过程还算顺利。凛小姐将磁极贴满对方全身,甚至进行了脑部畸形检测,安女士打趣称脑子里痒痒的,就像用高压电烫了头。整个过程中,警务监察官都紧张兮兮地盯着我们。这也可以理解,马上就要身为人父,自然祈盼母子平安。可这也加深了我的疑虑,为什么他冒险带妻子来旅游胜地?明显医院才是最好的归宿。可首次见面,我不方便询问。下一步,我要创造一个偶遇和快速熟络的机会。

"宝宝的成长和活动没有问题，"凛小姐关闭设备，笑着对他们说，"详细产检结果明天出来。"

警务监察官似乎松了口气，他的妻子依然笑得很甜。我不自觉地摸摸鼻尖，想到了接近夫妻俩的主意。我们与他们告辞，退出房间。到走廊上之后，凛小姐长长出了一口气。

"——还好一切顺利！"她说，"孩子也没问题。上天保佑她顺利分娩吧！"

我想，她真是一个善良的人，最先想到的不是请他们赶紧离开酒店，而是祈祷他们顺利生下健康的孩子。

"这一层很气派啊，挑高也高。"我转移话题，"除了水疗室，这层都是什么房间啊？"

"套房。"凛小姐推着机器说，"形形色色的套房，价格是最高的那档。"

"那水疗室旁边也是房间咯？随时都能入住？不会受潮？"

"当然，我们是专业酒店。"她有点不高兴了，"怎么会有受潮的问题！"

"这么多天，我的房间已经住腻了，好不容易到酒店度假，我想享受一下最好的房间。"

她停下脚步，张大嘴巴看着我，震惊于我的无理请求，"可卓先生安排的是——"

"我懂的！"我打断她，"所以我会自费补足房间的差价。我刚卖掉住宅，有的是钱。"

凛小姐狐疑地看了我几秒钟，"好吧。如果你只是想要享受，我就把你调到四楼来。"

"请给我水疗室旁边的那间。"我说，"如果怀孕夫妇有需求，我还可以帮忙。毕竟这个季节，你们人手不足。"

"这样合适吗？"凛小姐说，"你今天已经帮我去产检了，虽然你什么都没做。"

我假装没有听出挖苦之意，点了点头，"没关系，就住他们旁边吧。我保证不制造任何噪声，也不打扰他们。"

凛小姐站住不动了，似乎权衡了一下利弊。

"拜托，"我说，"我只是喜欢……听水的声音，更接近水源。"

"好吧！"她最终答应了，"我们其实不能拒绝客人更换房间的要求，一切空着的房间你都可以居住。"

当天，我收拾行李，搬进了水疗室旁边的房间。套间面积很大，由四间屋子组成，十分接近电影中闹鬼的客房。恐怖片我不怕，但显然，我的钱包要为此承受很大的压力。

收拾完毕之后，到了晚餐时间，我穿上风衣，用房内的机器制作了考究的新发型，去一楼餐厅用餐。按日子计算，阿承今天会来，我至少要在气势上压过他。兼职侍者的厨师看到我这样，冲我挤眉弄眼，不住地讪笑。凛小姐过来后，她似乎也有些想笑，但憋了回去。

"你的免费发型不错。"她揶揄道，"像神探飞机头。"

过了片刻，警务监察官竟然也来到了餐厅。他坐在另一个角落里，沉默地吃着酒店的招牌乳鸽，时不时地抬头看电视里的新闻。他的老婆呢？独自一人在房间吗？

"先生，需要给房间送晚餐吗？"凛小姐上前问。她果然在和我想一样的事。

"不必了。"安巍的视线越过凛的肘侧，似乎看了我一眼，"夫人今天胃口不佳，不想吃饭。"

"好，有需要随时吩咐。"凛小姐退下，来到我身边。

"你怎么看？"我低声问。

"看什么？"她有些心不在焉，"不吃就不吃吧，那宝宝应该饿不坏，明早我给她多加些营养餐。"

这话说得，好像她才是宝宝的妈妈。

"我在视听室等你，今天不放恐怖片了。"我说完，起身离开。经过安巍身边的时候，我突然闻到一股浓重的腐败气味，像北极圈夏日冰层褪去，露出经年累月埋葬的一切死尸,又仿佛他行经死荫之地,刚从亡者的国度归来。直到坐在视听室里,那味道才从我鼻孔中彻底散去,被令人安心的新座椅和通风之味取代。我今天谨慎地选了一部默片集,导演周防正行曾翻用过其中一段,孤胆武士在典型手摇摄影机拍摄下,动作呈现过速状态,以一敌百、张力十足。

看完十几分钟的集锦,凛小姐还没有进来。我又选了第二部片子,冷面笑匠巴斯特·基顿1920年代的短片。电影在农舍内布置了很多后现代机械装置,而主角把自己伪装成一个稻草人。

此时,凛小姐终于进来了。她匆匆来到我身边,坐了下来,却带来一股死尸的味道。

——这是!

我转过头,却与安巍的眼神撞个正着。他伸出手,按住我的肩膀,不让我站起来。

"别紧张,"他说,"我没打算现在逮捕你。"

"逮、逮捕?"

"是啊,盗窃三家研究所的嫌疑人,技术黑客柳别森。"

"你怕是认错人了。"我说,"我只是个画家。"

"上午在水疗室,我就认出你了。"安巍说,"你的很多行为特点,与柳别森的行为模式非常像。并且通过气味识别设备分析,你的气味有33%和柳别森的备案完全重合。"

"你是警犬吗?"我辩解道,"我装了义肢,大概是义肢的问题。再说了,只有三分之一的概率而已,你在诈我。"

"气味是大脑思维调节皮肤和油脂系统散发出来的,任何人都无法改变它。"他说,"33%已经相当高了,常人之间的相似度只有不到1%,所以基本可以断定,你是柳别森。"

此时,我恍然大悟。他应是害怕有人用气味识别装置追踪他,所以才在公共场合使用气味干扰，完全遮盖住自己的味道。可眼前这个人，为什么要隐藏自己的身份呢？他真的是我认为的"警务监察官安巍"吗？

"你根本不是安巍。"我说。

"你最好这样想。"他答道，"别把我当成什么监察官，也别宣传我是谁，也不要再尝试进入我的房间，我们井水不犯河水。你明白了吗，罪犯？"

我感觉肩膀上的手力道加大。我低下头，借助屏幕忽而亮起的白色光芒，看到了他另一只手虎口处粗糙的皮肤和指侧的茧，那是经常持枪训练的证明。

"我不知道我犯了什么罪。"我继续辩解。

"多说无用。"他说，"此刻我只是怕麻烦，才留你的命。如果再来骚扰，我随时能干掉你。"

——看来，在孕妇生产之前，他不想惹任何麻烦。于是，我对婴儿的兴趣愈发浓厚了。这未出世的婴孩，到底是何方神圣？

此时，安巍似乎感觉到时间不足，用力掐了我一下，拍拍我肩膀，起身离开，带着那死尸一般的气息走出影院。我从僵硬的状态中逐渐缓解，说实话，我不确定我是不是"柳别森"，因为我的脑中只有知识，没有太多的记忆。除了新人画家身份，以及关于祖母的记忆片段之外，什么都是模糊的。我只记得曾和祖母生活在一个群岛地区，周围全是老人，她假模假式地摇着骰子，为所有人算命。其余能想起的回忆都像泛黄的平面版画——小学、中学、大学、生死、节日、庆典，没有一处拥有活色生香的细节。我甚至不理解自己的名字，它对我来说，只是熟悉而陌生的酒店入住登记册上的三个字。而那些奇怪的知识呢，如同镌刻在我脑中，线索庞大繁杂，赐予我非同一般的观察力、判断力、感受力，全都不是一个画家应该掌握的东西。

我不是我，那他是谁呢？我想，刚才恐吓我的应是一位脱离组织的警察。他有不方便让他人知晓的目的，所以才会独自行动。那紧张兮兮的行为特点、笨拙的唬人方式，都暴露了一名过度敏感警员的底线。

此时，视听室的门再度打开，这次进来的，是凛小姐。

"你干吗去了？"我问，"我差点儿丢了性命！"

"丢性命？"

"呃……"我意识到自己不该把她卷入这件事，"默片里有一段基顿抓住火车飞翔的镜头。"

"笨……不，客人，那是假的。"她皱着眉头说。

"可那个年代，拍摄时全是真枪实弹，硬桥硬马——"

"对不起，"凛小姐突然打断我，"我此刻脑子不够用。我进来是想说，阿承今天没来酒店。"

"啊哈！他终于不喜欢你了。"我笑出声来。

"你以为他坚持了五年的习惯这么容易改掉？"

"那怕是不可能。痴情种子。"

"嗯哼。"凛小姐严肃地点点头，"所以他今天没有出现，我比较担心。"

"然后你主动找他了。"

"还没有。"她说，"我确实想找，但我没保存他的个人联络方式。"

"呵，可怜的年轻人。"

"我干脆联系了灯塔，但那里也无人应答。我情急之下，利用经理权限，接入灯塔管理记录，发现这两天根本没人在上班。"

"你的意思是……"我想了想，"另一个家伙也没来，所以灯塔无人值守。"

"是的。"她说，"整整两天。"

"可见这份工作多么没有意义，"我揉揉脑袋，"两天无人值守，也没有船只触礁，没有警报，没有发生任何事情。"

"万一有人袭击了灯塔呢？"她皱着眉头说。

"不排除这种可能性。"我学她皱着眉头，"幽浮天降奇兵，掳走了所有人。"

"所以我要去看一看！"她的职业荣誉感似乎又受到了侮辱，便提高了音量，

"去看看公司财产到底怎么了！现在就去，你自己看这见鬼的默片吧……客人。"

"你自己去有点危险。"我说。

"但我不能带保安。"她说，"这里只有一名当值保安，要看管酒店。"

"没关系，感谢你的故事，让我从刚才的惊恐中摆脱出来。"我说，"我会陪你过去，看看灯塔里有什么劳什子鬼见愁无人知晓的破烂坏玩意儿，还是说只充满了海边咸湿宜人的空气。"

"我先走了，晚安。"

"等等我！"我也站起身来，追她出去。

"我今天找你，并不是这个意思。"她说，"只想告诉你我不看电影了。"

"我说过，我会帮你做所有的事。"我说，"去趟灯塔，自然也不在话下。告诉我位置。"

"去拿武器，"她马上话锋一转，"跟我来。"

5

酒店的"武器库"只是个壁橱，可以理解。如果真的建个军火舱，恐怕卓先生的产业已经被取缔了。不过壁橱虽小，却五脏俱全，我和凛小姐都找到了趁手的武器。我拿了一把过分袖珍的银色手枪，她则找了个橙色的电击器，上面依然印着裸男标志，使我怀疑创始人是不是有什么难以启齿的性癖。

"小手枪给你。"我说，"会用吗？"

"我没有持枪证。"她拒绝道。我想说我也没有，但把话咽了下去。在漆黑的夜幕中，我们离开酒店大楼，前往车库。大概是为了壮胆，凛小姐选了尺寸最大的一辆车。这辆长五点七米的全尺寸越野车可是难倒了我，我硬着头皮才开上了海滨小路。夜晚寒风倒灌，海洋变成了另一种风格。水与天空的交界线模糊不清，在漆黑一片中摇晃蔓延，唯一可判断的海平面即是点点星光消失之处，仿佛无边的大海吞没了它们，只剩干枯的碎壳沉没于地心，经年转化为宇宙的阴影。

海比宇宙更大，这是我最直观的感觉。我一下明白了凛小姐的恐惧，以及灯塔存在的重要意义。此时，我远远看到了那座灯塔，乳白色的塔尖形状难以分辨，直挺挺伸出树丛，指向黑丝绒般的夜空。塔的灯光果然没有亮，只有固定的红色信标在自动闪烁，指引着塔的方向。沿着海边七拐八绕，我们顺着唯一一条还算平坦的道路开到了灯塔脚下。

我把车停好，凛小姐检查了一下灯塔大门，防火门没锁，她扭住把手，一下就把门拉开。门里是个盘旋而上的楼梯，因为只有小窗透进微光，所以楼梯呈现出如蜈蚣般斑驳交叠的痕迹，地面有个地方好似肿了大包。凛小姐一时找不到光源开关，我立即把手电筒打开。

光线照到前方，那不是个包，而是一个人。那人正趴在地上，一动不动，手伸向门的方向。那半抬高的手臂已经僵硬了，指尖定定地指着我的电筒。

凛小姐退后一步，尖叫起来。

"冷、冷静点。"我说。我也有些害怕，但在此时没法退缩，只好慢慢走上前，把这个人翻过来。触碰他的时候，我闻到类似安巍身上的死亡气息，看来已凶多吉少。果然，此人已经僵硬，身体冰冷，眼球浑浊。他长着一副中年人的面孔，并非我见过的阿承。

"你来看看，这是谁？"我问凛小姐。

她摇摇头。

"求你了，"我说，"让我见识一下领班的胆量。"

她捂着嘴巴，壮着胆子走上去，用手里的电击器轻轻戳了一下死者的胳膊。

"早就死透了。"我说，"你认识他吗？"

"是灯塔的看守，"她颤抖着说，"和阿承轮班的那个人。"

"在这个位置……有可能是换班时丧命的。"我说，"所以灯塔一整天都无人值守。"

"他是怎、怎么死掉的？"

"我没看到伤口。"我说，"颈部没有勒痕，也没有血迹。奇怪，像是突发疾病。"

"如果是换班时死的……"她似乎反应过来，"那阿承他……"

"我上去看看，"我说，"你在这里等我。"

"我不想和尸体在一起。"

"那就跟我来！"

我拿着武器，沿旋转楼梯向上走去，枪在手里沉甸甸的，可我竟然一点都不紧张，仿佛身体的某部分早已熟悉这个动作，它与我浑然一体。凛小姐紧跟着我，举着另一只手电筒，光线在楼梯间不断晃动。

走到三楼，终于到达电梯层，从这里可以乘坐直达塔顶的电梯。但为了不放过每个角落，我决定依然走楼梯上去。爬到塔顶时，我们两个都呼哧呼哧直喘。凛小姐平静了半分钟，拉开最后一扇门。

呈现在眼前的是灯塔的工作房。我找到了电源，把灯打开。建造时为便于观看外景，工作房内部的灯很黯淡。在昏黄的灯光下，这里的一切整整齐齐，似乎毫无异常之处。广播里传来电台歌曲的声音。

"I got nowhere to run..."广播里唱道，"I got nowhere to run..."

"有不一样的地方吗？"我问。

凛小姐打开柜子，翻翻桌下，又看了看小小的休息处；甚至连床都是干净整洁的。

"没有。"她说，"奇怪，也过分干净了。"

我扭头看着窗外。从这个角度，刚好看到耸立于大海中央的海角，黑色影影绰绰的是树木，正如绒毛般随风摇动。海水漫过堤坝遗址，白色叠浪在夜晚若隐若现。视野所及没有一艘船，没有一个人，没有一只鸟，我们的小小银岬似乎蜕变为离线宇宙，被整个世界抛弃在了寂静的角落里。

"是阿承杀人逃窜了吗？"我问。

"不……不会……"凛小姐全身发起抖来，"我想，先报警吧。"

"等等。"我说，"人已经死了。"

"你的意思是，不要报警？"

"不，我是想趁一切还没大乱，先请教你——那天，阿承带你来看的奇观是什么？"

凛小姐一愣。

"前天夜里。"我补充道。

凛小姐犹豫着，看了一眼工作房后面的小房间，那门上画着仓库的符号。

"仓库里有什么秘密？"我笑了。

"好吧……"她咬咬嘴唇，"秘密止于你这里。"

"我绝不告诉任何人，"我说，"以性命担保。"

凛小姐转过身，走向那仓库。我看到仓库的锁被人破坏，凛小姐用力拉扯了两下，扯开了那扇小门。门里有一个非常深的六层储物架，镶嵌在墙壁之中。架子上几乎是一个史诗级的破烂大集合。那上面堆放着乱七八糟的碎瓷器、烂瓶子、烧过的铁块、拆散的娃娃……就像刚刚被轰炸过的玩具屋。

"这都是什么玩意儿？"我问。

"全都是阿承打碎的。"

"你是说，阿承是个破坏狂。"

"不。"她走到灯塔的床前，打开封闭的窗户。海的声音传递进来，咸潮的味道也陡然加剧。我捡起一块碎瓷器，认真看了看，是新的碎茬，露出雪白的底色。

"都不是什么名贵物品啊……打碎这些东西，是为了发泄？"

"是为了报复创始人。"她说。

"我越来越糊涂了。"

"你过来。"她冲我摆摆手。

我也走到窗边。看着她严肃的侧影，又看看眼前漆黑的大海。她递给我一副望远镜。

"你看到下面的白点了吗？海岸边。"

我举起望远镜，拼命在海边找到了她说的东西。那些小东西星星点点，有的在水里浮沉，有的被冲到了石砾组成的狭窄滩涂上。

"那些是创始人养在悬崖上的宠物。"她说，"有黄脖塘鹅、崖海鸥，以及几种海雀。"

"它们死了？"

"是的，阿承向我坦承了这件事。"凛小姐说，"他那天喝多了，把带来的酒全部喝光，然后还要找酒，便借着酒劲，发狠砸坏了仓库的锁。"

"哦，你竟然喜欢这样一个暴力分子。曼森家族①吗？"

"谈不上喜欢。"凛小姐继续说，"他本以为仓库里全是酒，结果砸开后，发现只是很多小玩意儿，瓶瓶罐罐、玩具、废纸，又老又脏。"

"是创始人小时候玩的？"

"不，明显是天南海北收集来的。有的上面甚至写着俄文、法文、瑞典文。"

"瑞典文是某商超买来的吧。"

"的确是商超买来的。"

"什么？"我哑然失笑。

"听我说。"她撇撇嘴，"阿承曾受到过体罚和降级处分，所以看到创始人的这些宝贝，非常来气，开始一个个地砸掉。当时为了醒酒，他把所有窗户大敞开，边砸东西边吹风，十分惬意。砸了七八件之后，他突然发现，每次把东西摔碎后，风都会送来一阵尖厉的惨叫声。

"他望着外面，试着撕碎一张老海报。就在他的眼前，对面悬崖上的一只塘鹅直挺挺地掉下去，摔死在布满石砾的海滩上。

---

① 美国邪教组织。

"他觉得不可思议，又敲碎了一个套娃。有一只善于飞翔的海雀从悬崖坠落，飘飘摇摇地掉入大海，在海面浮沉，就这样淹死了。"

"怎、怎么回事？"我问。

"随后是第三个、第四个。"凛小姐继续说，"每次他一破坏收藏品，就有一只老板珍爱的海鸟从悬崖上掉落下来。最后，他停止了破坏，恐惧地看了看剩余的半柜东西，然后把那些碎片收好，默默地关上库门。那些未死的鸟，在悬崖上凄哀地鸣叫着，它们每一只都是创始人的珍宝，甚至每一只都被取了可爱的名字。那时，已经有半数魂归大海，原因蹊跷成谜。"

讲完后，她转过脸来瞟瞟我。我依然没有完全消化这段故事，半张着嘴巴看着她。

"你……是个擅长讲故事的人。"我说，"甚至有些诗意。"

"不信吗？"

"我信。"我说，"只是……过于惊人了。"

"他喊我看的奇观，就是这个。"凛小姐说，"他当着我的面，把剩下的一半收藏品毁掉了，所有的鸟都死了。你从望远镜中看到的，就是它们的尸体。"

"你没有阻止他吗？"我说。

凛小姐沉默了一会儿，眼睛掠过一丝阴霾。

"对不起。"她说，然后欲言又止。

"你也恨他？"

"不要问了。"她低声说。

"好吧。"

"他……有一些关于少女的爱好。"

"啊！"

"那是学徒时期的事了，是我内心的阴暗面，我不打算细说。"她露出痛苦的表情，"我如此竭心为公司服务，完全是为了创始人的夫人。她就像我妈妈一样，照顾我多年。"

"对不起。"我说,"我不知道这段往事。"

"我今天也非常后悔。"她低下头,"鸟是无辜的。"

"不要自责,癫狂状态下的阿承,凭你自己制服不了。"我说,"但你有什么头绪吗?他是怎么做到杀鸟于无形的?"

"不清楚,"她答道,"真的不清楚,我和阿承都不清楚。我从灯塔回来后,一直在想这件事,始终想不通。"

"怪不得你这两天心事重重。"

凛小姐痛苦地摇摇头,慢慢瞟向楼梯口。

"我想到你刚才说的,那名死者会不会也是——"

"不,"我猜到了她要说什么,打断她,"如果阿承是用你说的那种手法杀的,他根本没必要潜逃啊。"

"总之,先报警吧。"凛小姐说,"让警方查查死亡的原因。"

6

又是几个小时无意义的等待、忙碌、录口供,当警察离开灯塔时,除了带走中年人的尸体,只留下一个初步结论——"死因是心脏骤停"。

鉴于此,目前无法立案。尸检还需要一段时间,真相依然处在迷雾中。说实话,我对用尸检这种常规手段破解他的死因不抱希望。今天已经太累了,我只想回去休息。当我最终费力地把五点七米长的越野车停进车库后,凛小姐跳下车,回头看了我一眼,欲言又止。

"怎么,"我问,"还有没告诉我的?"

"没有了,"她摆手答道,"晚安……客人。"

"还在叫我客人。"我讪笑道，"你也早休息吧，明早餐厅见。"

凛小姐晚上居住的地方并不是酒店主楼，而是侧院的员工宿舍，所以我们就此别过。我乘坐电梯，蹑手蹑脚地来到四楼，快速经过水疗室，回到自己的房间，赶快锁上门，生怕那疯狂警察出来找我麻烦。现在，我在水疗室隔壁大得有些过分的昂贵房间里，盘算如何得到夫妻二人的情报。舱池中的水似乎在温柔地荡漾，我把耳朵贴在墙壁上，拼命听着那里的声响。

"咚！"的一声，似乎有什么东西在敲击墙壁，吓得我缩了回来。此时我发现，声响并不是水疗室传来的，那夫妻估计正在温柔似水的舱池中，陷入梦的幻想乡，而我的窗户上，留下了一只鸟灰扑扑的痕迹。是鸟撞了玻璃。我看着那展翅的形状，是屋内的灯光吸引了它，还是它在为几天来死去的同类寻仇呢？

在这一瞬间，我猛然忆起了同样的一幕。记忆的镜头如默片般倒放，我住过酒店的套房，在房间里，同样的一幕发生了：被光晃晕的海鸟撞在玻璃上，留下好像灰色气泡般展翅翱翔的痕迹。我似乎很生气，叫来服务员擦干净玻璃，自己去大厅闲逛。看完走廊的画后，我见到了一个老人，和他聊天。一个秃发的、满脸皱纹、动作迟缓、行将就木的老人。

他的面孔逐渐清晰。移轴镜头切换到另一组光影碎片，那是创始人最后的新闻画面。

"'岬之梦'酒店创始人去世"——这是地方新闻的标题——"死因不明"。

我不仅住过这酒店，还见过创始人？

"进程99%，"那声音响起，"倒计时一天，请掠夺那婴孩。"

7

整晚，我都在混乱的记忆中挣扎，仿佛其中有书卷、有视频、有口述、有气息，属于不同的载体,很难分门别类地放进原本的位置。早上醒来,疲惫不堪,我坐起身,足足缓了两分钟,头脑才逐渐清晰,视力恢复,却突然看到眼前不可思议的一幕。

房间的一整个墙面都是深深的水渍!那堵墙壁恰好与水疗室相邻接,仿佛隔壁屋子里所有的水,透过墙体浸入了我的房间。

此时,"咚咚咚",响起了敲门声。

好早啊。"不需要客房服务!"我心烦意乱地说。

"是我。"那声音说,"凛。"

我一愣,还没到早餐时间,凛小姐为何这么早来找我?我起身给她开门。凛小姐没有穿制服,她走进房间,凑近过来,像要把我吃了似的,惶恐不安,脸色发白。

"怎、怎么了?"我问,"阿承有消息了?"

"不……"她说,"是体检出了结果。"

体检?我恍然大悟,她说的是安巍的老婆。

"怎么样,母子平安?"

"是这样,"她解释道,"我对她做了全身检查,其中有一项是意识状况测定,附带于大脑检测中的项目。"

"意识测定?"我说,"具体讲讲。"

"简单来说,人的大脑有两种不同的活动模式。"她说,"一种是神经点不正常活跃,有些神经点被主动点亮,有些被强迫停止。这种状态是违背大脑自然结构的,说明大脑在被意识操控,可以看作意识的标志。"

"明白,人在扭转自然规律。"我说。

"另一种,是完全符合大脑自然结构的、简单可预测的神经点活跃模式。在无意识的病人身上常见。被麻醉的人、熟睡的人则跨越两种模式的模糊地带,更多地表现为简单模式,但有时也会有复杂模式出现。"

"所以你对她测量的结果是？"

"完全符合第二种模式。没有麻醉，没有熟睡。"凛小姐面色严峻地说，"也就是说，根本没有出现丝毫意识的标志。"

"啊！"我说，"意思是……"

她点点头。

"她脑内，根本没有意识？！"我喊道。

"是的。"她说，"至少没有以人类特征表现出来的意识，只是一个天然的大脑。"

"那她的一切行为——"我回想起了她对我的笑、说出的话、池中的动作、深邃的眼神，"——都是怎么回事？"

"不知道。"她说，"我不懂。"

我倒吸一口凉气，下意识地看了看那堵浸满水渍的墙，斑驳的印痕显得更加迷离。

"我越来越搞不懂了，这对夫妻。"凛小姐说，"但又不能把他们赶出去。"

"为什么不能？"

"因为……"她支支吾吾。

"因为是服务业吗？我给你个赶走他们的理由，过来。"随后，我领她来到那堵泡水的墙面前。她抬起头，茫然地看着那些纵横交错的水渍。

"你是怎么弄的？"她问。

"我怎么弄的！就算我是头大象，也喷不出这么多的水！"我说，"墙对面是水疗室，一定是从那边渗过来的。他们怕是已经把池子拆了！"

她伸手去摸了摸墙面，那水沾在她手上，显得清亮冷冽。她张开五根手指，又慢慢并拢。

"池中的水没有这么清澈。"她说，"水疗室用的是独家配方配制的气泡黏液。"

"那这是普通的水吗？"

她把手指放在嘴里，尝了一下。

我倒吸一口凉气，她过于敬业了，我内心不由得升起一股敬佩之情。

"有点甜。"她说，"我取点样本看看。"

"你究竟是何方神圣？"我问，"作为领班，似乎掌握了很多不必要的知识。"

"没有任何知识是不必要的。"她说，"作为大富豪的身边人，不掌握知识就无法为他服务。"

"看来，你这些年过得很累。"我说着，后退了几步，想要从水渍中看出什么隐藏的图形来，但是没有成功，"不过你刚才支支吾吾的，还是有瞒着我的事吧。"

她看了我一眼。

"为何不能赶走他们？"我说。

"好吧，其实是得到了指示，"她说，"卓先生亲自通知的。"

"什么指示？"

"让警官和妻子入住，然后——在这里生孩子。"凛小姐说，"对不起，我早就知道他是警务监察官。"

"直接，在这里生孩子？"我惊讶道，"那婴孩有什么秘密？为什么大家都围绕婴儿——"

"他只说过，用拼图还原一个真正的神，但没告诉我具体的事。"她打断我，"他习惯打哑谜了，我不敢问，我只是个领班而已。"

"我现在，就要去那儿看看。"我说着就向外走。可未迈出大门，突然听到声音呼啸，有什么东西猛地击中我的胸膛。我感觉自己向后飞去，腰部撞在桌子上，坠落于地，义肢被电磁束缚，上身麻酥酥的，不能动弹。

义肢不能使用后，意识变得有些恍惚，似乎更多的记忆喷涌而出，奇怪，全都是关于画画的记忆。似乎过往学习绘画的每个细节又被重复一遍，而祖母像电子鬼魂般在我身边漂移闪烁，若即若离。随后她稀释和扩展开来，似乎有许多个祖母在漂移闪烁，若即若离。我伸出手，触碰不到她。但有人抓住了我的手，是凛小姐。

我的视线变得清晰，看到两个人在屋门口站着，手持电离束缚武器。其中一个我认识，是那位高瘦、爱赌的厨师，另一个是有些胖的人，也戴着厨师帽，嘴里在吧唧吧唧嚼着什么东西。

"你们干什么？"凛小姐问。她想把我扶起来，可我全身无力，只能眼睁睁看着自己身陷窘境。

"他的手伸得太长啦。"瘦厨师说，"踩到了边界，我们只能用非常规手段控制他。"

"边界？"凛小姐说，"他没有侵犯我们，只是个普通客人！把他放了。"

"啧，"胖厨师显得不耐烦，"干，你果然什么都不知道。"

"打手不准讲话！"凛小姐怒喝道，"我早觉得不对劲，你们有什么瞒着我的事？"

"很简单——你并不是卓先生最信任的人之一。"瘦厨师对凛小姐说，"但管理好酒店又非你不可，很烦。"

"他不可能不信任我。"凛小姐咬着牙说。

"至少他没有告诉你真相，对吧。大概知道你心软。"瘦厨师说，"心软是把双刃剑，老板会因此爱你，老板也会因此抛弃你。"

"真相是什么？"

"你以为，为什么让他来住店！"胖厨师上前一步，庞大的身体带来十足的压迫感。

因为我们是朋友。我想说话，但挣扎着说不出来，口齿流涎。凛小姐俯下身，悄悄把什么东西塞进我的嘴里。我感觉好些了，是种万能止疼药，麻痹神经的东西，让我不再对电离刺痛敏感，但无法帮我解除束缚。此刻，凛小姐突然拿出一把小刀，抵住我的脖子。

"告诉我任务的真相，否则我杀了他。"她冲两名打手说。

"啊……"瘦厨师显得有些意外，"别闹，别闹。"

"怕我杀他？他有那么重要？"

"还原创始人，需要两个拼图！"胖厨师不耐烦地吼道，"婴儿和画家！"

"什么意思？"凛小姐一愣。

"详情过后解释！今天可是预产期，你继续执行老板交办的任务，去帮孕妇分娩。"瘦厨师说，"让我们把这家伙带走！你也不想让酒店倒闭吧，嗯？别忘了，我们都是打工的！"

凛小姐张了张嘴巴，看看我。我身体缓和了一些，但不敢贸然动弹，只得用求助的眼神看向她。但她在几秒钟后，把头扭了过去，却顺手把一个东西塞进我的手里，似乎是把多功能刀。我攥着刀，考虑如何脱身。我感觉自己的左眼肿了起来，并不疼，是一种过敏的感觉，只能不停地眨眼睛。此刻，我的视野正贴近地表，我发现有很多柔软的东西在滑动，质感好比昨天在水疗室看到的液体，但呈现出一种朦胧的淡紫。它们如离弦之箭般汇聚，反射着反方向的光，以至于在雕花的地毯上忽隐忽现。

"好吧。"凛小姐起身走向他们。

"嗯？"瘦厨师说，"你给了他什么？"

"只是一颗……"

胖厨师突然冲凛小姐举起了枪。地面有什么东西轰然而起，两名厨师来不及反应，便大声发出惨叫。我第一次听见人类发出如屠宰场里的动物般的声音，那是因为他们的双腿瞬间被拧碎，黑色的体液、玫红的碎肉、白色的骨屑如失重般抛洒到空中，鲜血喷溅在墙面上，染红了蜜色的地毯和装点在墙上的波斯细密画。我瞪大眼睛，想要去保护凛小姐，但依然动弹不得。

"完了。"我心想。

两名厨师砰然倒地，凛小姐却毫发无伤。她沐浴在血雾中，紧捂耳朵，浑身发抖，一时失语。那两名重伤者在地上扭动挣扎，蹭来蹭去，将她的双腿和裙装染得通红。

有人慢慢走了进来, 是持枪的警务监察官安巍, 他厌恶地看了看满地鲜血和两个挣扎的人。胖厨师还在嚼着什么东西, 眼睛和嘴角流出血来, 直直瞪视着他, 而瘦厨师用双臂爬行着, 去摸眼前的一把手枪。安巍低头冲他开了一枪, 击中他的背部, 瘦子趴在地上, 不动了。屋内的血腥味愈加浓烈, 夹杂着凛小姐的抽泣声。

"把'海参'埋伏到这屋子, 是对的。"安巍冲肩部的记录仪说, 并拍了拍颤抖的凛小姐肩膀, "无知者无罪, 领班, 别害怕。"

"海、海参? "我艰难地问。此刻, 电磁束缚逐渐变得宽松, 我可以缓慢地蠕动了, 活像只丢人的大姐。

"一种……呃, 磁活性相过渡物质, 从海参中得到的启发。"他略带烦躁地说, "通过对水疗室的液体进行改造, 植入电磁颗粒, 便能形成黏稠的相过渡态, 可化为液体四处流动, 又能随时转化为固体。我让它渗透过来, 只是想起防备作用, 没想到钓到了大鱼。"

我明白了, 这就是他入住水疗室的原因。他早有对抗酒店的准备。此时, 凛小姐似乎恢复了镇定, 她凭借领班的职业荣誉感, 从血泊中艰难地走出来, 噙着泪, 扶我起来, 但始终不发一言, 似乎讲话的开关被弄坏了。

"灯塔的两人也是你杀的? "我继续问安巍。这会儿, 我感觉好多了, 开始自主站立, 但两条义肢依然有些不适。

"灯塔? "安巍愣了愣, "不清楚。我只守卫我的水疗室。现在, 该你们帮助我了, 去迎接孩子的降生。"

"还要生孩子吗? "

"当然! "他吼道, "不然我身冒奇险, 是来干什么的! 这孩子对我们都很重要。我不仅要救孩子的命, 还有千千万万人的命。"

随后, 他转向凛小姐的方向, "我刚才救了你, 你会帮助我的, 对吧? "

凛小姐颤抖着抱着肩膀，慢慢点点头。"生孩子是卓先生交办的任务……"她喃喃地说。

安巍笑了一声。"不用紧张，我不会再杀人了。"说着，他脸色一变。我看到胖厨师抬起头，吐出了嘴里的东西，那东西被嚼成子弹的形状，朝警务监察官射出。此刻，紫色的物质突然从地面升起，形成了十几道屏障。弹状物几乎穿透了所有柔软黏稠的障壁，被最后一层挡了下来，镶嵌在海参中央，距离安巍的脸只有几厘米。安巍起手还击，子弹射入胖厨师的脑袋，他倒在地上，不动弹了。

"他妈的，"安巍舒了一口气，"姑娘，对不起！"此时，他手上的腕表响了，警务监察官低头看了看时间。

"时间到了，让我们准备接生。希望在第一个节点就能顺利生出婴孩。"

8

从血腥的房间出来，安巍跟着我们去取设备。凛小姐恢复了她当领班时的状态，带我们在设备库挑挑拣拣。安巍同我第一次来时一样，为老头子惊人的收藏品深深折服。

"能带我再来一次吗？"他问。

凛小姐没敢说话，只是转头看了看他。

安巍真诚地摊开双手，讨好般地笑了笑。凛小姐沉默不语，在设备库翻找片刻，为我的义肢选了一对自动反应芯片。

她帮我安装的时候，我一时受宠若惊。相比正常人类，我这样的残疾人有种"优势"，即通过义肢将简单插件接入神经系统，而不用接受侵入性手术。这算是上帝同时关闭门和窗后，为我们打开了一扇地下室的门。不过，如果操作不当，义肢和神经系统也有很大概率废掉。凛小姐的技术明显没问题，她装好外置芯片，抬头看看我。

"感觉怎么样？"她问。

"为、为什么给我？"我说，"这是酒店财产，市面上最好的型号。"

"他们要杀我，我不准备在这里工作了。"她冲我笑笑，脸上还有一丝崩落的血迹，"全给他们用光也没问题。"

安巍闻听此言，也厚着脸皮拿了几样小东西。"为了防身。"他辩解道。凛小姐细心准备了两组生产设备，以及全套阻血和急救措施。安巍夸过她后，带我们来到了隔壁的水疗室。这是我第二次进入这房间，眼前的一切再次使我震惊。水池已经干了，仿佛液体早已全部蒸发，变得纤尘不染。我猜测它们已经全部转化为相过渡物质，不知隐身于何处。只有一种淡淡的臭气，飘荡在空气中。

"这屋子里的臭味，和你说的相过渡物质有关系吗？"我忍不住问，"包括你身上，都有股腐尸的味道。"

"是吗？"安巍惊讶地闻闻自己的衣服，"大概是芥子气的味儿，因为我在稳定相态时投放了些硝基苯类物质。"

我捂着鼻子，转转头，看到在邻接我房间的墙壁上，果然全都是斑驳的水渍，大概是"海参"穿过墙壁时滤出的水分。房间里有个宽敞的沙发，安巍的妻子正挺着肚子，坐在上面，冲我们甜美地微笑。我一下想起了凛小姐所说——她可能没有任何意识。夫人嘴上涂着口红，笑得愈发灿烂，氛围愈加诡异。

"开始操作吧。"安巍再次看了看表。

"我需要知道她是什么东西。"凛小姐鼓起勇气说，"才能判断按照怎样的流程操作。"

"人类。"安巍答道，"就按人类的流程来。"

凛小姐停下伸向设备的手，狐疑地看着他。

安巍尴尬地笑了笑。

"快点。"他说，"目前没法细说，但我是警察，不会骗你。今天务必要生出这个婴儿，这关系到世界上许多人的命运。"

突然，夫人露出了痛苦的表情，她手捧腹部，呻吟起来。那肚皮似乎变得更大了，丝丝细纹显现，似乎马上就要胀裂开来。

"这都是你控制的？"我问。

"痛苦是真实的。"安巍若有所思地说。

凛小姐犹豫了一下，终于启动设备。让人不适的红色灯光从裸男图案上亮起，而她的腹中竟然出现了一个胎儿的形状。这大概是转换到了分娩模式。凛小姐把很多监测装置和贴片连接到孕妇身上。她皱皱眉头，似乎有些难受。

"忍一下。"安巍俯身到妻子耳边，柔声哄慰道，"马上就好了，我的爱人。"

伴随着他的话音，夫人用难过的表情做出回应，随后竟然低垂眼睛看看我。

"医生，"她说，"请让我解脱。"

我不知该如何回答，只得点点头。看着她又恢复笑颜，我感觉更加毛骨悚然。凛小姐已经做好了准备工作，使用两台设备搭建了一个温柔的产床，开始向内灌注液体，稍后将进行水中分娩。

突然，窗外传来一种"嘀——嘀——嘀——"的声音。安巍警惕地捡起武器，环顾四周。

"嗤嗤啦啦"，小小的撕裂声在窗户旁响起，似乎有微光一闪。"趴下！"安巍喊道。义肢产生本能反应，我起身用力把凛小姐扑倒，堪堪躲过了头顶袭来的东西。安巍躲在沙发旁，艰难地搂住孕妇。

"没有美感啊。"他说，"这种攻击。"

更多的高热穿墙弹射了进来，对方火力凶猛。安巍向外露头三次，才完成了身份定位。

"啧，是保安。"安巍不满地骂道，"我已经干掉了他才对。"

"但他是猫。"凛小姐说，"狡猾得很。"

"猫？"

117

"他是创始人最信任的人之一。"凛小姐继续说，"我不知道他接受了何种手术，眼睛在不同时刻总是有动物的形状和神采。"

"在我看来，只是为了装饰美观。"安巍说着，向他的"海参"发布了指令。

屋内突然如洪波涌起，淡紫色的东西源源不断地汇集过来。它们本就隐藏在看不到的地方，此刻竟开始聚合成庞大的相过渡体，体量让人震惊。那些"海参"形成浓郁黏稠的屏障，高热子弹射入其中，如同陷入绵密的胶体。

"还有更庞大的相变。"安巍自信地说。此时，"海参"突破玻璃，伸到窗口之外。对方火力被完全压制，我爬起来，向窗外看去。

相过渡体在窗外开始硬化，高过楼体，下部伸出如人体四肢的枝茎，颤颤巍巍地立在地上，像个刚铸成的雕像。我没有看到敌人。远处的保安岗亭突然开始颤抖，大地似乎在低声轰鸣。

突然，"啪"的一下，酒店外一切装饰用的日光招牌熄灭了，房间内的新风系统缓缓停止运行。

"断电了？"凛小姐说。

此时，那保安从保安亭中闪出，眼睛眯成了一条线。他手持一把奇怪的武器，前面是三头棍状体，后部细长，一直伸到保安室的地下。地面始终在震动，似乎吸取了四周所有的电力。

"糟糕，"安巍突然说，"交变磁场机，他要给'海参'退磁。"

说着，他冲保安开了枪，保安也同时开火。似乎有淡淡的蓝色光芒从机头上涌出，眼前的空气呈现黏稠状，如同看不见的波浪起伏。我竟不知道这是自己亲眼所见，还是大脑产生的错觉，因为在我的认知里，磁场不可能拥有颜色和形状。此时，"海参"被交变磁场覆盖，逐渐凝固的相过渡体仿佛完全定住。那海参人在风中晃悠了两下，表面咔叽咔叽直响，变得越来越硬，竟如钢铁般反射着光芒，表层却出现越来越粗的裂纹。那保安被安巍的子弹击中，仰面倒地，丢掉了武器。

"同归于尽了。"安巍喊道，"快跑！"

话音未落，坚硬的"海参"人"哗啦"一声裂开，向酒店的方向倒来。在它砸到窗体之前，我一把拽住凛小姐，向走廊跑去，安巍抱起孕妇，冲在我们前边。他可真有力气，这是我见过最硬核的公主抱。此时石块一般的相过渡体砸在酒店上，撞烂一侧的房间，墙面和柱子纷纷坍塌下去。我们到了走廊，在横飞的瓦砾和飞扬的尘土中奔跑，安巍不停喘粗气。可面前出现了另一个人。不，那不是人，是酒店餐厅的送餐机器，它伸出用于托举餐盘的手臂，冲我们开了火。安巍没料到它有武器，身中数弹，血肉横飞，而子弹轨迹显然经过精心计算，全都避开了孕妇，她毫发无伤。

准妈妈坠落在地上，回过头，朝我们露出惊恐的表情。送餐机器可能检测到我们没有武器，轰隆隆驶过来，向孕妇发射出一支软纤，缠住她的胸口，想要把她拖走。安巍从地上抬起头，他身上似乎有防弹衣，但双手紧紧捂住脖子，那毫无防护的位置已经涌出血来。我上前想要夺回孕妇，可安巍一下扯住我。

"最后的……'海参'……"他说。

机器人突然怔住不动，随后，它身上发生了一场小小的"雪崩"，表壳被一层层剥离粉碎，由外到内原地分解，化为一堆散落的零件。紫色物质也从它身上蜕去，变得透明，融化在墙角。相过渡物质从外到内粉碎了它。

孕妇的束缚解除了，凛小姐急忙去照顾她。我也想站起身，但安巍依然拽着我，他放弃了捂脖子，流水一般的血液喷溅在我脸上。警官挣扎着，从口袋中拿出一根小小的针管，刺入自己的眼睛。随后，他似乎再也没有力气了，手耷拉下来。

"打、打针。"他说。

我明白了他的意思，握住那根颤颤巍巍的小针，用力推动注射器，帮他把液体注射进眼球。

"固、固定住了。"他有气无力地说，"读取……我的意识。"

"什么？"

"它会告诉你……婴孩是什么，夺回……"

说到这儿，他失去了意识。我把针筒从他眼睛中拔出，安巍的头后仰过去，黏稠的红色血液从他脖颈中慢慢涌出。我在地上坐着，向后挪动了一点。

"他、他死了。"我说。

"他需要去医疗室。"凛小姐扶着孕妇，来到我身边说，"她也是。快！"

"可他已经……"

"走！！"

"好，"我说，"你扶孕妇，我拖他。"

可安巍已经死掉了。我拖着他，能感知到他已经离开这个世界，但我不敢说出口。走在遍布瓦砾的走廊上，只觉得双臂和全身的肌肉都在发抖，只有义肢安稳如山。

9

所谓的备用医疗室，只是一间仓库的代称。那里放置着一张类似躺椅的、呈四十五度倾斜的床，四周有几台复杂的机器，铺满灰尘，看起来卫生条件不太好，尚不如客房整洁。

"我也很久没有操作了。"凛小姐说，"把他放在床上。"

"他已经死了。"我重复道。

"我知道。放上去。"凛小姐温柔地拍拍我，随后让那孕妇坐在了旁边类似沙发的软座上。孕妇似乎在安巍死后失去了灵魂，直愣愣地看着凛小姐的眼睛，脖子随凛小姐的移动而转动方向，像是只正在辨认母亲的雏鸟。

我费力地把安巍这大块头放在斜床上。他的头耷拉着，嘴角流出血来。

"我见过类似的场面。他刚才紧急打了一针，把自己的意识定型了，"凛小姐说，"让我们看看他脑子里有什么。"

随后，我按照凛小姐说的，把一顶连着双色液体管、由金属网格编织成的头盔扣到尸体的头顶，尝试把两侧的长针钻入死者的太阳穴。钻到一半，机器停止了，我感觉似乎碰到了坚硬的东西。

"对不起，警官。"我道歉后，用力掀动电钮。这次旋转的长针终于钻了进去。颈部则随之嵌到类似处刑索的东西上，固定颈椎后，金属片合拢，安巍的脑袋几乎被切了下来，双色管把液体汩汩地灌入，死者的眼睛突然睁开。旁边的孕妇嘴里发出咕哝声，像小孩一样垂着手哭泣起来。小孩哭的时候都是垂着手的，他们没有羞耻心和抬手遮掩的意识，他们的哭是真实而悲恸的。

"啊喔喔我我我！"安巍喊道。血液从鼻腔和口唇上渗出，似乎七窍刚才被塞住了，此刻如爆破般撑开。空虚的眼睛向上翻动。"啊我……"

"有十分钟的时间询问他。"凛小姐说。她拢拢头发，把头转过去，看来这一通操作规程已经让她受够了。

"警务监察官，安安安安巍。"那死者五官颤抖着说，"编号LP002。"

"安巍先生。"我说，"孕妇和胎儿是怎么回事？"

"活过来了，"他喘着气，似乎恢复一点点神采，但嗓子仍然是机械性的，"我活过来了。"

"你还记得孕妇吗？你带她来到了酒店。"

"当然，当然。"他说，"你在和我的记忆说话？"

"是……吧。"我说，"那是你老婆？"

"不是我老婆。"死人头答道，"当然不是。"

"她是谁？"

"这要从酒店的任务说起。多年任务的全景。"

"你知道酒店的事？"

"当然，我是阿卓的好朋友。以前参军时，他曾经救过我的命。"

"你们这么早就认识了？"

"后来他帮我发财，"尸体诡异地笑了笑，"共同发财。我参加了他的计划、知道一切。给我十十十十十分钟的时间，我给你解释清楚。"

我看了看表。

"现在你只有九分钟。"我说，"抱歉。"

"啊，你想考验一段'记忆'的语言归纳能力。"他咧咧嘴，血依然在渗出，他抽动肌肉，白眼不由自主地翻动，"但那不是问题。我打了一针，解开了记忆锁，现在感觉好得很。知无不言。"

"请讲吧，谢谢你。"

"没有时间了，先从物理学讲起。"

"物理学？"

"是的，直接倾诉我的记忆。"

"好……吧，随便你。"

"好，你可能懂一点点点。根据弦理论的一个变体，我们看到的现实是更高维度存在的投影。就像我把三维的手指穿过一张白纸，二维的纸张上显示的是圆圆的切面。"他看起来很想用手表演一下，但胳膊完全无法抬起，神经系统和肌肉已经全部死亡，于是作罢，只好用浑浊的双眼盯着我。

"明白，"我说，"我读过相关的书。"

"所以，高维的存在物，投射在我们的现实中，有可能呈现不同的表现形式，并且是'不连续的'。就像我用同一只手的不同手指穿过二维平面，打出两个圆洞，实质上是同一只手的投影。"

"明白。"我替他用手指做了一个击穿的动作。他似乎很感激。人之已死，其言也善。

"所以，我和一万公里外餐厅桌子上的马克杯，有可能是高维世界同一物体的投射。但在我们看来，感觉毫无关联。"

"毕竟我们没开上帝视角。"我说,"这是认识的局限性。你进入了哲学领域?"

"这也是死者的智慧。"曾经叫安巍的东西咧咧嘴,"现在拉回来。如果把马克杯打碎了,我会怎么样?"

我想了一秒钟,突然一激灵,想起了崖边的海鸟。他似乎说到了重点!

"这就像,二维平面上的人物,从开洞处切断了我的手指。"死人头继续说,"创面一直流血、感染、化脓。我的手坏死了……所以另一个手指创面的形状也开始腐烂、改变、崩塌。明白了吗?"

我沉默了五秒。在他仅存的"生命"里,这五秒显得那么漫长。

"这样吧,我们看到的现实,是更高维——"他又开始从头讲起。我急忙打断了他。

"明白了,明白了。"我说,"毁坏东西的行为杀死了高维世界的生物。"

"未必是生物,反正改变了那存在物的结构。"死人头说,"同一存在物投射出的两件物品,在一件毁灭后就会一起毁灭。我们叫它'共生'。对于人来说,与自己'共生'的东西损坏了,本人大概率会重病或死掉。这是所有人的死穴。长久以来,并没有人认识到这一点。因为一叶障目,万物的联系实在是稀薄。"

"那……"我心中已经明白了一多半,死鸟的影子在眼前盘旋着,使我毛骨悚然,"你的任务和这家酒店有什么关系?"

"酒店的创始人,曾因为一次滑雪事故,头部受创,产生了大脑后遗症——大脑中的某个开关坏掉了,使他无法体验'饱'的感觉,永远处于饥饿状态。这种长期的饥饿体验,改变了古老的岛状皮层,使他慢慢获得了感知事物深层联系的古老能力。也就是说,他能看出哪两个个体之间是'共生'的。"

"有点懂了。比如,他找到了很多与海鸟共生的瓶瓶罐罐,保护在灯塔里,不让宠物死亡。"

"这我倒不知道。"死人头诚实地说,"但他在酒店里,精心保管了亲人、朋友、手下的共生体。可惜的是……他从来没有找到过自己的。"

"啊？"

"只能说明，他是没有共生体的人。"死人头说，"所以，他认为自己是可复制的。"

"仔细讲讲。"

"在人类历史上，所有尝试提取和转移意识的行为，都因信息的'引导图'缺损而失败了，就像硬盘损坏后，存储的信息无法重组一样。但创始人深信自己可以做到这点，因为他的所有存在、所有信息凝聚于一体，并无分支。"死人头说，"他需要找一个理想的受体，一个同样没有共生体的人，才能有同样的引导结构，承载他全部的意识信息。这成了计划的最大难点。终其余生，创始人都没有找到这个人。他留下了侄子继承衣钵。饥饿，饥饿就是他们改变大脑的武器，他的侄子接受了手术，每天都在挨饿。卓先生的大脑，现在也可以看到共生体间的联系了。"

我倒吸了一口凉气，想到了我那高大瘦削的朋友。自从在虚拟画展认识后，我从未和卓先生在线下会面，自然也没见过他吃饭的样子。

"他靠保障最低限度营养的胶囊过活。"死人头说，"大概两个月前，他前往私人诊所例行体检。在那里，偶尔看到了一位孕妇的检查结果。他用那看破万物的双眼，直接看到了孩子的未来。腹中婴儿的影像如闪电般击穿他的灵魂——那婴儿没有任何共生体，他的体内流淌着两代人梦寐以求的、单一的颜色。那是一位作家的妻子和孩子。"

"嗯？"在他说出名字后，我突然想起了一点点，"车祸身亡的作家，我似乎有点印象。车辆起火烧成了炭。"

"阿卓拜托我，我利用警务监察官的身份，更换了文件，制造了两人全部死亡的假象。"他说，"然后，带孕妇来这里生产。"

"制造假象？两人死亡？如果现场只有一具尸体的话……"

说到这里，我停了下来。已经没有追问的必要了。

死人头也沉默了，他似乎想低头，但金属片牢牢地卡住了它。凛小姐咳嗽了一声，指指手腕，看看我。我看了一下时间，只剩一分钟左右。

"所以我才会后悔啊。"已死的安巍继续说，"我得了癌症，命不久矣，完成他的任务对我来说，没有任何意义可言。我的手上沾染了两个人的血，所以我要赎罪，保下这个孩子。阿卓曾救了我一命，我还了他两条，已经足够了。"

"我再问最后一个问题！"我打断了他，"为什么说我是另外一块拼图？"

他顿了一下。仅存的时间如飓风般从他身边呼啸而过。

"为什么说我是拼图？"我重复道。

"我真的不知道，也不认识你，你大概是夫人的人。"他似乎努力笑了笑，"看来夫人有望大获全胜。"

"夫人？"我说，"我好像听过这个称呼。"

"最后，你也要、回答我、一个问题。"他挣扎着问出一句话。他的大脑似乎在分解，血从眼睛里冒出来，滑过鼻腔，流进嘴里，"我会被原谅吗？"

我想想，还是摇了摇头。倒计时结束了，他慢慢闭上了眼睛。我不知道他是否看到了最后一幕，但是作为一段记忆，在幻灭的最后一秒之前，又能得到多大的安慰呢。我还想说点什么，还未开口，安巍的眼睛突然向上激烈翻动，五官再次抽搐起来，似乎要把自己的脑袋从脖子上甩脱出去，眼球浑浊发散，嘴巴微张，随后一切无意义的抽动猛然停止，就像整个脸部瞬间断电。最终，他不动了，五官变得模糊，面容比刚死时还要丑陋百倍。

"大脑过载了。"凛小姐说着，关闭了设备开关，轻轻叹了一口气。我这才发现她也在全身颤抖。

"我有些害怕，"她说，"我今天肯定要做噩梦。"

"这是你第一次使用这机器？"

"第二次。"她说，"上次算是旁观吧。创始人协助警局破获绑架案，把被击毙的犯罪者拉到这里，连接死者记忆，问出了人质的下落。"

"不错，救下了人质。"

"不。"她撇撇嘴，"在记忆中发现，人质已经被切碎，扔进了海里。"

"呃……"

"不行，我们要振作精神。"她拍拍自己的脸，"不能让那警察白死，必须把婴儿安全地送出去。"

"怎么做？"

"你去开那辆大车，我们把孕妇送下山，找最好的医院，让她健康生产。"

"夫人……"我说，"他提到了夫人。"

"我们管创始人的妻子叫夫人，夫人对我很好。"凛小姐说，"这让你想起了什么？"

"有人曾经，这么叫过我的祖母。"我说，"我现在好像把一切联系起来了，但是记忆很乱。祖母和我……"

"随便吧。"她摊摊手，"我扶着孕妇，你去开车。路上再谈。"

说着，凛小姐艰难地扶起进入出神状态的孕妇。那孕妇眼神木然，略带悲伤，口中哽咽，流出涎水。不知道安巍是怎样洗去她的意识，让她变成如今这副空壳的，但准妈妈的无声悲泣深深刺激了我。我站起身来，向仓库外走去。

"我……去看看电梯还能不能用，"我说，"总比抬着她走楼梯强。"

"叮咚。"一个熟悉的声音响起，似乎是电梯抵达的信报，又像旧日儿时的门铃声。

"是电梯在响？"我问。

"不，仓库门。"凛小姐警惕地站起来。

我急忙拿武器，但掏出的却是便携式画板。枪不在我身上，刚才听死人头震撼演说的时候，我把它忘在了桌边。仓库门突然开了，一个戴着墨镜的人站在门前，看不清他的真容。我刚要转身，他的墨镜向下一垂，露出了眼睛。那左眼只有完完整整的黑色瞳仁，像猫一样的瞳孔，瞳仁上刻满小小的符号。一阵恶心袭来，我动弹不得。

糟糕，螳螂捕蝉。

"凛——快跑！"我大喊道。可来者如海雀捕食般迅速抬起枪口指向我的额头，一声巨响，仿佛声音不是从枪口喷薄而出，而是如大钟般从四面八方笼罩我，疼痛、脑组织、液体与回忆喷薄而出，我感觉整个脑袋都被彻底撕裂。

意识粉碎之前，我听到凛小姐的尖叫声。

最后的触觉是，手中紧紧攥着的画板。

10

黑暗中，无数恶魔在看着我。全都是我曾画过的朋友们，六目恶龙阿兹达哈卡、精神错乱的拉玛什图、忧郁新娘阿达特·莉莉、骑鳄的塞列欧斯公爵，还有欲望之魔阿斯莫德。阿斯莫德的翅膀突然变得巨大，它的阴影笼罩了一切、吞噬了一切。我没有眼睛，但我能看到他们。阿斯莫德化身为那个开枪的人，拿起了我的笔，折断它。

祖母也在离我远去，我在无限时间中倒退，仿佛置身于黑洞与巨龙的吐息中。我突然惊醒，准确地说，我并没有醒来。我没有眼球，它们已经在刚才的袭击中变得无足轻重，可能正在一堆碎肉中粘连悬挂。我不知道自己在用什么观看面前的东西，万物边缘似乎更加锋利，四周仿佛极光般环绕摩擦，为视野增加一层迷人的浅绿底色。

我逐渐恢复了意识，尝试活动四肢，四肢还在。随后，我发现自己手中紧紧攥着一块坚硬的东西，触摸后自动展开，是便携数字画板。我突然感觉十分烦躁，立即把它丢掉。我已经不关心画画了，我失去了热情和技能。我不明白为什么自己曾经那么热爱画画，那分明是毫无意义的工作。

同技术相比，毫无意义。

我想从地上站起来，可身体连接了许多线，那是急救线的颜色。我愤怒地扯掉它们，恢复了自由身。就在拉扯时，我只是扫了几眼线的编号、形状、长度，突然发现，几乎所有线路都已印刻在我的意识里。

——不对，那不是印刻，是我本来就知道的东西，我清楚地知晓每一根线路的功用。我有知识，有可怕的经验。一个熟悉的声音在呼唤我，似乎是在我失去主体的存在之后才出现的声音，新鲜的声音……美味的声音。

以及抽泣声。

"醒过来，醒过来。"

是哪位恶魔在召唤我？我画过的，不，是他画过的东西？

"上次有部电影，才看到一半！"

电、电影？

"回来去海边，再看一次秋天的海！"

不是恶魔，是一个女孩的声音。

在她的呼唤中，我把一切意识全部拉入体内。世界稳定下来，我终于看到了旁边哭泣的女孩。她也看着我，笑了一下，正在努力止住泪水，眼眶红红的。我发现自己认识她，或者知道她——凛小姐。即便这种"知道"在心中的存在冷冰冰的。她一直在抢救我。我脑袋被打爆了，她还在抢救我。我突然感到了一丝"心动"。

对我来说，所有情感都可量化，所有表情、所有话语都是技术。"心动"意味着，她拥有完美的爱情技术。

"太好了！你、你怎么活过来的？"她开口说，似乎不敢相信我还活着，一只手仍在擦着眼睛，"你的脑袋被打烂了四分之一。"

"不是你让我活过来的吗？"

我反问完，艰难地站起来，适应了一下义肢，似乎长在腿上一样，非常亲切，摇摇晃晃地照了照机器有些扭曲的反光表面。

镜子里的我好像一只被拧掉脑袋的苍蝇。

"你不害怕我吗？"我问。

"我对你，不害怕……但，你是谁？"她后退一步，反问道，"讲话不太像我认识的画家。"

"画家。"我哑然失笑，"我不会画画。"

"怎么回事？"

"好像是，失去了画画的能力，以及那些悠闲的想法。"我转过头，"我的脑子里，似乎被什么东西挤占了，但我感觉澄明得很。那孕妇呢？"

"被、被猫人掳走了。"

"技术上来说，携带一名孕妇，会拖慢对方的行动。"

"你说话的方式不一样了，常识告诉我不要相信你。"凛小姐警惕地捋捋耳后的头发。

"一起完成任务就行了，不必适应我。"我看着四周，脑子——或者不是脑子——飞速运转，在屋内发现了三个可侵入的技术接口。"你，干点女人干的事，帮我多拿点转接器和开关。动起来！你不是爱上我了吗？"

她一怔，随后露出鄙夷、尴尬、迷惑、不解的表情，"我认识的画家绝不会这么说！"

"通过观察表情的技术，我确信这一点。"我说，"快，帮我，把屋内的所有接口连在我的义肢上。"

"我问你，我们第一次看的电影是什么？"

我想了想，记忆还在。

"《我心中的爱达荷》，英年早逝的瑞凡·菲尼克斯。"我说，"那是我来酒店的第一天，是第一次用视听室，也是第一次对你产生好感。"

"你……"她似乎脸涨红了，"我们去灯塔探险，看到了什么？"

"看到了死鸟和死人。一群死鸟，一个死人。"

她愣了几秒钟，转身离开，找到室内的三个接口，从接口中分别拉出了长长的线。

"你有什么不舒服的地方？"她问。

我摇了摇头——如果头还存在的话，"我和健康人一模一样。"

她拔掉长期没有使用的连接头，把三股线接入我的双腿义肢，义肢的开关与网络中枢握手，并且自动卡紧。之前我一个人的时候，也尝试过这么做，但那时我是废物，只会下载一些傻乎乎的绘画模板。那不是真正的我。

"杀他的是谁？"我问。

"嗯？"

"对不起。杀我，杀我的是谁？"

"猫人。猫人没有死透。"她答道。

"请告诉我他的名字，最好还有照片。"

凛小姐点击了几下，把信息卡递给我。卡面闪烁着微弱的蓝光，显示出员工的履历和头像。

"明白。"我操作义肢，发送三个指令，把自己浸入数据的汪洋中。随后，神经系统伴随检索的浪潮，开始算法化，尝试扩展义肢的功能。可是，生物计算应用传达到腿部之上时，便停住了，还差一点点。

身体里还有什么东西，在阻碍着我。

"你、你究竟是什么人？"凛小姐问。

"我是技术黑客啊。"我想微笑，但嘴唇无法做出准确的表情，它失去了塑造肌肉的技术，"他们都叫我柳别森。"

"柳……别森。好像听过，新闻中黑掉基金市场的人？"

"只是喜欢黑入一切系统罢了。"我说，"我也是刚想起自己的名字。"

此时，系统反馈了检索结果。猫人似乎非常有经验，带着孕妇隐入了意想不到的地方——附近海滨城市黑乡的居民区。那里镇民众多、人流如织,还有沿海较大的潮汐式集市。在几万人中找到一两个目标,几乎是不可能完成的任务。

"他一定进行了伪装。"我自言自语,好像用语言说出来,思考输入–反馈的信号才能成立,"但我有我的方法。我要思考一下。"

凛小姐"嗯"了一声,似乎不关心我如何操作,只是看着我被子弹穿入的伤口,随后去翻找消炎剂和纱布。

"面部识别不可取。一定有圈套。"我继续说着,拿起那张工作卡,翻看保安的个人信息和资料。其中有几段视频,我将它呼出,观看保安在体检、训练和表演节目中的表现。此刻,凛小姐把纱布展开,开始仔细擦拭我的血污和伤口。她竟然不害怕——我想——我活像个沼泽怪物啊,遍布污垢和垃圾的沼泽中的怪物。

"不用管我。"我有些尴尬地说。情感问题——我的技术库一时掉线,没有应对这种状况的预案,这也超出了黑客的工作范围。

"闭嘴。"她温和地劝道,"我看看伤口有多严重。"

"我想到了!"我突然一拍桌子站起来,"步态追踪。"

说完,我就拼命向义肢输出语言代码。凛小姐拿着纱布站在一旁,无奈地摇头。

"每个人的步态特征都是独一无二的,"我解释道,"是可以用于远程辨识身份的工具。我刚才制作了一组程序,通过工作卡里的视频,分析出保安的步态特征,再上传至全网络摄像头分析比对,找到步态相同的人。可能整个过程需要很久的时——"

话音未落,系统反馈出了结果。

"……好吧,我刚才谦虚了。"我说。

"所以结果是什么?"凛小姐好奇地问。

"他……竟然没有走。"我说,"整个黑乡都是圈套,他仍然藏在这个酒店里。"

"为了生孩子吗？"

"从我死……昏迷到现在，大概过了多长时间？"

"不到四个小时。"

"已经很久了，孩子应该生完了。"

"那他们怎么不离开？"

"可能是因为我吧。"我说，"他们说过我是拼图。我爆头而不死，大概是他们乐于看到的，他们在继续观察——"

突然，义肢提醒我，步态追踪程序有了反应。

"或者说，验货。"我说，"检验一下我是不是真的'拼图'。"

我的义肢轻微振动起来，步态监控检测到了一个大东西。它距离我们还有二十米。

"我其实受够了这一切。"我说着，分别把自己的两个义肢拆下一半，"我不是任何人笼中饲养的动物。"

"轰"的一声巨响，从连接一楼的工业垃圾道中钻出了巨型物体，看来他们验货结束了。猫人喷涌而出带翻了整整一排退役零食机，色彩缤纷的过期巧克力豆爆散飞扬，像一场彩虹的满贯全垒打。但我的信号输入系统已经升级，看到他如慢动作般驾驶着一副警用外置骨骼出现在锁定窗口，程序瞬间识别其型号，是用于逮捕示威者的捕捉型，保证目标在柔软的钳臂球内毫发无伤。看来是为我准备的新家——home sweet home。

此时，那保安没有戴墨镜，忽闪忽闪的黑眼睛直视我。我想到，他眼中刻满的符号和细小文字，大概是一种心理暗示。但我的眼睛已是摆设，所以不再会受他的干扰。于是，我假装愣在那里。

他定住我后，没有开火，直接发射了捕捉器。这是他犯下的唯一一个错误。捕捉器将我刚刚拆掉的义肢上的两片零件辨识为"群体目标"，首先捕获了义肢碎片。在此空隙，我以闪电般的反应速度，向黑眼睛的敌人开了枪。

三发子弹，两中目标。今天仓库中红色的要素已经过多，所以凛小姐呆呆地看着，甚至没有闭上眼睛。

机器轰然倒地，我收起武器，上前检查保安的情况。子弹显然撕碎了他的肺部，他鼻腔里在冒血泡。我把他的尸体拖出来，冷静地去清理外置骨骼，尝试用自己的义肢侵入。没什么秘密架构，谁都可以用。我又转头看看保安，他已经死透了。

果然，当人习惯流血的时候，也会变得嗜血。

"你……动作好快。"凛小姐说，"刚才那一小会儿，你制作了几个程序？"

"三个。"我说，"步态分析、义肢分解、神经传导速度提升。"

"天哪！我开始害怕你了。"

"才刚开始害怕我吗？"我说，"害怕我，就在找到婴儿后，分道扬镳。"

"要怎么找到婴儿？"

"那就用一下这家伙的尸体吧。"我歪头看看死掉的保安。

"怕是不行，"凛说，"刚才没有给他注射定型针，不知道还来不来得及。"说着，她去桌面上胡乱翻找。

"不用麻烦了。"我说，"我用刚刚制作的第四个程序。"

"什么！"

"直接——"我说着，把尸体掀翻，露出原始的侵入式脑机接口，"——入侵他的大脑。"

在凛小姐半是震惊、半是恐惧的视线中，我把义肢的输入端扯出，削断旧的连接头，将密集的长线一分为四，全部插进死者的脑袋里。

11

与死者联机，就像进入了一场增强现实游戏，同时也是危险的冒险，因为在本质上，这是义肢在接受外来的信息输入。死者混乱的大脑神经网络残余状态，通过脑机接口的数据转化，如同暴雨一般倾泻在我的意识里。它们都是杂乱无章的信息片段，如果在意识中积累过多，就会导致受体崩溃。为了避免陷入这种临界状态，我为自己设置了秒表，在令人安心的嘀嗒声中，我进入了一片遍布迷雾与碎片的意识空间。这里就像刚刚结束的太空战争现场，悬浮的都是死者的生活碎片。我抬起假想的腿，在深邃的灰色虚空中漫步，左右竟站着两列人物。一列是小孩，从矮到高排成一排。我仔细看了看，长相相似，应该代表主角人生的各个阶段，每个人脸上都留下了清晰的割痕。另一列是奇形怪状的怪物合集，有的头部套着钢铁铸成的十六面体，有的面容好似狸猫保安，我不知道这是意识混乱后的产物，还是社会性创伤留下的阴暗面。在远处，有一座熠熠生辉的金色殿堂，它浮于虚空中，正随世界一起崩塌。我看到那是"岬之梦"酒店的形状，它竟能坚持到最后，可见是主人的救赎之地，是生命中不肯放弃的天堂。我加快假想中的步伐，越过无尽的队列，向酒店迈进，在它崩溃之前，挤进了并不存在的大门。

在这里，我全知全能，可以同时看到所有的房间。从一层到六层，从2001到6999。我看见，其中有个房间是凛小姐专属的，她一个人坐在床上，旁边的浴缸正在不停地注水，那水已经溢了出来，漫过女神的脚踝——这主体果然对凛小姐抱有好感，难怪杀了我之后没有杀她。旁边还有个房间，是安巍住过的水疗室，断壁倾颓，尸横遍地，被打上了骷髅的符号。我加快速度，终于在数百个房间中找到了婴孩，出乎意料——他在厨房里！孩子如圣婴一般啼哭，一只枯干的手沾着水，在孩童脑门上画着难以理解的符号，而女人已经死去。在厨房里分娩，真是聪明的选择。这里有洁净的水源，有宽敞的空间，还有用作消毒镇痛的酒类。若不是进入了死者的大脑，我真的猜不到这个地点。好，是时候出去了，必须在完全崩塌之前离开，秒表不停地催促我。我快速走到外边，准备给自己的意识发出清醒的信号——在我的设置里，这个信号是"找个洞，然后跳进去"。

洞穴在哪里？我环顾四周，看到了！黑黢黢的，深不见底，在两点钟方向的虚空中飘浮，跳下后我就会退出。我如航天员一般向那边飞跃，距离近了许多，下一次应该能跳过去。秒表的鼓点嗒嗒作响，此刻我抬起头，急忙测算距离和时间，却一下看到了令人心悸的东西——

是那个人的眼睛。

纯黑的眼睛，无比巨大，刻满诡异的符文，悬浮在虚空的中央、黑洞的上方，静静地看着我。

糟糕！我想移开视线，但已经晚了。我感觉全身突然变得僵硬，不能动弹。这是一只让人无法活动的眼睛，或者说，是图形化的心理暗示。我被死死地定在了原地。数据持续不断倾泻进我的意识，临界点到了，秒表中止，闹钟开始震响，世界末日般的信报响彻四野。

我依然无法脱身。完了，我僵立在虚空与灰色的迷雾中，完全无法控制垃圾信息的输入。四周景致几乎全部破裂，数据流逐渐加大，仿佛另一个人的所有碎片都要塞进我的义肢。我努力瞟了瞟刚才的位置，黑洞已经不见，我失去了最后的出口。现在，我再也不能左右自己的命运，唯一的希望就是凛小姐，她可以从外部切断数据线。但我的意识已经沉浸在别人的世界里，她又怎能知道我遇到了危险呢？

正在惶恐之时，我感觉思维停了一拍，是那种连贯的生命突然被斩去数秒的感觉，又像整个人被钝器拍倒在地。四周的景物突然消散，我的意识从连接状态逐渐脱离，万物如撕成两半的绘画那样重新拼接在一起。我眨眨眼睛，画面稳定下来，只有边缘仍在持续颤抖。这是现实的房间，太好了，我回来了。我的思维似乎并没有受损，赶快抬头看看，腿部的连接线已被人割断。

"干得好，谢谢……"我说，"你怎么发现我不对劲的？"

"你头部的伤口在飙血。"凛小姐说，"我怕是压力过高，又叫不醒你，只好割断了它。对不起。"

"没什么对不起的。"我长出一口气，"谢谢我那碗大个疤，但更要谢谢你。"

"你在他头脑里发现了什么？"

"找到了婴儿的位置，"我说，"什么记忆都逃不过我的眼睛，跟我来！"

"你最好先戴个头盔或面具。"她说，"这种形象可不适宜外出。"

12

酒店的厨房位于二楼最东侧的一角。凛小姐说，之所以不把厨房建在一楼，是怕污染整面外墙的银白色装饰。这位置给我们的入侵造成了困难。全楼的监控已关闭，似乎被来源不明的能量过载故意烧坏，我无法重启，不能掌握具体情况。只有步态监控告诉我，厨房里一个移动的生物都没有。但婴儿是没有什么步态的，为谨慎起见，我决定从三楼的通风管道进入厨房。在通风口，我首先放出两片义肢碎片作为干扰。碎片轻轻落地，室内没有任何反应，看来不存在隐藏的杀手机器。我和凛小姐从通风口出去，终于到了厨房里。

这儿完全是惯常意义上酒店厨房的样子，只是大得有些过分，怪不得被假厨师用作行动基地。我打开闪着银光的金属橱柜，发现里面囤积了大量武器，但它们都是低端手持产品，对我的义肢系统来说，没有任何入侵的价值。

厨房很快就搜索完了，没有婴儿或分娩的痕迹。我只发现了一个虚掩着大门的通道，仿佛是条走廊，通向黝黑的深处。

"这里是什么？"我透过轻合金的头盔，瓮声瓮气地问。刚才经过光洁的壁橱时，我照过镜子，那抠出两个窄洞的头盔扣在我脑袋上，活像旧日特摄剧里来自外星的战斗使者——冒着傻气，一无是处。

"厨房专用通道，"凛小姐慢慢地把门打开，"连接翼楼的食材库。"

"翼楼？"

"主楼旁的三层建筑，"她说，"水塔和冷库也在那里，就是厨师说曾经冻死人的地方。"

"哦,冻过死人。"

"不,冻死过人,"她说,"和冻过死人是两种不同的概念。实际上,除了冻死,还以其他方式死过人。"

"都很危险,我们进去看看。"我说着,又要卸下两片义肢碎片试探。

"等等。"凛小姐拦住了我,她按了一下门边的开关,整个走廊都亮了。柔和的白炽灯光照耀着蓝色的窄路,路两旁各有一道作为标记的白线,其余什么都没有,甚至连窗户都没有,干干净净。

"未检测到可疑步态。"步态监控反馈。我舒缓了一下紧绷的神经,把两片义肢碎片放了回去。

"节约一下你的身体,"凛小姐看了看我的义肢,"不要随便浪费。"

"这不是我的身体。"我说。

"这是什么?"

"这是我的大……"我咽下了接下来的话,"不重要,走吧。"

说完,我便抬脚向前走。凛小姐疑惑地跟着我,进入了走廊。随着接近翼楼,空气也逐渐冷冽下来,我似乎感觉到了户外的气息。另一侧没有门,只是黑洞洞的空间和楼梯口。凛小姐打开照明。这里的一些端口遭到物理性损坏,无法侵入。我们现在面临向上走或者向下走的选择。突然,我隐隐约约听到了一个声音。

是呼救声。

"救命。"那个声音小声说,似乎在悠久但并不遥远之处,和奇妙的时间与空间感耦合在一起。

"救命……"它似乎并不是从耳朵外飘入,而是响彻在我的心中。

"进程100%,倒计时零天,请掠夺那婴孩。"

我一时呆住了,张开嘴巴,久未流出的鲜血再次从伤口涌出,流淌进嘴巴里,似乎比之前更加黏稠。

"是阿承！"凛小姐说。她的脸色变得煞白，伸手来摇晃我，"阿承的声音！"

"啊？倒计时？阿承？"我一时惶惑不已，思维似乎停滞了，身体竟开始微微发抖。

"什么倒计时？"凛小姐着急地喊道，"阿承在呼救！"

说着，她向楼上跑去，"这个方向！"

我跟随她向楼上奔跑。置身于翼楼空间，有一种莫名的压抑感，我甚至感觉自己的技术正在流失。她跑得很快，四周风起，我几乎追不上她。看来她对这个五年来隔日见面的追求者，真的有很深的感情。我们一前一后跑到三楼，这里有个宽敞到奇怪的大厅，似乎是个舞池。什么味道？腐败不堪、臭不可闻，和安巍散发的味道是两种不同的臭。我似乎感受到了热量，步态监控啸叫成一片声浪的海洋，我立即将它关闭。这里漆黑一片，凛小姐大声喊着阿承的名字。

"冷静！"我说，随后打开了手电。这是我苏醒后第一次没有使用义肢，因为我感到它变得尤为沉重、不听使唤。在手电狭窄光源的照射下，凛小姐发出一声尖叫。我猛然一看，眼前出现了一具正在活动的枯骨。不，那不是枯骨，是个人——一丝不挂、瘦得皮包骨头的人。他似乎非常饥饿，冲我们伸出手，想抓住什么吃掉。但有看不见的东西阻拦着他，他怎样挣扎都摸不到我们。那虚弱张开的嘴巴里，竟没有一颗牙齿。面容几近脱相，头发紧贴头皮梳到脑后，甚至连是男是女都分不清楚。

此时，"唰"的一声，整个大厅的灯光全都亮了。

在饿鬼身后，是一个巨大的下沉式舞池，就像被削去一半的太空舱，满池都是饿成皮包骨头的人。他们绝望地蠕动着，挤在一起，却无法越过雷池一步。每个人都没有牙齿，不知是因为疾病脱落，还是为防止互相咬噬而拔掉了。他们伸出手，向四周乱摸。那看不见的网似乎是个电击装置。有人爬远，触碰到舞池边缘的时候，就会身体一抖，立即缩回去，并轻轻张开嘴，发出无声的叫喊。他们已经没有发声的力气，只能以这种方式展示自己是活着的生物。

"他，他们……"凛小姐捂住嘴巴，一句话都说不出来，"这些人……"

突然，四周响起了沉郁的音乐声，似乎有一圈巨型音响一起开放，震耳欲聋。乐曲有种华丽的顿挫感，电子声般的巨响——间断——巨响，仿佛星球坠落的配乐，又如同外星飞船激起了滔天巨浪。这声音让我想起了往事，似乎是不属于柳别森的记忆，此刻，伴随技术的无效化，越来越多曾经的回忆涌了出来。这曲子……是我和某人共同创作的。

《岬之梦安魂曲》。

"不，我是柳别森。"我咬牙念道，"不是愚蠢的画家，也不是其他人。"

"殊途同归。"有个内置的声音响起，"进程105%，躯体已过载，请掠夺那婴孩。"

宽阔的天顶处突然降下了舞台，漆黑一片。舞台上有个身着燕尾服的人影，很高，很瘦，手里高高举起银色的指挥棒。

我知道他。我们有印象，我们记得他。那是和我一同创作这曲子的人。此时，乐曲变得更加浑厚雄壮。他轻轻用指挥棒在虚空中画出难以理解的符号。音乐慢慢停止。

是我的朋友——卓先生。

卓先生明显更瘦了。他的脸颊深深凹陷下去，颧骨像两个坚硬的羊角，为阴郁的面部增添恶魔的符号。他精心抹了发蜡，打理了一个纽约黑帮式的半长鬈发，刘海则汗津津地打绺分叉，盖住了因过瘦而泛起的皱纹。

舞台终于停住，固定在半空，悬浮于舞池上方。池里的可怜人纷纷举着手臂，指向头顶的舞台，像在乞求自由与宽恕。卓先生把指挥棒慢慢放下。他看着我，眼神充满居高临下的怜悯，又有一丝看滑稽戏般的快乐。

"你的脑袋可真惨。"他说。音色纤细悠长，似乎发声部位隐藏在深深的胸腹中，"怎么变成了铁疙瘩。"

"这些人是怎么回事？"我问，"虽没见过你的真人，但你瘦得超乎想象。"

"是实验品。"他用指挥棒画了一个大圆，"绝大部分失败了，但我慈悲为怀，留了他们的性命。"

"引我来酒店，也是为了当实验品吗？"

"只是想复活老头子，但现在你已经没用了。"

"什么意思？"

"你想必已经听说了，老头子打算移花接木，在婴儿身上复活。"他说，"新生儿大脑是空白的，能最大程度接受他的意识。但是，婴儿神经网络未完全发育完整，所以需要一个个体作为基底和耦合剂，填补这个空缺，把神经网络和大脑组合在一起。"

"可……那是我？"

"我还没研究你的特殊之处。"他耸耸肩，骨头随着精瘦的身体一起颤抖，"夫人说你是'蜘蛛'，但她已经死了，对老头忠心耿耿的人全都死了，真相我可一点都不关心。"

"祖母……"我喃喃道，心里一片混乱，双腿义肢却变得越来越沉重，难以迈动步伐。

"阿承呢？"凛小姐突然大声问。

"凛，我交办的任务，你没有完成啊。"那瘦子转向凛小姐，"作为领班管理不善，建筑塌了一半。并且勾引警察，背叛酒店。"

"我没有背叛酒店。"凛小姐壮着胆子说，"我只是觉得杀人的行为……"

"从你帮这家伙完善义肢的那一刻起，"卓先生拿指挥棒点点我，"就注定了背叛。"

"阿承在哪里？"凛小姐喊道，"我听到了他的声音。刚出生的孩子又在哪里？"

"孩子远在天边，"卓先生笑了笑，"而阿承近在眼前。"

"什么？"

卓先生往旁边让了一步。我突然看到了后面的阿承。他蹲坐在那里，像个猴子一样,几乎一丝不挂,两个太阳穴如同被灼烧过般发乌,目光呆滞。

"看那两个人。"卓先生甩甩修长的棒子,"阿承,他们的共生体在哪儿?"

共生体?我心中一颤。

阿承抬起头,看了我一眼,又看了看凛小姐,目光在凛小姐身上多停留了几秒钟。

"阿承,是我啊!"她大喊道,"我是凛!"

"男的,"阿承伸出伤痕累累的手臂指向我,"共生体是个硬塑料仓鼠笼,埋在二百八十八公里外的一处花园地下九米深处,难以挖掘。"

我愣住了,我也第一次听到自己的共生体是什么。阿承竟也能看到事物与共生体的联系!他说的距离和位置,应该是祖母的花园。是祖母埋下了我的共生体吗?

"那……女的,"阿承又用手指向凛小姐,"共生体是个仿十九世纪风格、工艺考究的紫色玻璃罐。此刻……正在您的手里。"

"不错!"卓先生说,"比创始人还要厉害。他看到每个人时,能够瞬间推导出他的起源、共生体在何方。"

"阿承!"凛小姐似乎害怕了,"你清醒一下!"

"这是另一种'清醒'。"年轻的老板笑笑,"我改变了他大脑的时间活动序列,现在他的大脑中,出现对称性破损,时间在反演。他就像个梦中人,只能接受预设的结果,再按照结果决定自己应该采取什么行为。"

"执行命令的机器……"我说,"像那个孕妇一样。"

阿承看看她,似乎咕哝了什么梦呓般的语言,随后低下头去。

"好吧,把凛的共生体还回来,"我说,"我们立即离开,从此井水不犯河水。婴儿也随你处置。"

"已经晚了。"卓先生挥挥他的指挥棒,"刚刚阿承取得的成功使我意识到,你和婴儿都不再有用处。而且,忠于创始人的职工,已经死光啦。没必要再复活老东西。"

"你……"我意识到，这是个危险的阴谋家。我的脑袋高速运转，义肢出现幻痛，所有程序的运行都变得迟滞起来。

"我喜欢天才，我用饥饿开关训练了很多人，但只有阿承有天赋。"卓先生说，"他对消灭野鸟掌握得很快，而且砸坏共生体害死了讨厌的同事。这实在有些蹊跷。我捉住他，经过 DNA 检验——你猜怎么着？他和创始人有血缘关系。"

"私生子？"凛小姐一愣，脸上浮现出一丝震惊。

"是啊，老东西自己可能都感到遗憾。"卓先生笑笑，"阿承是都市娱乐场中出生的孩子，却执意来到偏远的银岬找工作，大概是遗传基因召唤了他吧，或者是老东西有意安排的！他的生母早就死了，死于一场酒吧火灾。"

"你们真是恶魔。"我说。

"如同你的画一样。"

"那孩子还活着吗？"凛小姐开口问，"那个婴儿？"

"那女婴还没来得及处理。"卓先生说，"怎么？你想当妈妈了？"

"反正她对你没有用处了。"凛小姐咬咬牙，"交给我。"

"交给你，和让她死在这里没有任何区别。"卓先生说，"今天没有人能离开，尤其是认识阿承的人。"

"你！"凛小姐上前一步，我拦住了她，驱动自己的义肢。但是，我感觉思维中枢异常疼痛，义肢似乎有些动力不足。

"黑客，你的义肢不能用了吧？"卓先生幸灾乐祸地说。确实，我已经发现，之前我设置的一切指令都已无效化，编辑的新程序也都不能在义肢中运行。

"我刚才设置好了一个命令，以心理暗示的形式隐藏在猫人的大脑里。"卓先生露出诡异的微笑，"当你入侵他的大脑时，瞪着那虚空之中的眼睛，便在主观体验中，获得了这个心理暗示。"

我愣在那里，感觉身体不太舒服，一切都在向失衡的方向发展，我要破碎了。

"这是个三段式、层层递进的催眠。其内容是——"卓先生说,"技术无用——忘记技术——对技术的厌恶。"

我看着自己的两条义肢,突然生发了最剧烈的厌恶之情,似乎再也无法忍受和它们共度哪怕一秒钟的时间。我卸下自己的两条义肢,先是左腿,拆下来之后,我使尽全身力气,把它摔向墙壁的凸角砸得粉碎。随后,我倒在地上,拆卸自己的右腿。凛小姐想上前阻止我,可我如同看到魔鬼降临般,用力将她推离,她倒退几步,跌坐在地上。

"快走!"我吼道,"离开这恶心的酒店!"

她哭了。在那一瞬间,我拆下了第二条腿,硬生生地将它撅成两段。

这是多年来,两条义肢第一次同时远离我的身体。随着它们的离去,我突然体会到澄明、净澈、屏蔽一切杂音般的轻松感,似乎忽然扫尽迷雾,在月色露出的河畔之野,独行步入水面浮现的圣殿,找回本源的自己。

画家、技术黑客、当下的日子,在这片迷雾中忽然离我远去。

它们,竟是我的多重外壳。

我在地上挣扎着翻过身,望着高高的天花板,视野逐渐稳定下来。现在,我在用真正属于自己的意识凝望看不见的天堂,上面倒吊着一些正在接受饥饿实验的人。酒店如同一座炼狱,处处均是恶鬼。

真正的锁解开了。记忆全部归来。

我,是一只"蜘蛛"。

13

蜘蛛区别于其他生物的最显著特征,不是八条腿,也不是丑陋和剧毒,而是中枢神经系统蔓延至全身各处,填充整个体腔,甚至延伸至腿部。换句话说,它的全身都是大脑的扩展。我也是这样的人，是个如蜘蛛般的脑畸形儿，我真正的思维，不存在于传统意义的头部，而是伴随神经系统遍布全身。我父亲是个金属乐手，我只在网络视频里看过他，从没见他不化妆是什么样子，亲妈把我生下后，趁暗夜悄悄逃出了医院。我是天罚的承担者，也是生理的叛逆人，没有人认真对待过我。他们不知道，面对我这恶魔和逆子，按照传统方式养育，是没有任何效果的。在我八岁的时候，夫人把我领走了。按照她的说法，八岁之前，我的记忆空空如也，甚至没有形成一个完整的人格。

所以，她才能够把所有的东西塞进去。把创始人那一半美好的人格浸润在我全身的神经网络里。

在她看来，她的前夫，"岬之梦"酒店的创始人，是一体两面的。因为阴郁、自私、愚蠢、邪恶、暴力、刚愎自用，她已经不爱他，所以与他分道扬镳；而自信、浪漫、聪明、安静、文艺气息，是他年轻时的特点，她始终对此保持热爱。她在离家之前，利用每一段谈话的宝贵时间，对他做了严格的精神分析和大脑刻印。当丈夫诧异地发现这一点时，夫人已经完成了对光明部分的复制，扬长而去，并且没有拿走一丝一毫的财产。

夫人爱的不是那家银色的酒店，只是创始人的一半，理想状态的一半。这一半是残缺的，是人在幻想中最完美的一部分。她以为，自己把幻想变成真实的时候，就完成了完美的造物。经过十年的调整、培育和成长，我终于成为她年轻时的爱人。尽管我们长相并不相同，但毫无疑问，我的灵魂便是她深爱着的、最美的样子。

随后，十八岁的、好奇而懵懂的、摒弃一切缺点的我，和她一起来到了梦中村落。她变成一个占卜者，为所有人计算死亡的时辰。我负责传达预言，为他们临终施礼。在太平洋的小岛，我们共度每一个炽烈的夜晚，看月亮从宽阔的洋面上升起，感受每一场夺取人心的风暴，在日复一日的生命循环中共眠。赤道穿过我的命运，也穿过她的心。

如此共度十五年，直到她渐渐老去。

三月三十日，复活节的前一天，夫人第一次替人延长了生命。村庄里有个五岁的女孩，经常来找我们玩耍，突然有一天，她身患重病，肺部炎症凶险，眼看回天乏术。晚间，夫人沉默地带着我来到海边垃圾场，找到一个被丢弃的摆件。是用椰壳雕琢的猩猩，已经发霉毁损。夫人把它带回去，认真擦拭干净，并用特殊液体定型保养。最终，女孩起死回生，捡回一条命，苟延残喘地活了下去。

自此，村民们将夫人奉为神明。她却在几周后带我离开，辗转去了另一个国家，租了一间小小的公寓。我们不敢享受社会福利待遇，只能靠写作奇幻故事度日，每季度还会开设一次短期画班，教人提升绘画本领。因为夫人没什么名气，所以学员寥寥无几。

杀手出现的那天，我去采购画架和颜料了，袭击发生时并不在家。对方是个本领不错的黑客，采取"特征识人"破解了加密网络，即通过分析我在群岛生活时的浏览记录和行为倾向，锁定了高度同质化的账户地址。当我回来时，地上躺着唯一一名学员的尸体，他画着骑鳄鱼的画也被打翻了，而黑客已经把夫人按在桌上，准备往她嘴里塞诱发DNA双链断裂的聚爆药丸。我扑上前与他争斗，力气却不如他大。在挤压中，药丸被异常引爆，我的双腿从膝盖处全部炸断。最终，夫人用画架拼命砸倒了他。我最后看到的一幕，是一张哭泣的脸。

——太美了，一张饱经沧桑、气质优雅，却会为我哭泣的脸。那一刹那，我突然感觉新生的爱意升腾而起，并在噬骨的疼痛中变得更加炽烈和具体，只是不知这种感情是从我自身涌现，还是基于她为我灌输的情感内核。混沌之中，我做了一些梦，梦到自己像条鱿鱼一样被人解构，横陈于案板，剥出一个塑料的壳子。醒来之后，我发现自己拥有了一对义肢。

"没关系，我会保护你。"夫人紧张兮兮地对我笑笑。

我活动着这对义肢，连接处还有些疼痛。我勉强适应着它，站起来行走到窗前，看着外面的街道。天已经黑了，河畔大桥灯火通明，陋巷窄道烟雾缭绕，两辆警车拉着警铃呼啸而过。我吃了一惊，义肢做出本能反应，让我大步向后倒退三步，撞坏了一张桌子，我跌倒在地。

夫人在旁笑起来，笑得花枝乱颤，甚至流出了几滴眼泪。我正摸着双腿尴尬不已，她的笑泪却转化为真正的大哭。我急忙爬过去，抱住她，轻抚她的后背，像哄孩子一样，慢慢抚摸安慰她。

"我活着，"我惶恐地说，"没关系，我还活着啊。"

"对不起，"她流着泪说，"对不起。"

"为什么这么说？"我答道，"是我的错，没有保护好你。"

"你的义肢……"她捂着嘴巴，"其实，我刚才定型了死去黑客的大脑，技术黑客柳别森，我把他的思维压缩了进去。"

"那有什么可哭的。"我说，"他只是一个虚假的意识，没有办法取代我。"

她摇摇头，哭得更厉害了，似乎正在经历一场生离死别。

"他是个技术黑客，基因特征很复杂，经历多重加密，足以混淆你的基因库在世界上留下的痕迹。这样，他们就再也没有办法找到你了。"

"那……你怎么办？"我突然意识到了什么。

"我的共生体在创始人手里，"夫人说，"这次突袭失败，他会永远失去你的踪迹，为了泄愤，恐怕要用共生体来杀死我。"

"放心，他不会这么做的。"我说，"这么多年，他都没有这么做过。"

"我了解他。"夫人笑笑，"如果不是命不久矣，他今天也不会派人来杀害你。你们就像月亮，不过他是阴暗的一面。"

"不，他是月亮本身。"我痛苦地说，"我是面朝地球的、光明的影子，是个幻象。把我交出去吧，你活下来。"

"已经足够了。"她摇摇头，"我已经不能回头，并且不想让你回头，所以给你压缩进了第二个人的思维。"

"什么？"

"那个死去的学员，无依无靠、无家可归的人，他经常叫我祖母。"她说，"我把他的身份信息压缩到了你的脑子里。因为你的意识像蜘蛛一样存在于全身，所以脑子里存储别人的身份，不会干扰意识的完整性。这样，通过三重身份的混淆，再也没有人知道你是谁了。"

"现在……"我说，"我是三个人？"

"三重外壳。"她点点头。

"但混在了一起，哪个才是真正的我？"

"一个圣洁的三位一体，属于未来的造物。"她避之不言。我知道，在我的躯壳内，她爱着的那部分已经深埋于谷底。在这一刻，被爱着的客体稀释了，而爱却永存。她再也不能和真正的爱人对谈，这样的爱，毫无疑问会变成更加悲伤的情感。

——或者，除了我以外，她还爱着其他人，不忍心让他死去。

"你真是疯了。"我说。

"我死后，创始人也会死掉。"她继续说，"我已经满足，多享受了十五年温和的恋爱时光。但创始人的死亡对你有益，我会为你安排一个契机，去接触最高深的技术，那是获得永生的机会。"

"我不要永生。"我说，"我只想和你在一起。我自己……不知如何在世上生活。"

"总有一个要先走一步。我已经把'人'扭曲得够多了，不想自己再被扭曲。"她笑笑，上前两步，在我的耳边咕哝道，"进程0%，倒计时四个月，请掠夺那婴孩。"

"什么意思？"我推开她。

她微笑着，做出"嘘"的动作。

"我不懂你说的是什么，你真的很自私！"我沮丧地抱怨道，"世界上本没有我，我是因你一己私欲而诞生的，现在你又要弃我而去，抱着你的本真，做你的真正的人。"

她轻轻踮起脚，像少女一样后退了几步，来到门边，"只有美好的东西值得留下，并且，值得永存。我并不美好，所以才选择了你。"

"真正美好的，是现在。"我上前抓她，"不要走！"

"再见！"她笑笑，倒退出门，"我不会忘记你的。"

我跟随她跑向门外，却感觉头晕目眩，似乎有什么开关被突然打开了。

"你的共生体是什么？"我拼尽最后的力气问。

"花朵。"她的声音在缥缈中回响，"黄金制成的花朵。"

一片黑暗，三缕漫无目的的亮光纠缠着，在我体内飘荡，它们每个都不完整，好比七巧板中有三块重复的部分，拼不出一块完整的拼图。

刹那间，我睁开眼睛。我看见了画室。我怎么会在这里？刚才发生了什么？我似乎受伤了，但摸了摸身上，却没有血。祖母去了哪里？

我站起来，扶正了倒掉的画架，它有些弯曲变形，仿佛经历了一场地震。我把我的画捡起来。这是幅半成品，还不错，是荣获马格利特奖的《骑鳄的公爵》的续作。我收拾好了画室，发现门虚掩着，便走了出去。

祖母正在外面站着，她看着我，苍老的脸静谧而安详。她的脸颊湿润，似乎刚刚流过泪。

"祖母，"我说，"你哭了。"

"没事。"她捂着嘴，又擦擦脸颊，抬起眼睛看了看我，像是在看一个陌生人。

"到时间了。"她最后说，"走吧，去观赏画展，他们要展出你的获奖作品。"

那是我最后一次见到祖母，直到她死去之前，我们都没有再碰面。那天夜里，欣赏完画展，她对晚宴缺乏兴趣，披上她的外套，提前离开了现场。我被几个聊天的人围住，无法脱身，心急如焚。等我出去时，只看到一辆出租车消失在雨中。

雨下得越来越大，雨落在我的身上，我追了两步，没有追上。大雨阻碍了我，我发现自己对雨水如此陌生，对世界也如此陌生，似乎有什么东西在今日折断了,把我同过去的人生切割开来。过去已变成一片混沌,遥不可及,回忆往昔时,只能触摸到一堵高墙。而在看不清前路的街道上,走来了画中的人物——那骑鳄的公爵看着我,欲言又止。

裤腿湿了,我低下头,不可思议地看着自己的义肢。

我,又是谁?

我是画家啊,我想,获得马格利特奖的新人。我要在这个世界上,继续走下去,哪怕在雨中匍匐前进,哪怕滚入路边阴湿的暗沟。因为,这是老师,即是祖母为我选定的道路。

14

我从记忆中逃出,趴在地面上,浑身颤抖。

解开所有锁链后,我终于想起了所有东西。我记起了我的三重外壳,也看到它们如何被一一揭去。

第一重外壳,是大脑里存放的东西,被杀害的画家。他已经随我的头颅被保安打爆。

第二重外壳,我的义肢存放着技术黑客柳别森。他同义肢一起,被心理暗示撕碎。

第三重,我的核心,终于在解除两层束缚后浮出水面。他,不……我。我的神经网络遍布于身体中,像蜘蛛一样,活在这个世间。

但夫人已经不在了,我的爱就这样失落无踪。我绝望地抬头,看着眼前的场景。卓先生正在亲自处决叛徒,他拿着指挥棒,把领班死死地压在墙壁上。

他卡住她的脖子,咯吱咯吱,咯吱咯吱,她口中传来咕咕声,唾液流了出来。这领班,她叫什么名字来着?

凛。是凛小姐。不喜欢制服，爱穿碎花裙子，有些骄傲的领班，大酒店的年轻管家。所以……那是来自第一重外壳的记忆。他爱她。不，是我爱？不对……是他。

我爱的是夫人啊。

此时，那女孩，凛小姐，似乎已经没有反抗的力气，她用绝望的眼睛看着我。生命的气息像大雨中的火焰，慢慢在她眼中消失。

我要救她，即便她不是我的爱人。

我开始拼命向前爬动，但是太慢了。我早已适应了义肢，所以残存的肢体极不协调。扭动两秒钟后，我这没有小腿的废人摸到了身边的一个开口。那是一个物联网端口，联通食材库的供能开关。此时，突然有一道闪电照亮了我的意识——

我是创始人，并且，是被数据化的创始人。这意味着，我可以以主人的身份接入这里所有的系统。我挣扎着，把义肢接口连接到了翼楼的物联网中。忽然，有种奇怪的、心悸般颤抖的感觉随数据流传遍全身。这也意味着，我暂时夺取了这处端口的控制权。感谢已经消散的柳别森，他早把人机适应性调整到了最佳状态，并且及时更新了固件，所以我在与系统对接时畅通无阻。

对我这种"蜘蛛"而言，脑机接口便是全身的接口。

凛小姐的双手垂落下来，无力地抽搐。

我给出命令。卓先生附近的智能柜爆出火花，他的指挥棒正好搭在金属柜面的一角，随着爆燃，指挥棒的持握部位突然炸开，电光灼烧了他的双手。卓先生惨叫一声，后退几步，扔掉指挥棒。凛小姐跌倒在地上，捂着脖子大口喘息，她全身发抖，似乎失去了所有力气。卓先生不可思议地举起手来，手掌呈现褐红、肉粉与血迹交织的颜色，已经焦黑脱皮。

他转过脸，看着我，似乎想要从怀中掏出什么武器，但双手不听使唤。

我给出第二个命令。头顶的"工"字形斜顶灯突然解锁，脱落的灯具将卓先生砸翻在地。他不动了，血液慢慢渗出来，流淌到地板上。半圆巨笼中的恶鬼似乎全部激动起来，纷纷涌向那边，隔着笼网伸出他们干枯的手，似乎想要舔食血液，"噼啪"的触电声响成一团。阿承没有动，在一旁呆滞地看着这一幕。

谢天谢地，救命的物联网、伟大的物联网。我感觉很疲惫，却依然没有断线。我能体验到神经脉冲信号在向翼楼深处蔓延，直达一个无可名状的终点，那里似乎还有其他东西，在系统中和我共鸣。

"你还有什么本事？"一个声音说。

"嗯？"我抬起头，发现是卓先生，他再次爬了起来。我给出第三个命令。卓先生身后的智能端口爆裂开来，电弧从线路断裂处喷射而出，但他侧身躲了过去。

"你这个残废。"他笑了，半边脸被血液覆盖，"我要在你面前彻底杀掉这个女人。"

"你的手也受伤了。"我快速思索对策，"要像驴一样踢人？"

"阿承。"他突然把脸转向背后的阿承，阿承也转头看他，眼睛略一抽动。

"把她的罐子打碎。"

"什么……"我愣了一下。

"这就是突然的献祭吧。"他抹了一把脸上的血迹，"生活就是这样，充满偶然的惊喜。"

阿承看着他，缓缓把罐子拿了出来。捧在手里，伸出手臂，举到眼前。

"阿承，"我说，"为什么要听他的？"

阿承的手在发抖，瘦到只剩一层皮的腮帮子鼓了起来。

"凛，他喜欢你。"我又转向凛，"快让他住手，他会听你的话。"

此时，面对我的催促，凛小姐只是瞪大眼睛，似乎还未从将死的恐惧中解脱出来。

糟糕，我想。卓先生冷笑了一声。

"快动手。"

阿承略一犹豫，但依然放开了双手，罐子向地面坠落。我想要弹出什么东西接住罐子，但橱柜太重了，抽屉是非智能设备，其他什么都没有。这食材库空空如也，我已束手无策。

罐子落在地上，发出清脆的响声，碎掉了。

卓先生的笑容突然凝固在了脸上。他震惊地把眼睛瞟向一边，但脖颈已不能动弹。

"你骗我？"这是他最后的遗言。说完，他栽倒在地，像一块死肉般不动了。从罐子破碎，到人死去，只花了两秒钟，至少，按我的感官时间计算，是如此短暂，恰如电光石火。那罐子并非凛小姐的共生体，而是卓先生的。

"充满，偶然的，惊喜。"阿承口齿不清地说。他以自己的行动，对利用者进行了反抗。凛小姐咕哝了几声，阿承用乞怜般的眼神看着她。他无疑深深爱着凛小姐。可我看到阿承颤抖着向前走了几步，她却躲开了他。

阿承非常失望，他绝望地啸叫一声，竟转身跳入了巨笼，那里是饿鬼的汪洋。伴随卓先生死去，笼罩舞池的电网似乎失效，阿承没有触电，他的身体看不见了，沉到了最底层。

凛小姐向前追了两步，但不敢去抓笼子边缘。那些不辨人形的饿鬼的惨叫声更大了，似乎正在向外爬行。

"阿承！"她喊道。

"凛，"我说，"去找孩子。"

凛小姐尚未从震惊和恐惧中平复，她犹豫了一下，看看我，面露悲伤。

"去吧，"我说，"婴儿身处险境，拖下去很危险。我不能动弹了，你是这里的管家，是领班，也是最了解这儿的人。"

"可……"她恐慌地说，"我害怕，害怕看到别人死去……"

"到深处去。"我斩钉截铁说，"你会是我的眼睛、我的双腿，而我是你长满荆棘的护盾,我身处物联网中,我会保护你。"

她紧张地咽咽口水,点点头,最后看了囚笼一眼,转身向房间深处走去,那里的走廊通向第二个储藏室。那里,也是我的神经脉冲指向的地方。

15

我再次集中精力,通过神经中枢接口向前方探寻,逐一连接到走廊上的摄像头。现在,我拥有由数据组成的眼睛了。我看到凛小姐在走廊上向前奔跑,她一直在流泪,脚步咚咚直响,头部的发丝早已散乱,沾染灰尘的长发在灯光照耀下闪闪发亮。我一边让视野跟随她行走,一边发出指令,让物联网帮我的躯体寻找和安装新的义肢。

凛小姐穿过走廊,来到一个宽敞的方形房间。这里被装饰成了卧室的样子,但是因为太过整洁,明显没人居住。墙壁上挂着一幅巨大的画,画上竟是夫人。那时她还很年轻,穿着轻盈的淡紫色套裙,戴着一顶白色的帽子,站在悬崖边,笑得很甜。

——真美啊。

我回忆起,这房间本是夫人的卧房,位于主楼的一角,方便观赏花园,并且和现在的摆设有些出入。而眼前这间,与其说是卧室,不如说是纪念堂,是创始人在纪念已经死去的爱情。

那是被我夺取的爱情啊,我突然享受到了复仇的快感。这时,凛小姐也跑了进来,她左顾右盼。

"天哪,谁复制了夫人的卧室?"她说。

"你认识这里?"我通过扬声器说。

"我小时候经常去这个房间,不过是在主楼。夫人会请我喝红茶,经常给我讲故事。这个房间是假的。"

"我知道。"我苦涩地说，或者电子扬声器让声音显得苦涩，"我知道这是个拙劣的复制品。不过，作为创始人的复活之地，倒是非常恰当。现在，找找婴儿吧。"

"在哪里找？"她迷惑地问。

我转了下摄像头。这非人的新眼视野清晰，能够拍摄房间全景。我看到，这房间的四壁悬挂着厚重的窗帘，有红色、褐色、紫色，显得过度华美，稍稍有违和感。它们应该不是房间功能的必要组成部分，大概只起到遮挡的作用。

"窗帘背后有什么？"我问。

凛小姐走到离自己最近的一面墙，用力掀开了红色的窗帘。

"门。"她说，"一扇非常华丽的门。"随后，她拧开门把手，走了进去。我立即嗅探物联网，发现了新的摄像头，迅速连接。

里面是个衣帽间，环形的空间中悬挂着很多衣服，架子上的鞋子几乎摆成了一个商店。

"都是日常衣物……"凛小姐说，"然后怎么办？"

"拉开剩余的窗帘，"我说，"你去检查柜子，我黑掉所有的摄像头。"随后，我开启了多重嗅探的权限，又在窗帘后找到了其余三个房间，分别是一间餐厅、一间婴儿房、一间盥洗室。盥洗室里的浴池放满了水，已经发绿。凛小姐快速翻遍了几个房间，什么都没有找到。

"婴儿不在这里。"她说，"会不会已经……死掉了。"

我陷入了沉思。此时，我感到自己的躯干痒痒的，似乎在被什么东西轻轻碰撞。也许，那些饿鬼已经全部从电磁陷阱中逃了出来。糟糕，必须赶快找到婴儿。我旋转着摄像头，照到卧室中大床的方向。床头并排放着两个枕头，铺着一张深红色的花边床罩。

两个枕头……意味着是为两个人准备的。我注意到，床罩之下鼓鼓的。

"凛，"我说，"把床罩掀开。"

她点点头，抓住深红色床罩边缘，一把把床罩扯了下来。床上赫然露出的，竟是一个人形物，并且是纯玻璃制成的，有头部、躯干、四肢，里面灌满了清亮淡黄的液体。在玻璃的头部，浸泡着一个发灰的大脑，全身的神经系统蔓延开来，填充到玻璃人体的每一寸角落。

凛小姐被这突现的一幕吓到，惊叫了一声。而这诡异的场景、恐怖的体征，使我瞬间想起了十九世纪人类制作的第一个神经系统标本"哈莉特"①，静静地站立在以黑暗为底色的玻璃柜中。眼前的标本和它一样，大脑前端同样连接着一双大大的眼睛。

"我认识这双眼睛。"凛小姐颤抖着说，"两个瞳孔的颜色不同，这是创始人啊！"

伴随她的话音，不好的回忆在我的脑海里升腾。那是我不知何时在大宅里照着镜子，镜面中映出了陌生的容颜，眼睛一只是灰色，另一只是蓝色。

"左眼是因为坠马受伤，所以褪了色。"我喃喃地说。

"你在说什么？"

"没什么。"我说，"既然是创始人，那么，这里无疑是准备进行手术的地方了。婴儿一定在这里。"

"可我每一个房间都找了。"凛小姐说，"她被藏在哪儿呢？"

"让我想想。"我继续转动摄像头，心中感到愈加焦虑。

"婴儿也没有哭，奇怪。"凛小说说，"新生儿不是应该哭泣的吗？是不是睡着了？"

没有哭泣的声音？这个空间里，究竟哪儿能隔绝声音？隔绝到即使连接耳聪目明的物联网，也听不到任何声音。啊！电光石火间，我和凛小姐同时

---

① 全球首个完整的人类神经系统标本。1888年由解剖学教授鲁弗斯·韦弗（Rufus B. Weaver）制作，看起来像只有眼球和白色细线组成的人形外星来客。目前该标本保存在卓克索大学医学院的学生活动中心。

开口——

"浴缸！"

凛小姐急忙跑向盥洗室。水中墙！唯有水能隔绝声音，也只有那位孕妇曾享用过的，利用磁场营造的水中墙，才能够保障人在水下生存。凛小姐冲进浴室，我看到浴缸里那一池绿色的水面平静无波。她直接把手伸进不透明的水中，拔掉了排水口的软塞。水位开始下降，她在一旁屏住呼吸等待。当水位降到一半时，终于露出了一处隐藏的空间，水沿着不规则的曲面流散下去。在那小小的空间中，果然有个粉嘟嘟的婴儿，似乎正在睡眠。伴随水面降低，没有水的包裹和内外压力差，水中墙也瘫软下来，接触到婴儿皮肤时，一下消失无踪。

凛小姐迅速把婴儿抱了起来。那女孩在她怀抱里，稍微动了动，开始如猫咪般小声哭泣，一根小小的胖手指下意识般戳了戳温润的空气。

凛小姐长叹一口气，把婴儿抱紧，眼泪流了下来。"她凉凉的。"凛小姐充满怜爱地说着，抬头冲不存在的我笑了笑。

我也松了口气，但是，一个被我忘却的声音，却不合时宜般突然响了起来——

"进程115%，躯体已严重过载，请掠夺那婴孩！"

听到声音，我终于恍然大悟。我是"半个人"，而且是作为整合意识从外部注入蜘蛛人的，应该有一定的生存期限，可能很快就会崩塌或消散。夫人说的"实现永生的方法"，是让我取代创始人，利用婴儿这一载体续命。

此时，凛小姐抱着宝宝，轻轻摇晃着她，婴儿似乎已经镇定下来。"我们去开那辆大车，离开酒店。"她喃喃地说。

"凛，把孩子交给我。"我说，"找到我的躯体，把孩子交到我的怀抱里，然后，帮我找一对能行动的新义肢。"

"为什么？"她提防般地看了看摄像头。

"我……只是想抱一抱她。"

话出口后，我感觉自己光明的一面突然被乌云笼罩。记忆中创始人的脸庞、严苛阴郁的神情、一明一暗的瞳孔，如同巨大的画幅般压迫下来，如吞噬灵魂般，意欲将我彻底取代。

凛小姐似乎并没有怀疑我的动机，只是笑笑，"我给她找个毯子，就拿出去让你抱。"

凛小姐去柜子里找毯子了。我利用这个时间，嗅探到了侵入式脑机接口生成器，大概符合婴儿的尺寸，然后——手术室的位置……

我不断转着摄像头，接着，看到了床头柜上的一个小花瓶。刚才始终关注怎样找婴儿，没有注意到它。那是个玫红色的半透明石瓶，细长美观，里面插着一束金色的花朵。"金箔材质"——摄像头将材料特性反馈给我。原来，它就是夫人的共生体啊。

但花朵已经枯萎了。

此刻，我突然有种不寒而栗的感觉。

——如果，是创始人亲手破坏了共生体，那么，花瓣一定不会是完整的。而眼前的花束，更像是自然枯萎的产物，它只是走完了自己的一生，静静凋零。

所以，这也意味着，并不是创始人杀了夫人，而是她选择主动结束了自己的生命。死亡在前，凋谢在后，共生体因她的死亡而凋零。

我长叹一声，扬声器中发出吱吱嘎嘎的电子音。我感觉身体传来剧痛，似乎有人正在撕裂我的肉体。

"你怎么了？"衣帽间传来凛小姐的声音。

我想说话，但说不出来。在这噬骨的疼痛中，我不由得重新认识夫人留给我的一切。此刻，对创始人的恨意已经烟消云散，他没有杀害夫人，反而有可能曾注视这束花朵慢慢凋零，因无能为力而深陷绝望。他为了纪念她，依然把枯萎的花朵留在这里，把房间布置成曾经的样子。他甚至把自己解剖，放进了玻璃构成的人形模具。相信他若能复生，依然会选择住在这里。

而夫人呢？她抢先对自己动手，在生命的最后一刻，拯救了创始人作为"人"的尊严，没有让他的双手沾染上杀妻的鲜血。

一切都那么完美。

——除了我。

夫人为我安排了几近完美的结局。我侵占婴儿之后，可以获得永生。她牺牲了自己，同时成全了两个爱人，这两个人是同一混沌个体的一体两面。可这让我不适，感觉受到了侮辱，感觉我和那个被我鄙夷多年的人处在同一水平线上。等这具婴儿的躯体老了之后，怎么办？再侵占另一个婴儿吗？

啪嗒啪嗒，是凛小姐的皮鞋声。她抱着婴儿过来了，那女婴裹着两层厚厚的衣服，正闭着眼睛，甜美地吮吸拳头。

她似乎成长得比普通婴儿快一些。

"走吧。"凛小姐抬头看着摄像头，我也看着她，笑了笑。但她一定看不到我的笑容。她抱紧孩子，向舞池般的食材库走去。天花板上，刚才熄灭的感应灯渐次亮起。我在物联网中不断跳跃，心怀迷思。

如果接受这个礼物，我和创始人又有什么区别？那样的我，不会是夫人爱的样子，所以，我必须忤逆她，做值得她爱的人才会做的事。否则，她过去十五年同我度过的人生，为了我而抛弃创始人的人生，都只是一场无意义的幻梦。我的未来，存不存在，其实无所谓，因为我已经失去了她。但我不能让她过往的十五年人生没有价值。

我要忠于这份爱，而不仅仅是忠于我的爱人。

此时，凛小姐已经走进了食材库，她看着我的躯体，惊呼一声。

大老鼠！不是人在啃噬我，而是老鼠。阿承和饿鬼早不知道去哪里了，只剩这群畜生在咬噬我流血的双腿。凛小姐快速走向我的躯体，驱散了聚成一团的鼠群。十几只老鼠疯狂逃向墙壁的缝隙，转眼间便无影无踪。这里的老鼠比人胖得多，真是太讽刺了。

"你在出血。"凛小姐有些颤抖,对着我残破的躯体说。

此时,系统反馈给我探寻手术室的结果——酒店的医疗设备足以完成对婴儿神经系统的入侵手术。我们完全可以合二为一。

我沉默了几秒钟。

"你怎么了?"凛小姐问。

此时,另一组奇怪的信号出现了。我跟随着它跳跃探寻,看到了消失的阿承正在做什么。突发的一切让我措手不及,却又自责没有早些关注他,那是我必须阻止的事情。

也是我最后的战役。

"我先断开物联网连接,"我对凛小姐说,"全身真的好痛。"

说完,我离开了救命的物联网,身体的痛楚更为强烈了。不错,痛觉会让我清醒,也让我知道接下来要怎么做。我挣扎着站起来,凛小姐过来扶我,但我对新义肢的适应力还不错,虽然那只是最便宜的通用型号。

"你去开车,离开这里。"我说。

"好,你先抱着孩子,我开车来接你。"她把婴儿递给我。

"不,我……不敢接触她。"我推脱道,"你们走吧,走得越远越好。"

"那你怎么办?留在这里干吗?"

"不用管我。"我说,"还有最后一项工作。我会搞定剩余的事情,相信我。"

她盯着我的眼睛,似乎恍然大悟,便用力咬着自己的嘴唇。那下唇变得发白,逐渐失去血色。

"是阿承的事情?"她问。

我点点头。

"那……保证你们两个活着来见我。"

我在心中叹息了一声。

"好的,"我说,"请安心。"

"你真的不抱一抱毛豆吗？"她问。

"毛豆是谁？"我皱起已经变形的眉毛，"你给婴儿起的名字？"

她笑了，搞怪般地点点头。

"什么鬼！"我也笑了，"你走吧，我不碰她。"

"我会去黑乡等你。"她转过身，"你到了直接去镇公所，我会把藏身地点贴在上面。暗号是'毛豆'。"

我点点头，但却能听出，她的声音里隐藏着绝望。她可能不知道我打算做什么，但能够预测到我们命运的终点，能够知晓哪一面是和客人的最后一面。这就是一位杰出领班的第六感，尤其是在面对生命中擦肩而过的重要人物时，更为敏锐。

"等等。"我叫住她，"我很好奇。我和阿承，选一个的话，你会选谁？"

"谁都不是我的菜。"她回头说。

我"扑哧"一声笑了。感谢凛小姐，让我的心情变得稍好一点。

"再见。"她最后看了我一眼。毛豆在她怀抱里慢慢蠕动着。也许她真的适合做一个母亲，但是，未来也会很苦，等待她的路，会很漫长。

我多么希望自己能陪在她的身边。愿众神保佑她，愿她遇到像夫人一样的人。此刻，她的脚步声在翼楼走廊的空间里发出动人的回响。

16

好了，现在我来了结最后的事情。

如果要击败阿承，我最大的工具就是理性，而他只是一个因果倒置的机器，单纯地接受和执行命令。刚刚在物联网中，我发现他在缓慢接入某种权限，而那个端口的位置，竟在凛小姐带我参观过的"未来朋克大宝库"里。一个瘦到死的、只知道执行命令的人，为什么要执着于登录特定端口呢？

唯一一个合理的解释是——这也是一种命令。是他根据预设的结果，倒推出来的最佳处理方式。

我再次接入网络，嗅探到那个端口的物联网档案。那是一台机器，而阿承正在尝试启动它。通过逆向工程，我查到了机器的类型。原来是一架古老的信息黑客工具，它没有什么神奇的用处，唯一的作用是向世界上所有门户网站发送大量重复信息。

此时，我终于明白了阿承的目的。卓先生善于心理暗示，这一定是卓先生给他预设好的最后的命令，鱼死网破之时才能发挥作用。我继续嗅探，发现他的确在向这台机器传送规模极大的数据包，从数据包的内容看，应该全部都是文本。所以，阿承大概率是面向世界发布全人类共生体的位置。当所有人的共生体都暴露时，难以想象世界会变成什么样子，惶恐、逃避、竞购、抢夺、茫然、颠覆、复仇、复仇、复仇……

这将是一条能毁灭世界的信息。

但是，我有机会阻止他。之前阿承逆转过预设的结局，为了救下凛小姐的命，他自己内心的强大情感战胜了卓先生的命令。这次，我将尝试用创始人的身份接触他。我将利用他的另一段感情，利用他的过去，利用我自身的忏悔。

情感，就是我的第二件武器。

我踩着有些失衡的廉价义肢，来到那个堆满奇形怪状物体的大仓库。进去后，我随手拿起两件趁手的武器，以备不时之需。在仓库深处，我终于找到了阿承和大机器。阿承瘦得像将醒的残梦，机器则外观朴拙，似乎是来自平行时空的怪物，正在不知何种能源的驱动下隆隆作响。

听到有脚步声，阿承呆滞地转脸看看我，又兴味索然地把头转了回去。显然，我不是他的目标。

"阿承。"我说。

他没有反应。机器的绿色操作条已加载到三分之二的位置。

"阿承！"我喊道。

他再次把头转过来，显得有些不耐烦。

"我是创始人，"我说，"是你父亲的复制品，你明白吗？"

"和我，有什么，关系。"他说。

"你知道我是你父亲？"

他点点头，坚硬的鼻孔一张一合。这说明他依然在恨我，但没有人为他设定我的死亡这个结局，所以他不会采取任何措施杀害我。

"其他人去哪儿了？"我突然想到，沿途没有看到任何一个饿汉，他们明明已经被电磁陷阱释放。

"已经处理掉了。"他说，"他们活着，只是痛苦。"

"你收到处理他们的命令了？"

阿承摇摇头，"不是命令，是结局。卓先生死后，我看到了他们死亡的结局。我从来不接受命令，只是看到结局。"

我挠挠头发，事情有些难办了。他现在完全通过结局判断流程和行为，所谓的因果关系，在他身上彻底处于颠倒状态。

"那你看到过我的结局吗？"我问他。

"你早就死了。"他说。

"可我现在回来了。"我说，"我是一个复制品。"

"和我无关。"他说。

"你不杀我？"

"不杀，你的结果已经实现。"他的眼睛像鬼火一般莹莹闪动，"我也没杀卓先生，我只是看到了他的结局，然后使已经注定的每个环节发生。"

我不知该问什么了，我突然预感到命运的确定性，所有人被固化的命运，是无可避免的悲剧终点。

"而我,也命不久矣。"他长叹一口气,甚至笑了笑。

"何出此言?"

他不说话了,只是继续操作那机器。但是,他时不时地瞄我一眼。难道这也是命中注定的流程吗?

"至少不要发送那些消息,不要去毁灭世界。"我说。

"你认为它会毁灭世界?"他的表情没有任何波澜。

"我对你的事很抱歉。"我说,"小的时候,我从来没有照顾过你。"

他略微停了停手上的工作,愣了一秒钟,又继续上传数据。

"即便是后来,到了我的身边,我也在亏待你,只让你在灯塔工作。"

是我的演技太拙劣吗?他毫无反应,依然在摆弄那台机器。

"但从今天开始,我有了弥补的机会。"我说,"我是个更好的复制品,是你父亲光明的一面。"

他欲言又止,那巨大的、毫无声息的沉默,使我自身也产生了动摇。

"给我一个机会吧,每个人的未来各不相同,世界上还是存在可能性的。"我继续说,"一切都有变好的可能性。"

"给你什么机会?"他问。

我突然觉得有了一线希望,声音振奋起来。

"继续做我的孩子!"我说,"即便杀害所有的鸟,我也可以原谅你。"

"那也是鸟的结局。"他说。

"但……"

"所有结局,都没有对错。"他说,"你的立论,从起始就是错误的。"

最后这句话,一下把我从希望砸进绝望的深渊。我看着不断飙升的进度条,还有一点点就要满格,世界将被有害信息覆盖。此刻,我的心态在名为"确定性"的巨幕之前崩塌了。

电光石火间,我冲阿承发射出一个电离陷阱,并掏出了自己刚才拿到的、细细的高热匕首，像疯了一样朝着机器的核心位置冲去。这刀刃可以熔化掉芯片，并造成大规模连锁反应，是电子设备的天敌。此时，阿承突然冲过来，挡在了我和机器中间。那电离陷阱，因为我紧张又绝望，射偏了，此时正包裹住一根灰色的承重柱，散发出些微的电光。

而我的匕首，深深刺入阿承的上腹部，高热瞬间熔解了他的内脏。他的身体瘫软下去，匕首没有动，却沿着他的皮肉和骨骼划行，从肩膀处划了出来。阿承几乎被分成了两半，无声无息地倒在地上。

此刻，进度条满了，阿承的信息瞬间上传，发送到了世界的每个角落。在所有的网络中，突然跳出了新的消息。

我绝望地看着展现在机器巨幕中的文字内容。

凛小姐，我爱你

这是他传送的唯一消息，但却发送了无数遍。整个世界，正在被这句表白反复冲刷。

我愣在那里，仿佛世界在此刻终结。各种意义上，各条时间线，全方位的终结。

"所有结局，都没有对错。"我回想起这句话。是他的声音。回声轰鸣。

难道，这就是他看到的结局？不论如何，世界安全了，凛小姐和婴儿安全了。我长出一口气，果然，有些罪责需要我一个人背负。不管走上哪条路，侵夺婴儿、对抗阿承，我最后都会变成一个罪人，一个背负了无法躲避的深重原罪的人，就像画家笔下的每一个恶魔，行经每一处死荫之地。

这世上，又有谁是完全清白的呢？

此时，太阳升起来了。窗外射入刺眼的阳光。我扔掉刀子，低着头走出了这间仓库，走下楼梯，走出半截损毁的酒店正门。

我不知道该想什么，也不知道该做什么。我的时间要结束了。我麻木地走到院子里，坐在一棵大树下，伸直不太舒服的义肢。

好疲倦，我累了。

在树下的清爽微风里，似乎有人在摸我的脑门。我抬起头，眼睛已经看不清楚。是阳光，还是夫人的手？

"进程155%，躯体已过载。"声音最后一次响起来。

不知道婴儿怎么样了，我艰难地转过头，看了看海角的方向。我望不见黑乡，不清楚那个城镇的模样，只听到海风越来越大，海浪撞击在礁石上发出裂帛般的声响。在这一刻，我好像做了一个漫长的梦，梦到了我忽明忽暗的一生。梦到有人站在树下等着我，光芒越来越刺眼，使我看不清她的容颜。

夫人伸出手，紧紧地握住我颤抖的手掌，掌心温暖，如同胸中渐次消失的一切。

"我不会忘记你的。"她说。

（责任编辑：汪　旭）

我们的恐龙岛

宝树

落日西斜，阳光在海面上散落成万千碎金，点点波光凄美哀伤，如同裴振中破碎的梦想。

宝 树

科幻作家，译者，中国作家协会科幻专委会委员。
屡获银河奖、华语科幻星云奖等奖项，多部作品被
译为十余种外文出版。

著有《观想之宙》《时间之墟》《恐龙奇旅》等五
部长篇小说，发表中短篇作品约百万字，已出版
《我们的科幻世界：宝树中短篇科幻小说集》等多
部科幻作品集。主编科幻选集《科幻中的中国历
史》《光荣与梦想：中国竞技科幻作品精选集》
等。译著有《冷酷的等式》《造星主》等。

论恐龙与中国科幻

在恒河沙数般的古生物中，知名度最高也最令现代人痴迷的一族，当然非恐龙莫属。自从十九世纪初，人们第一次从化石中发现这种"恐怖的蜥蜴"以来，已经不知道有多少种关于它们的小说、影视、动漫、画册、模型……风靡于世。这些可怕又可爱的龙族早已走入千家万户，在孩子们的玩具堆里称王称霸，在成年人心中也慢慢累积成亲切的回忆。

特别值得一提的是，恐龙和中国科幻也有深厚的渊源。1977年，科幻作家叶永烈发表了"文革"后第一篇科幻小说《世界最高峰上的奇迹》，讲述了从珠峰上一个冰冻的古蛋中孵出一头恐龙的故事。中国的科幻文学，也正如这从冰封中复活的生命，从初生的小不点长成了威武雄壮的巨龙。这篇作品让无数中国读者迷上了恐龙。受这篇作品的影响，此后若干年里，有关恐龙的科幻小说如雨后春笋，相继涌现出王川《震惊世界的喜马拉雅——横断龙》、郑文光《史前世界》、童恩正《追踪恐龙的人》以及沈星光的《恐龙岛》等多篇佳作，将中国的第一波恐龙热推向高潮。

吾生也晚，到笔者开始了解和迷恋恐龙，已经进入了九十年代。那时候，来自美国和日本的恐龙文化，像是《丹佛——最后的恐龙》和《恐龙特急克赛号》等动画影视后来居上，风靡了我们这代人的童年。当然，作为科幻迷，对于老一辈科幻作家的作品，我在少年时代也大都拜读过。不过那都是早年的事了。万万没有想到，许多年后，这些远去的传说还会以不可思议的方式归来，酿成了迄今在网上仍不时被提起的"恐龙岛谜案"。

关于这桩发生在2019年底、牵涉好几位名人的神秘事件，网上曾有各种千奇百怪的猜测，什么"通向中生代的虫洞""基因编辑技术复活恐龙"又或者"无良资本弄巧成拙的商业炒作"，但都是无稽之谈。真相只有一个，它也许没有某些说法那么离奇，但某种意义上，又比这些解释都更疯狂和怪诞……

对我来说，一切还是开始于那个叫星光书店的奇妙之地。1994年初秋，一个平凡的下午，一场普普通通的聊天，夹杂在过去和未来之间一个不起眼的角落里。如果不是二十五年后的续篇，我可能永远也不会提取这段回忆。

关于科幻作家沈星光和他开的星光书店的故事，笔者在前篇《我们的科幻世界》中曾报告过，此处恕不赘述。不过，读者朋友也许还记得，我曾写到，那年刚接触这家书店的时候，见到门口贴着一张当时国内罕见的《侏罗纪公园》的海报：一头庞大狰狞的霸王龙追着几个渺小可怜的人类。后来我出出入入，经常见到这张海报，对电影也充满好奇，可惜这部电影当年在国内没有公映过。

过了将近一年，有一天我放学回家，居然看到一家录像厅门口的小黑板上赫然写着：今晚九点放映好莱坞大片《侏罗纪公园》！这部电影我太渴望一看了，但这种乌烟瘴气的地方家长向来严禁我出入。经过了一番激烈的思想斗争，夜里，我还是冒着被老爸痛揍的危险偷跑出去，溜进了录像厅。结果，放的倒的确是《侏罗纪公园》，可这种盗版录像带的画质要多模糊有多模糊，恐龙们终于出场时，几乎就是几团看不清的黑影。饶是如此，我也看得津津有味。可惜画质每况愈下，看了不到一半，大部分观众忍无可忍，要求退钱。老板赶紧换了一部香艳的三级片，才力挽狂澜——当然，我马上就愤然离场了。

电影没看全，只好来书店找书过干瘾。当年《侏罗纪公园》的原著小说还没有翻译过来,不过我和星光书店的那位店主老伯已经混得很熟,便问他有什么关于恐龙的科幻小说,他说了几篇,如《世界最高峰上的奇迹》等,我都读过了。最后他笑了笑说:"今天算你运气好,给你看样宝贝。"便进里屋去了。

我的心悬了起来,是什么宝贝?难道是《侏罗纪公园》的高清录像带?又或者是新翻译过来的原著?想得心痒痒的。过了片刻,老伯出来了,把手上一本旧杂志递给我。我瞅了一眼,只是一本《科学文艺》,不由得略感失望,"就这杂志啊……什么,还是1980年的!也太老了吧?"

"爱看不看。"老伯沉下脸说,就要伸手要回来。

"行行,我看看……"我随手翻了一下目录,发现的确有一篇《恐龙岛》我从未读过,作者是科幻作家沈星光。

"沈星光还写过这个?"我稍有些奇怪,因为我刚读过沈星光的两部作品集,但这篇小说在那两本书里都没有收录。我于是翻到小说所在的页码,看了起来。一读之下,很快被吸引住了,故事在杂志里算是长的,有二十多页,我花了半个小时读完了。

"伯伯,这篇《恐龙岛》真是沈星光写的吗?"读完之后,我和店主老伯聊天,"怎么以前我都不知道?"

老伯没有正面回答,反问我:"你觉得写得怎么样?"

"挺有意思,构思和《侏罗纪公园》有点异曲同工,可惜中国没有斯皮尔伯格来拍啊……话说回来,写得也算不上很好,我看问题也不少。"我像往常一样,啬瑟地评判起来。

"哦,什么问题?"

"比如说鸟是恐龙的后代,这个假说有点空想了吧?还有那个'古生物复原机',根本没说清楚原理,从鸟类的细胞中怎么就能制造出恐龙呢?还是电影里的办法更巧妙,从封在琥珀里的蚊子身上提取恐龙血,绝了!"

"嘿,你知道的还挺多,比沈星光都强,快赶上恐龙学家了。"老伯笑道。不知怎么，我觉得他今天心情不错。

我得意地谦逊道："哪里哪里，就是多看了几本书……话说，这篇《恐龙岛》虽然算不上严谨，但还有点意思，可为什么没收到沈星光的作品集里？"

老伯淡淡地说："你不是说写得有问题吗？也许他自己也不满意吧。沈星光对自己的要求还是蛮高的。"

"说到这个……"我想到另一个问题，"沈星光在哪儿呢？他也十来年没发表什么作品了吧？以后就封笔了吗？"

"我哪知道？"老伯似笑非笑地说，"不过这世界很奇妙，也许有一天，你又会看到他的新书……对了，忘了告诉你，你下周末别过来了。"

"为什么？"下周末是国庆节，我还打算在这里泡一整天。

"我得出趟远门，书店下周都不开了。以后，也未必会再开……"

我十分惊讶，"这又是为什么？"

老伯笑了起来，"暂时保密，不过你会知道的——没准很快就知道。"

我看他满面春风的样子，不像是坏事，但总是好奇，问："那你要到哪里去呢？"

老伯神秘兮兮地压低了声音，让我附耳过来，却吐出三个字："恐龙岛！"

"恐……切！不说算了，走了！拜拜！"我起身，扬长而去。

下一周，星光书店果然没有营业。我还想是不是真的从此关门大吉了，不过到了下下周，又看到书店开门了。老伯仍然坐在里面捧着一本书看，但表情茫然木讷，仿佛魂掉在别的地方了，问三句也未必答一句。我不知出什么事，不敢多问，很快走了。但过了一段日子，他渐渐恢复了正常。之前那番没头没尾的对话，我自然也就忘了。

又过了很多很多年，我才知道背后那悲伤、缠绕而又诡异的真相。

在我自己来到恐龙岛之后。

驶往恐龙岛

2019年12月21日。

客机横越大半个中国，在三亚凤凰国际机场降落。我拖着行李箱走出机场，一排排高大的棕榈树和椰树映入眼帘，同时一股热浪袭来，眼镜上顿时都是雾气。我擦了擦眼镜，看到一个身材娇小的女孩在出口举着一张写着我名字的A4纸，于是朝她走去。

"是宝树老师吗？"女孩热情地说，她容貌娇俏，微微有点黝黑，看起来是本地人模样，"我是龙心文旅推广部的茜茜，之前跟您在微信上联系的。"

"茜茜你好！"我握了握她的手，"总算见面了！不好意思，因为航空管制，飞机晚点了。其他嘉宾呢？"

"已经都上船了，就等您一个，请跟我来。"

我们上了一辆轿车，却没进三亚市区，而是开到了机场附近三亚湾的一个码头。我被带到了一艘崭新锃亮的小型客轮上，船身上绘有龙心集团的logo，四处还有一些恐龙和其他古生物的卡通图像，油漆好像都没有干。船舱里本来可以坐一两百人，但此时空荡荡的，只有不到十个乘客，其中一大半人聚在中部聊天。离我最近的一个俊朗男子看到我上船，站起身，言笑晏晏："宝树兄！你总算来啦！"

我认出来，这是恐龙专家、科普达人金智达，我之前见过一两面，虽然不很熟，但印象很不错。我和他握手，笑道："金老师，虽然没看到嘉宾名单，但我早知道一定有您。"

"那是，这事没我哪行？"金智达当仁不让地说，"对了，这几位你都没见过吧，我给你介绍一下。各位，这位是科幻作家宝树……"

众人起身寒暄，一个个也都很有来头：一个人高马大、皮肤黝黑的壮汉是探险家、旅行家郎飞，刚从非洲大裂谷回来，人称"中国贝爷"；另一个长发蓬乱，留着络腮胡子的眼镜男，是经常在媒体上露面的哲学家和未来学家黎俊，在燕京大学任教；边上一个年轻帅气的大男孩，是百万级粉丝的网红旅游博主林小九；最后是两个年轻女生，其中比较显眼的一个波波头女郎穿着清凉的黑色雪纺无袖衫，戴着 Prada 的时尚墨镜，身材娇细，肤色白皙。金智达说："这位不用我介绍了吧，只要看脸就认识，哈哈！"

可那女郎的脸三分之二都被墨镜挡住了，我想看也看不着，怎么能认识？女郎可能也察觉到金智达的疏忽，摘下墨镜，露出一张清丽脱俗的面容，看起来也就二十岁出头。

"您好，我是周嫣然。"她声音轻柔而矜持地说。

"周小姐，您好！"我在美人面前，不觉有些心摇神驰。只觉得面熟名字也熟，但想不起到底是谁。周嫣然，周嫣然……正感茫然，忽然间一眼看到她背后的墙壁上绘有一张"迅猛龙"奔跑的画面，一下子想起来了，"啊，你不就是被迅猛龙吃掉的那个女生……哦不对……"

周嫣然的微笑一下子从脸上飞走了，冷冷地没有答话。我觉出不对劲，但已不好转圜，只得尴笑着和她握手，周嫣然冷淡地伸出玉手，动作仿佛是在试浴缸的水温。另一个身材微胖的长发女孩也不悦地白了我一眼，金智达介绍说，这是周嫣然的助理琳达。

稍后，金智达把我拉到一边，轻声抱怨："我说宝树，你这话怎么说的？人家可是青春片女神，最近红得发紫的娱乐圈超新星，什么叫被迅猛龙吃掉的那个？"

"是我说错话了，可我哪知道，多少年没看青春片了……"我苦笑道。

周嫣然是近年出道的一个年轻女星，出演过好几部校园电影，风靡万千少年男女。但我基本都没看过，对她的主要印象来自去年她在好莱坞大片《重返侏罗纪》里演过的一个小角色，对白不超过三句话，最后惨叫着被两头迅猛龙拽走，两头恐龙你争我夺，把她身体撕成两半吃掉了。这个桥段我印象十分深刻，但这么讲未免得罪人。

不过我确实也没想到，周嫣然这种娱乐明星会和我们一起参加活动。她的出场费不知是几十万还是几百万？算了，这有啥好想的……

寒暄间，游轮已经开动，大家闲聊起来，郎飞声音最大，在那高谈阔论，"我在非洲大草原上遇到狮子的时候……"我大清早起来赶飞机，到现在有些疲惫，聊了几句，便在后排找了个地方，想小憩一会儿。刚坐下才发现，这一排座位的内侧还有一个穿着T恤和短裤的女郎靠在窗边休息，脸上扣着一顶遮阳草帽，柔顺黑亮的长发散落在白皙的手臂上，不知是什么人。我正犹豫要不要换个地方坐，却听那人淡淡地说："好久不见啊，宝树君。"

声音很熟悉，熟悉得让我大吃一惊。

"你是……沈……沈……"

女郎拿下草帽，支起身子，露出一双明亮而犀利的眼睛，似笑非笑地说："怎么，魂被人周嫣然勾走了，不认识我了？"

这位自然就是漫画家沈淇，沈星光的独生女儿，我的中学学妹。一年多以前，她和我一起经历了怪异到极点的"梦之箱"事件。后来她回到南川定居，重开了星光书店，和我在微信上偶尔有些联系问候。但我们没再见过面，想不到今天却在这里相遇。

"什么啊，"我忙摆手，"沈学妹你也太会开玩笑了，我只是……没想到你会来。"

"为什么没想到我会来？"

"嘉宾不都是和恐龙有点关系的吗……"我说，"这次不是什么，呃，'恐龙岛惊情之旅'吗？"

几天前，忽然有人联系我，邀请我近日参加一个"恐龙岛惊情之旅"的活动。原来是一个叫龙心文旅的跨国公司在海南周边一个岛屿上建了一个恐龙主题的公园，就叫作恐龙岛，打算明年春节正式开张，先请一些嘉宾去体验一下，帮他们在社交媒体做做宣传，他们再出些通稿，这本也是常见的营销手法。不过时间紧张，我也有其他安排，本来不打算参加，但龙心报了一个让我无法拒绝的出场费。这神奇的钞能力，最终让我出现在了这里。

参与的嘉宾里，我写过几部恐龙相关的科幻；金智达本身是大名鼎鼎的恐龙学者，也是知名的古生物科普作家；郎飞作为旅行家和探险家，在世界各地和野生动物接触不少；黎俊研究过生态环境、人与自然之类，也算是沾边；林小九是很有号召力的旅游博主，对恐龙岛的宣发大有助益；周嫣然更不用说，是唯一出演过世界级恐龙大片的国内明星——虽然严格讲只能算是龙套。不过怎么会有沈淇？

沈淇却白了我一眼，"我就和恐龙岛没关系吗？亏你还跟我爸号称忘年交，难道不知道恐龙岛是从哪来的？"

"哪来的……"我正莫名其妙，忽然间福至心灵，"啊！你是说，这个恐龙岛就来自你爸的小说《恐龙岛》？"

"当然，他们可是正经买了这个IP的全版权的。"

这当真出乎我意料，"恐龙岛"三字并非任何作品独享，电影、游戏、游乐场等都有不少叫这名字的。这个恐龙主题乐园既然设在岛上，用这个名号也毫不出奇，所以之前我没有想到半点，这和沈星光的作品有关，对方邀我参加时，也没有提到这事。

"你爸这个小说……是什么时候卖给他们的？"

"很久了，大概十年前吧。"

"十年前……那阵子IP市场还没起来吧？"

"是啊，我也不太清楚怎么回事，莫名其妙就卖掉了。"

"哎，那多半亏了，"我老成地说，"那时候授权费用低得要命。"

"我也不知道亏不亏，反正一百万卖给他们了。"

"一百万!"我吃了一惊,"你是说,那篇几万字的《恐龙岛》竟然卖了一百万?"

沈淇又瞪了我一眼,"你什么意思,我爸的小说不配卖这个价吗?"

我忙解释:"不是不是,不过,当年行情确实没有这么高。"众所周知,十多年前,中国科幻第一名著《三体》三部曲都只卖了个白菜价,引起后来无数江湖风云;一个已故老作家几十年前某个不甚出名的中篇小说能卖到一百万,实在有点难以置信,如果不是甲方太傻,就是沈淇太会谈判了。

"你怎么谈到这个价的?教我点经验嘛!"我说。

沈淇摇头,"有什么经验?一开始他们出价三十万,要买这个IP,但要求永久转让版权,我不同意,他们就不断加价,后来高到我没法拒绝了,就和他们签了合同……"

我感到有些诧异,沈老的这篇《恐龙岛》,也许当年是有点知名度,不过今天几乎没人知道,可以说是已经被遗忘的作品。过去这么多年,居然有人会不惜成本买下它的版权,也太不合常理了。这到底是为什么?

"他们为什么要买?你知道具体的原因吗?"

沈淇摇头,"我对科幻本来就不熟悉,不知道行情怎样;他们说要拿来做主题公园,听起来也算合理,我就没细问。不过,他们有一个有点奇怪的要求,哦,其实也不算很奇怪……"

"什么要求?"

"他们问我,有没有和这篇小说相关的手稿,说可以放在主题公园的展览馆里做纪念。我告诉他们,当年爸爸去世以后,那些手稿我没有保存,什么都找不到了。他们有点失望,但还是签约了,还跟我说,如果哪天发现有手稿,一定要通知他们,他们可以另出高价购买,说这是老板的意思。"

"老板?是谁啊?"

"不就是龙心的裴总裴振中吗?不过我也还没有见过他。"

我想起来，上周接到邀约时，我有几分怀疑是骗子，查了一下龙心文旅的资料，确实查到创始人和CEO是这个裴振中，但也没有细究。此时仍有些疑惑，但看来问不出什么了。

我又回忆了一下《恐龙岛》的故事内容。二十多年前看的文，细节已记不清楚，大意是说，在中国的南海沿岸，有一群少男少女某天去海边游玩，结果误上了一条船，开到一个南海上的神秘岛屿，发现上面有远古的恐龙，然后自然少不了被恐龙追杀逃命的戏码。

那些恐龙从何而来？对了，是一个研究所通过什么"古生物复原机"制造出来的，但是中间失控了，恐龙到处乱跑，最后少年们启动计算机发射出信号，让所有的恐龙脑电波紊乱，倒地而死，拯救了所有人。故事里还有勇敢少年在恶龙爪下勇救心仪女生，得到她芳心的俗套桥段。对中学时代的我来说，代入得颇为陶醉，但是对现在看惯科幻大片的读者，可能就稍显简单。为什么裴总要买这篇的版权来建这个恐龙公园？也许就是有钱烧的吧？我怎么就碰不到这样的读者呢？可恶呀！

晚　宴

游轮分开南海的层层波涛，进入一望无际的碧蓝深处。我想再搜一下龙心文旅的资料，但是海上没有信号，又胡思乱想了一会儿，不觉靠着椅背睡着了。直到太阳落入海天线，游轮才抵达一座郁郁葱葱的岛屿，感觉几乎快到西沙了。我非常怀疑把一个主题公园设置在这里，有多少人会愿意花上几个小时跑过来。当然，大海、夕阳、孤岛，也的确增加了神秘的氛围，倒是更像小说里的恐龙岛了……

自然，作为主题公园，这里肯定不至于像小说里那么荒僻。码头上停着十几条船,大部分是崭新的客轮,和我们乘坐的相仿,应该还未启用,还有一些货船。再往里一点,就是一道造型疑似抄袭《侏罗纪公园》的拱门,门上立着"恐龙岛"三个艺术字,下面是英文DINOSAUR ISLAND,门前还站着两头威风凛凛的霸王龙——真实比例的雕塑,跟守门的石狮子似的,堪称中西合璧。

"品位太差了吧……"沈淇低声跟我吐槽。

我怀疑大家都有同感,但当着主人的面自然是一通夸赞和拍照。"这霸王龙真大呀!"林小九赞叹,"简直就像电影里的一样!"

"其实,这不是霸王龙或者说君王暴龙,"一旁的金智达却说,"这是它的堂兄弟,中国本土的东方暴龙,*Tyrannus orientalis*。"他说了一个拗口的拉丁文学名。

"那有什么区别吗?"我问。

"当然,你看它颌骨的形状,比霸王龙要尖一些,前肢稍微长一点,躯干也更粗壮……"金智达说了一堆我们听不明白的区别,然后说,"这是我国古生物学前辈贾文兰教授二十世纪七十年代在山东诸城发现的本土暴龙类,其体型足以和北美的霸王龙媲美,也是中国的骄傲,所以取名叫东方暴龙。虽然名气不如霸王龙,但中国的恐龙公园用中国的暴龙来守门,可见设计者还是很有情怀的。"

"金教授果然慧眼如炬!"这时候,一个三十来岁、身材不高却器宇轩昂的男人不知何时站在了我们身后,插嘴道,"我们这个恐龙岛的主旨之一,就是弘扬中国自己的恐龙文化,所以有大量中国本土特有的恐龙展出,如马门溪龙、中国龙鸟等,东方暴龙就是其中最重要的主角之一!"

这是何方神圣?茜茜含笑介绍:"这位就是我们龙心文旅的CEO裴振中先生,裴总是专门来迎接大家的。"

"各位贵客莅临,我当然要到码头来迎接了。"裴总满面春风地说,"大家都饿了吧?这边请。"

众人自然礼貌客套一番,我心中微觉惊讶,想不到这位裴总这么年轻。那他十年前不过二十来岁,居然就能创立这么大的公司?也许就是个富二代吧……

离开码头后，步行几百米就到了一间灯火辉煌的餐厅。餐厅也是修成蜥脚类巨龙的形状。

宾主入席，嘉宾人数不多，自然安排在同一桌上。除了裴总之外，另外也还有三四个龙心的管理层作陪。桌子上的晚宴已经准备好了，都是海南名菜：文昌鸡、嘉积鸭、鹿舌菜、椰子饭，以及各式鱼虾鲜贝，满满地摆了一桌。我早已饿了，心头馋虫乱爬，不过还得先听主人致辞，再说这个主题公园把我们从天南海北请来，我的确也想知道有什么特别的地方。

裴振中起身，敲了敲酒杯说："各位嘉宾远来辛苦了，欢迎来到恐龙岛，成为我们的第一批客人。恐龙岛经过我们龙心十年的建设，如今已成为超越时代的恐龙乐园，必将令这个世界疯狂！明天，我们将开始正式的参观，相信大家一定会不虚此行！刷新诸位对恐龙公园的一切体验！好了，现在请大家吃好喝好！干杯！"

我没想到裴总的致辞这么简短，心中许多问题都没有得到解答。干杯之后，坐在我身边的林小九直截了当地问："裴总，我想问一下，咱们这个公园有什么特色？比起迪士尼和环球影城的类似项目有什么不同？你们的工作人员跟我说，可以和电影里的侏罗纪公园相媲美，是真的吗？"

裴振中说："是的，这是全世界最大的恐龙主题乐园，在一整座热带雨林岛屿上打造。占地近七万亩①，不下于电影里的侏罗纪公园，其他那些小不点完全无法与之相比。我们有'时光长廊''游龙草原''龙鸟雨林''狩猎河谷''巨龙山'五个主要园区，每一个都比其他主题公园大好几倍……"

林小九追问："从面积来看当然可以碾压它们，但是我想知道，具体有什么特色呢？"

裴总微微一笑，"这个嘛，先卖个关子，明天你们就知道了。总之，一定会让大家有想不到的惊喜！"

---

① 一亩约六百六十六平方米。

他执意不说，我略感失望，不过已经饥肠辘辘，很快便放下些许疑问，享受起眼前的菜肴。不过林小九却不放过我，没过一会儿，又问我："宝树兄，这个恐龙岛你知道什么内幕吗？"

我摇摇头，说："具体我也不清楚，龙心的口风很紧。不过想来大概也就是多一些环幕电影、VR过山车、声光秀……这些吧。"

"大概是，"林小九赞同，"最近去过的几个主题公园都差不多。唉，这龙心也是的，不跟我先沟通清楚，明天怎么搞直播呢？要是没有让粉丝们感兴趣的东西，也是砸我的招牌啊！"

我明白他的顾虑，但我也不玩直播，钱到手发个通稿就好，便不以为意，安慰了林小九几句，继续享用饭菜。

林小九却有点话痨，过了一会儿又告诉我："对了，你知道这个裴总的来历么？说来有点意思，嘿嘿。"

我听他语气古怪，忙问端的。林小九压低声音，附耳说："我查到——这事你可别外传——他本来是在日本搞色情产业的，搞出一种让人爽翻天的情趣用品，发了大财……"

这真是意想不到的神展开，我精神一振，方待细问，另一边沈淇碰了碰我，我抬头一看，原来是裴总前来敬酒，第一个敬的就是林小九。林小九好像忘了一秒钟前还在吐槽，满面堆欢地站起来，说了许多尊敬仰慕的话头，一大杯啤酒一饮而尽，又加了微信。稍后，裴总又朝我过来，我也忙举杯站起，说了几句场面话。不过心中既然已经把眼前风度翩翩的裴总和各种变态的日本色情业联系起来，难免觉得有些古怪。

几句寒暄过后，裴总请我坐下，又向沈淇敬酒，我听到他说："沈小姐，这次特别高兴能把您请来，我们真是很有缘啊！"我感觉语气有些暧昧，耳朵不觉竖了起来。

沈淇也礼貌地说："裴总，非常高兴认识您！您真是年轻有为，年纪轻轻就创办了这么大的公司。"

裴总笑着说："哪里，沈小姐是艺术家，才华横溢，我们这些俗物怎么能比？对了，听说您是早稻田大学毕业的？"

"是啊，早大03级的，裴总您……"

"哦，我在东大读的本科，在美国读的硕士和博士，但在早大做过博士后，也算是校友了……"

我发现两个人都有在日本长期学习生活的背景，那不是大有共同语言？果然，裴总来了兴致，居然拉了一张椅子，在沈淇身边坐了下来，聊得非常投机。中间夹杂着许多日语词汇，听都听不懂。我想到这姓裴的可是色情业发家的，顿时觉得他目光淫邪，绝对别有用心！想再问问林小九有关情况，但裴总在侧，他不方便再继续刚才的话题，已经到另一边去和金智达、郎飞他们聊天去了。我听到郎飞还在谈笑风生，"当那头狮子对我扑过来的时候，我当机立断……"

这时沈淇唤我："原来裴总小时候就读过我爸的《恐龙岛》诶！你们俩应该很有共同语言。"

我收敛心神，问："裴总，看来您对《恐龙岛》这篇小说也很熟悉？"

裴振中看了我一眼，说："何止是熟悉！这篇小说伴我长大，简直都能背下来。"

我心想这个裴总为了讨好美女吹牛不打草稿，《恐龙岛》啥时候成为这么有名的科幻经典了？又听他继续说："当年父亲让我读的时候，我还不知道什么叫恐龙呢！没想到啊，这篇小说让我和恐龙结下了不解之缘……"

"这么说，您父亲也喜欢《恐龙岛》？"沈淇问。

"当然，在我出生之前，他和《恐龙岛》就结缘了，连我的名字都是从这里来的。"

"您的名字？"我和沈淇对视一眼，都摸不着头脑。我记得好像《恐龙岛》中没有叫类似名字的角色，难道是我忘记了？

裴振中郑重地伸出两根指头，"'振中'二字，你品，你细品。"

我品不出来，"'振中'……是振兴中华的意思吧？"

"没错，但这是个双关语，还有一层意思就是——'振兴中生代'！"

"……"

我差点绝倒，沈淇也是正喝着橙汁被呛了，捂着嘴猛烈咳嗽起来。我忙说："那个……您名字的寓意真是太深刻了！裴总，您能具体讲讲您父亲是怎么和《恐龙岛》结缘的吗？"

裴总喟然长叹，说："这是一个很漫长的故事了，那是1980年，当时我父亲还是一个大学生，有一天——"

孰料他刚开了个头，口袋里忽然响起铃声。裴总掏出手机，看了眼屏幕，脸色略有些变化，说了句抱歉，接了电话。那一头好像是讲英文的，我注意到，裴总的脸色忽然沉了下来。

他很快站起身来，一边往外走一边继续通话，我只能听到个别单词："No, it's not...Look, Jimmy... I have told you... why don't you..."

我和沈淇对视一眼，不知出了什么事。等了片刻，裴总又回来了，脸色倒是平静如常。我还指望他继续讲1980年的往事，裴总却大声说："抱歉啊，各位，公司临时有点儿事情，我得先去处理一下。祝大家明天游览愉快！你们——"他转向茜茜等人，"可要代我好好招待各位嘉宾，让大家吃好喝好啊！"

我们只好和裴总告别。茜茜等龙心的陪客过来，劝酒的劝酒，聊天的聊天。我喝了几杯，有些微醺。本来还想找林小九问清楚，但他后来一直围在周嫣然身边巴结，也不得其便。沈淇和茜茜在聊一些女性话题，什么椰汁的美容功效之类，我插不上话，只得听郎飞讲了半天他在非洲狮吻下逃生的传奇故事。不久宴席散了，我们被送到边上的酒店。旅行了一天，我已经相当困倦，倒头就睡。

第二天早上醒来，只有五点多，天还没有亮。但我也睡不着，想起昨天的谈话，坐起来，拿出手机查询了一下。首先查裴振中，搜索结果的前几页是龙心有关的通稿，冠冕堂皇的都是套路，只能查到一点点早年经历，说他是广东人，十多岁丧父，跟随母亲去了日本发展云云。我酸酸地想，这倒是和沈淇又多了一个共同点。

后面说，裴总成绩优异，从东京大学毕业后，又去了美国，读到麻省理工的生物工程和电子工程双料博士，后面在一家日本科技公司从事新产品研发工作，然后就自己创业，创建了龙心文旅，信息量也不大。但能看出，这裴总一定非常有钱，因为龙心文旅创建十年来，只有恐龙岛一个真正的大项目，还一直都没有开业，前期投入必然大得惊人。

至于涉及色情产业的往事，通稿中自然没有丝毫提及。我又搜了几个关键词，发现有些日文网页倒是提过一点，还有不少让人脸红心跳的照片，但我对日文一窍不通，靠里面的几个汉语词猜意思，也只是朦朦胧胧一知半解，看不出和恐龙公园有什么关系。沈淇精通日文，但这事显然也不好去问她……

想到沈淇，我又想到沈星光。随手搜了一下"沈星光""恐龙岛"，也没有什么发现。网上甚至搜不到这篇小说的全文，只有少数网页提及，有些还把作者写成了郑文光！不过我为了查找资料方便，买过一个大型数据库的高级会员，这里面有海量的书籍、报纸、杂志等老旧文献的扫描版，可以查到很多一般网上查不到的内容。我在库里搜了一下这几个关键词，很容易找到了《恐龙岛》的全文。还没看，却被下面一个搜索结果所吸引，那是《新民晚报》上的一则新闻，标题是"阿拉上海也有侏罗纪公园了——恐龙岛之旅展览今日开幕"。

我心中一动，似乎某些古早的记忆被唤醒了，但又没完全醒来，朦朦胧胧的。点进去一看，发现是一则不长的报道，或者不如说是软广告。

本报讯，大型古生物科普文化展览"恐龙岛之旅"将于本周六，亦即国庆节当天在本市晨风公园揭开帷幕。这次活动是由上海市科学技术协会、上海市科普教育协会、上海市自然博物馆和深圳宝龙文化传媒有限公司联合主办，旨在通过丰富多彩的恐龙化石、模型及艺术图片展览，让广大青少年走进远古的神奇世界……

下面是关于恐龙的科普知识和展览的一些具体介绍，虽然吹得神乎其神，但二十多年后来看也平平无奇。但这个恐龙岛和沈星光有什么关系？答案在最后一段：

……更令人惊喜的是，据宝龙公司总经理裴大山透露，著名科幻作家郑文光、叶永烈、童恩正和沈星光将出席"恐龙岛之旅"的开幕式，并带来自己的最新作品和广大读者见面。这次展览，也将成为青少年科幻爱好者的福音。

我一看嗤之以鼻。这些年来，对于中国科幻界我也有一定了解，在二十世纪九十年代，郑文光先生中风已久，童恩正长居美国，这两个人肯定是请不来的；叶永烈已经转型写报告文学和传记，也未必会来；沈星光我更熟悉了，他早已隐居南川小城，又怎么会——

忽然间，我脑海中闪回到多年前的一个场景，如中电殛，打了一个激灵。再一看日期，1994年9月29日周四。霎时，少年时代的记忆完全复活了。

在那一年的国庆节，沈伯伯的的确确是去了"恐龙岛"。

复仇猜想

我心头一片混乱，原来真的有一个"恐龙岛"，沈伯伯也真的去过了！虽然看起来不过是走穴，但我仍然感觉，二十五年前的事和今天的事草蛇灰线，一定有某种隐秘联系。再说，这本来是一件好事，但是沈伯伯那年回来后，神色颓丧，失魂落魄，到底发生了什么事？对了，那个"宝龙公司总经理裴大山"是谁？他和裴振中是什么关系？兄弟还是父子？

包括"沈星光"和"恐龙岛"的搜索页基本没什么新鲜内容了，我想了一下，改换了关键词，搜"恐龙岛之旅""上海""晨风公园"等，果然又搜出了后续报道，只是一条豆腐干般的简讯，但内容极出人意料：

（1994年10月2日周日）本报讯，昨日在晨风公园举行的"恐龙岛之旅"科普展览开幕式上发生一起严重事故。一具恐龙模型在开幕时意外倒塌，造成工作人员裴某某重伤，送医后因医治无效死亡。另有两名工作人员和十二名观众受伤，其中三人伤势较重，已入院治疗，目前伤情稳定。事故发生后，展览被紧急叫停，市工商局、消防局和公安部门已经组建联合调查组，正在调查事故原因。本报将持续关注，做进一步报道。

我迫不及待地接着搜索"进一步报道"，却没有了，后面几天再也查不到任何相关消息。看来，相关新闻因为一些理由被压下去了。在前网络时代，报纸上不再报道，事情自然就消于无形。而且确实也不算大事，没有引起公众太多的关注。但当时到底发生了什么？

"工作人员裴某某……死亡。"对，这个裴某某，搞不好就是裴大山，也就是裴振中的亲属。裴某某死亡，是什么导致的呢？恐龙模型倒塌，又是怎么造成的？沈星光和这件事又有什么关系？

我不甘心线索就这么断了，又变换了几个关键词搜索了一下，好不容易稍微有了一些新发现。但也不是当年的新闻报道，而是几年后复旦大学的日月光华BBS站的一些帖子，发布于2000年，在今天来说，也属于互联网的上古时代了。回帖相当多，在此只能略微引用几条：

——各位潜水的大虾，谁知道前几年的龙柱事件啊？好像传得很邪乎。

——××美眉好！这事我知道，就是延安路那边，修高架桥的时候有一个主柱的地桩怎么也打不下去，后来请了静安寺的高僧，高僧说这里有一条龙住着。打下去了以后，忽然之间有一条龙从底下飞了出来，很多市民都目睹了，所以后来柱子上镶嵌着金色的龙纹来驱邪。

——我听说倒不是在延安路上，而是在边上的晨风公园，那个地方是清朝的龙王庙，那条龙几百年都住在那里。所以一直没法盖房子，只能当公园。那个桩子打了四十多米深，打到龙穴里，老龙就从公园的湖里飞出来了，说还吃了好几个人。

——我晕！什么龙，是恐龙好不好！就是电影里的霸王龙。是我表哥的堂弟的二姨的妯娌家的小保姆亲眼看到的，那个恐龙在公园里横冲直撞，踩死了好几个人。她身边一个小女孩也被吃了，半条腿掉下来……我表哥亲口跟我说的。

——有没有搞错，龙柱和恐龙有什么关系？

——什么龙柱？别搞笑了！因为事情闹得太大，有关部门故意搞个龙柱来掩人耳目，世界上哪里有龙啊？国家应该是在做恐龙复活的秘密实验。没想到失控了，恐龙从实验室里跑出来，后来来了两车的特警才击毙的。

后面各种不靠谱的胡说八道还有不少，但有效信息已经没多少了。我整理了一下思路，看来，真相大概就是那次恐龙模型倒塌事件，因为压死了人，引起了恐龙吃人的谣言，后来更演变成所谓龙柱的传说。至于一次普通的事故为什么会传得这么邪乎，只有天晓得。

这件事，沈星光很可能是在场目睹的。对他来说，应该也是可怕的回忆吧。不过，那个"恐龙岛"展览和沈星光的《恐龙岛》以及我脚下这个恐龙岛又有什么关系呢？看来，这里面的关系并不简单。一切应该都和那次事故有关……

我大脑中忽又灵光一闪，把一切联系了起来，瞬间心跳加速：也许，是沈星光做了什么，导致展览出事，裴大山死去，所以他才那么自责；裴振中伤亲人或父亲的死，决心复仇，但沈星光早已去世，于是他就把目光瞄准了他的独生女沈淇，把她引到恐龙岛来下手……这真是太可怕了！

这种猜想让我不寒而栗，但仔细一想，好像又有点牵强，就算裴振中要对付沈淇，又何必花十年搞一个主题公园，还把一堆人都请来呢？他可是坐拥一个跨国公司的霸道总裁，借别的名目接近沈淇轻而易举。但不祥的感觉总是挥之不去。也许，我应该去和沈淇谈谈？

我看了下时间，不觉已经七点多了，便发了个微信问沈淇是不是起来了，沈淇回复说正要去餐厅,我匆匆梳洗着装,十来分钟后也下了楼。

我走进自助餐厅,见到沈淇已经在里面,不巧的是,她和那个未来学家黎俊坐在一起,面前放着自助餐,边吃边聊。他们和我打了招呼,我也拿了些食物,加入他们。听到黎俊好像在说"恐龙将会改变人类的未来"之类的话头。

沈淇不解地问:"黎老师,恐龙不是远古生物吗,和未来有什么关系?"

黎俊似乎早就料到有此一问,笑了笑说:"这个嘛,我们可以回溯一下过去。五六十年前,中国没多少人知道恐龙,更没有几个人关心。但今天的恐龙文化铺天盖地都是,每个孩子从小时候就沉浸在其中……今天我们来到这里,不也是因为恐龙吗?对于五十年前的人来说,恐龙不也属于他们的未来?"

沈淇略有所悟,"您是说,恐龙虽然灭亡了,但恐龙文化将在未来有进一步的发展?"

"不只如此。恐龙代表了生命史上最奇特的存在,也是人类早已遗忘的过去,虽然过去早已消逝,但人类一直有一种冲动,要把它们带回人间,也就是说,让恐龙复活!让遥远的过去和未来合一!"

沈淇笑了起来,"这是科幻小说的内容吧?这事您和宝树君可以多聊聊。"

这家伙急忙摇头,好像生怕和科幻小说沾上关系,"不不,我说的可是现实的趋势。你想想,最近两百年来,人们一直在试着复活恐龙。在十九世纪中叶,一般人刚知道有恐龙存在,英国的海德公园就出现了恐龙的雕塑,参观者人山人海,其他古生物可没这么好的待遇。后来随着时代的发展,恐龙的形象也在不断发生变化,推陈出新,除了更加逼真的图像、雕塑和模型,也出现在小说里、银幕上、游戏中……包括我们今天在这里,何尝不是恐龙复活进程的一部分呢?"

我插口说:"可是恐龙毕竟也没复活啊!"

"恐龙没有复活,因为恐龙压根没有灭绝!它们好端端地活着呢。"另一个声音加入谈话,正是恐龙学家金智达,他端了份食物,在我们身边坐下。

我忙说:"是,我说得不准确,鸟类其实就是恐龙的一种。"二十年前,这还是很少人接受的新奇观点,但现在已经是非常普及的科学常识了。

"对的,从分类学上来说,鸟类属于蜥臀目兽脚亚目虚骨龙类的……"

"不不不,"黎俊带着几分傲气地说,"金教授,你这是典型的理工科思维,太线性了。这是一个次要问题,因为我们渴望恐龙复活,才会把鸟类当成活着的恐龙,不能倒果为因。"

"这不对吧,"金智达迅速反诘,"按照种系发生学,鸟类就是从恐龙的进化支上分出来的,和我们怎么想的有什么关系?"

黎俊不以为然地说:"所有的哺乳动物都是从鱼类中分出来的一支,为什么我们不把哺乳动物当成鱼类呢?虽然科学上可以这么讲,但现实中不会有人这么主张。我的意思是,按照卡尔·波普尔的'三个世界'学说,思想文化本身是一个独立的世界,关于恐龙的文化也就是一种可以在思想世界复制繁衍的'模因'。"

"魔……音?"金智达有点懵,可能还搞不清楚是哪几个字。

"meme,意思是文化系统里的基因。只要占有了人类的心灵,恐龙也就在思想世界拥有了生命,并且还在不断繁衍和进化,争取更多的存在空间,所以总会通过这样那样的方式'复活',不仅要占据人的精神生活,还要回到物质世界……"

这些话我也没有全懂,但令我心中一动,拿裴家父子来说,不就是因为对恐龙的兴趣而改变人生的吗?我也是小时候受了许多恐龙文化的影响,才会写恐龙小说。虽然我的故事受众不多,但至少也影响了一些小读者,如此,岂不是恐龙的"模因"一直在我们的思想中繁衍进化?但这些又意味着什么呢?

"各位老师早上好,"金智达正要继续争论,茜茜出现在我们面前,甜甜一笑,"时间差不多了,大家吃完就可以下楼了,我们在大堂会合吧。"

我们便一起下楼,此时郎飞和林小九也已经到了,周嫣然却还不见人影。茜茜发微信去询问,她的助理琳达说还在梳洗。林小九阴阳怪气地说:"我们的大明星一向姗姗来迟,这可有的等了!"我猜到他为什么这样。昨天他想邀请周嫣然在他直播里出镜，被周嫣然拒绝了，琳达好像还警告了他几句，说乱拍可是会收到律师函的。

我找到机会和沈淇单独说话，简短地告诉她我的一些发现。沈淇听了以后也很惊诧，我问她："1994年国庆那几天，你在哪里？和沈伯伯一起去上海了吗？"

"没有。但我记得，那一周爸爸说要去上海办事，让我每天去隔壁张阿姨家吃饭，你知道为什么我记得那么牢吗？因为张阿姨家的饭做得比我爸做得好吃多了，而且没人管我晚上看漫画，那几天真是逍遥自在呀……"

"那他回来以后……"

沈淇撇嘴，"他比我想的提早两天回来，正好撞见我在看漫画，特别恼火地训了我一顿。我顶了他几句，差点儿没打起来。后来他也好些日子都阴沉着脸，很容易发火，所以这事我记得特别牢。"

"其实他心情不好是另有原因。"我说，"在展览上发生了那么严重的事故，也许和他也有某些关系。"

"我爸就是这样一个人，从来不跟别人说他在想什么，我们父女感情因此也一直……"沈淇幽幽叹了口气。

"对了，裴总可能对你……"我悄声告诉她自己的猜想，说，"在岛上，你得小心点。"

沈淇却摇头说："我想你猜错了，裴总不可能是想找我寻仇。"

"这你怎么知道？"我问。

"我从他的态度看得出来。"沈淇说，"他没有敌意，肯定不是坏人。我的直觉很准的。"

我无言以对，心中却更加窝火。

大明星总算出场，周嫣然戴着太阳帽和墨镜出了电梯，后面跟着她的助理琳达。茜茜见人到齐了，对大家提出了一个客气的请求，希望我们发一条微博，带上"#恐龙岛惊情之旅#"的标签，大意是说，我们已经来到了神秘的"南海恐龙岛"，马上要出发去深入岛内探险了！在龙心和我们签的协议里本来就有在社交媒体上发布行程的条款，大家都痛快地发布了。林小九更是直接开始了直播，还拉着我和金智达等人出镜了一下。这人的确很红，直播一开始就有几千人观看，后来更是水涨船高。

五分钟后，我们出了酒店。对面就是一座造型独特的大建筑，好几个乳白色的椭球体叠加在一起，如同一窝恐龙蛋。门口有"时光长廊"的大字。走进去，的确是一条长长的走廊，两边陈列着狄更逊水母、奇虾、甲胄鱼、三叶虫、鱼石螈等古生物化石或模型，通往一个大厅。在大厅中，高大威猛的恐龙骨架矗立如林。根据介绍，这里有两百多具比较完整的大大小小的恐龙化石，包括一具东方暴龙、一具马门溪龙的骨架，以及好几种带羽毛印痕的近鸟类恐龙化石。其他如恐龙足迹、恐龙蛋和中生代其他生物化石等也相当丰富。金智达看得兴奋不已，主动给我们充当讲解员，说许多化石是国内外罕见的孤本，已经达到了国际一流水准。

不过我们大部分人倒略感失望，这说白了就是一个以恐龙为主的古生物博物馆嘛。这种博物馆，北京、上海、南阳、自贡都有不错的，也不用漂洋过海专门到一个南海孤岛来。其中最先进的内容无非是球幕电影以及一些可以互动的立体投影等，在这个时代已经算不上新鲜。至于其中重点介绍的一些知识，像"鸟是恐龙的后裔""恐龙是温血动物"，对于恐龙爱好者来说也是入门级的常识。而周嫣然、林小九这些本质上对恐龙没兴趣的人群，大概也不会明白有意思在哪里。

在博物馆中消磨了半个多小时后，我们从后门出去，前方是一个恐龙主题的游乐场，门口牌子上写着"侏罗纪乐园"，我们走进去一看，心情更是跌落谷底。里面除了一些会摇头摆尾的塑料恐龙模型，就是恐龙造型的滑梯、秋千、跷跷板、旋转木马——不，木龙——等，幼稚到了极点。林小九的直播也无精打采了，收看者减少到了一两千人。

茜茜也发现大家情绪不高，歉然说："其实这个游乐场呢，是给十岁以下的孩子们准备的，我们就不细看了。成人的游园项目在前面，请大家跟我来……"

沈淇悄悄跟我吐槽说："前面还有什么成人的项目？我猜不是恐龙主题的过山车就是激流勇进吧……"

我也笑了，"也未必，没准儿是一个VR游戏厅，戴着VR装备去中生代和恐龙打仗……"说实在的，这至少还是一个说得过去的项目。

但出了游乐场之后，又穿过一扇门，眼前再没有其他的建筑或者高科技设备，而是一片很宽广的草坪或者说是草场，一直通到对面的小山。这里大概就是昨天裴振中说的"游龙草原"。脚下一条木头铺成的栈道穿过草场的中间，通向山脚下的森林，看来还得步行一阵。我们在栈道上走了几步，才发现有点不对，原来路的两边不知什么时候竖起了透明的玻璃。这种玻璃的材质应该很特殊，透光率极高，几乎没什么存在感，所以并不影响视线。仔细看才发现，两边的玻璃墙在头顶几米处连成一体。也就是说，这其实是一条玻璃隧道？

茜茜说："各位嘉宾请沿着栈道走，不要太靠边，小心撞到两边的玻璃。"

我半开玩笑问："为什么装有玻璃？难不成还怕——"

"啊！"忽然间，周嫣然发出一声足以刺破耳膜的尖叫，手指着栈道的左边，"那、那是什么？？？"

复活的恐龙

周嫣然在《重返侏罗纪》里的尖叫比台词还多，我倒也没有太紧张，朝着她指的方向随便看了一眼，却立即呆住了。有一群大型动物在远处奔跑。看不清楚细节，只能看到身体上黑黄相间，脖子很长，用两腿奔跑，像是一群鸵鸟。但从距离和大小来看，起码比鸵鸟要大上一两倍。

但鸵鸟已经是今天世界上最大的鸟类,那这些是什么?

"这难道是……"我听到金智达结结巴巴地自语,语无伦次,"该不会是……不、不可能的……"

此时,那群"大鸵鸟"跑到靠近游乐场的草场边缘,转了个弯,向我们的方向跑来。很快可以看清楚,它们的确有几分像鸵鸟,羽毛有黑有黄且稀疏,但身体要大得多,起码有三四米高,成人还不到它们的胸口,一对壮硕的手爪提在胸前,背后还拖着一条长长的尾巴。它们的吻部也不是鸟喙,而是肉质的,里面似乎还有牙,嘴巴开合,一边跑一边发出咕咕的叫声,隔着玻璃,从距离我们四五米的地方掠过。

茜茜含笑说:"我就不班门弄斧了,金老师肯定一看就知道这是什么生物了吧?"

"似、似鸟龙……"金智达结结巴巴地仿佛在梦中,"但这怎么可能……"

我也觉得脑子晕乎乎的,如堕五里雾中,沈淇又拽了拽我,"看这里!"

似鸟龙的跑动也惊动了蛰伏在草丛间的小动物。一头大兔子般大小的动物跳了出来,但那肯定不是兔子。它浑身黑绿色,有醒目的凸起脑门,脑门两边还长着一些尖刺,身上也没有任何毛发。它用后腿蹦跶了几下,很快跳进草丛间不见了。

"微肿头龙!"金智达惊呼,"天哪……它居然是这样蹦跳的……"

"大家快看!"有人喊了一声,是林小九,他并不是跟我们说话,而是拿着手机,对着草场的另外一边摄像,那里远处有几头类似犀牛的动物正在低头吃草。我看到它们脖子周边有着耸立的醒目"领子",前面是一对公牛般的大角,鼻子上还有一只稍小的角。这回连我也能说出那是什么东西了。

"三角龙!这是三角龙?!"我激动地叫着。

周围惊叹声连成一片,我晕晕的,感觉自己真的穿越了时空,回到了中生代的世界,但这怎么可能呢?

"You did! You crazy son of a bitch did!"我听到黎俊喃喃说了一句英文，听着很耳熟，后来我才想到，这是《侏罗纪公园》里主角第一次见到恐龙时的经典台词。

茜茜得意地瞥了我们一眼，露出狡黠的笑容。我渐渐明白了，之前那几个平淡无奇甚至槽点不少的参观项目，其实是龙心故意的铺垫，就是让游客在真正见到恐龙后，最大限度感到灵魂深处的震撼！

"原来恐龙岛真有恐龙！活的！"林小九语无伦次地对他的听众说，"老铁们，快来看呀！不，绝对不是视频上的特效，我真的看到了……"

"哈哈哈哈……"忽然旁边有人大笑了起来，却是刚才还惊讶得语无伦次的金智达。

金智达指着远远近近的恐龙，笑得直不起腰，"你们……你们真是……恐龙……哈哈哈……"

我心想这位莫不是受到刺激太大，发疯了吧？问："金老师，你怎么了？"

金智达好不容易止住笑声，又鼓起掌来，"厉害，真是厉害，这个法子真绝妙！不过各位真的没看出来吗？"

我们问："看出来什么？"

金智达指着一边说："仔细看，这是什么？"

我说："你是说似鸟龙还是三角龙？"

"不是这些！我说的是玻璃，玻璃！你们看，这种玻璃显然是特制的屏幕，上面能够放映立体的影像，有什么稀奇的？这就相当于一种裸眼 3D 电影嘛！"

这话让我清醒了几分，是啊，现实中哪能真复活恐龙，明明就是三维投影之类的把戏，我怎么这么容易上当？但看着眼前纤毫毕现的画面，还是不太敢相信这只是"电影"。

我们好奇地贴近玻璃上上下下看了一会儿，黎俊摇头说："不对，不是屏幕！如果是在玻璃上形成的恐龙影像，那么稍微变一下角度就明显可以看到恐龙在背景上移动。但这里，不论怎么转换角度，恐龙和远处风景的位置是不变的。而且它们还在吃草……"

金智达胸有成竹地说:"你还没想明白?玻璃就是屏幕!整个风景、整个草场都是放映的电脑特效,现在这种技术完全可以乱真,最近流行的那个词叫什么?元……对了,元宇宙!这就是元宇宙嘛!"

我心想这算哪门子元宇宙?郎飞却拍了拍手掌,说:"原来如此!我就说嘛,哪有这么邪乎的事?"

黎俊狐疑地摇头,"可是,这些恐龙怎么看也不像是玻璃上的投影啊?"

金智达说:"黎教授,你们搞文科的不清楚,现在的科技已经非常先进,这种技术今年春晚都用到了……"

众人七嘴八舌讨论成一片,茜茜笑眯眯地看着我们,最后说:"好了,大家不用多猜,要知道恐龙是真的还是假的,跟我来,谜底马上揭晓。"

我们好奇地跟着她继续往前走,一边走一边继续看着远远近近的恐龙群,议论纷纷。

黎俊问金智达:"你觉得这一切真的只是投影?可这也太逼真了吧?"

金智达跟柯南似的扶了扶眼镜,"真相只有一个!当排除所有其他可能之后,剩下的可能性不论多难以置信,也是事实。既然恐龙不可能复活,所以一定是一种假象!"

黎俊却问:"但是真的不可能复活恐龙吗?《侏罗纪公园》里不是说,蚊子吸了恐龙的血,包裹在琥珀里,里面的什么DNA保存下来以后……"

金智达解释说:"这个假说有问题,因为DNA链会逐渐分解,顶多几十万年就消失了,不可能保存几千万年。"这个说法我早已听说过,本来倒也认同,但是此情此景就在眼前,我不敢再说什么是绝不可能的。也许另有途径可以从蚊子血中复原DNA链条呢?

这时候,有四五头体型优雅的恐龙仿佛注意到了我们,踱步过来,它们的头后面长着一根红彤彤的长管子,我记得这叫副栉龙。它们好奇地跟着我们,距离我们最近时还不到两米。我能看清它们身上皮肤的皱褶及其随着运动产生的颤动。如果说这是一部电影，那真是实现了电影的最高境界，让观众都信以为真。

"无论如何，恐龙岛都创造了历史。"我由衷地说，"这些恐龙给人的感觉太真实了，就好像……啊，难道……"我想到了一件事，心中有了一些朦胧的概念。

"这就是我说的，"黎俊高屋建瓴地说，"恐龙，就是未来。"

我们拐了一个弯，然后看到眼前有一列台阶。原来这里有一座"拱桥"，本来被玻璃管道分开的两边草场，在桥下相通，几头恐龙在桥下窜来窜去——如果不是幻象的话。

因为要保证让最大的恐龙通过，桥的最高处有大约十米高，可以俯瞰整个草场的景致。不过下来之后，另一边有一处仅两三米高的平台，向外凸出，好几头恐龙已经聚集在台下，我们走过去时，就觉得微风拂面，还传来一股动物的腥膻气味。原来这里是和外界打通的，只是安上了栅栏。然而有不少似鸟龙和副栉龙等已经把口鼻从栅栏处伸进来了。一个穿着蓝灰色工作服的工作人员在拿着一些果子和嫩叶喂它们。看到我们过来，回头说："大家早啊。"居然是裴振中本人！

金智达不敢相信地走过去，试探性地伸出一只手，想摸一下正在狼吞虎咽的恐龙，却又不敢。裴振中笑笑，把他的手拉过去，放在一头副栉龙的鼻子前，副栉龙喷了口气。金智达的头发都被吹起，他像触电了一样把手缩回来，无力地靠在一边。他的"投影"理论到此完全被否定了。

"真的是恐龙……"金智达说，作为恐龙专家，他的世界观大概在崩溃边缘，"可你们是怎么做到的？这么多活生生的……我感觉这辈子都白活了。"

茜茜抿嘴一笑，揶揄道："当排除所有的可能性之后，剩下的可能就是事实了嘛。"

"你们真的复活了恐龙……"郎飞喃喃说。

"我知道早晚有这么一天，但也没想到这么快……"黎俊感叹说。

"不，"我脱口而出，"没有排除所有的可能性，甚至没有排除最明显的一种可能性。"

"哦,那是什么?"裴振中盯着我,考校般地问。

"它们都是机器——仿生机器人。"我说,"裴总,您应该最清楚不过了。"

裴振中拊掌大笑。

跨领域的新技术

这个答案其实并不难猜,几十年前的科幻读者大概都能猜中,但这些年什么元宇宙、VR、AR之类的概念越来越介入我们的生活,导致我们思路受限,居然一时没有想到。仿生机器人不只是狭义上的机器"人",任何能够自主活动的机械体都可以归入这一范畴。无论看上去像是狗、蛇,还是恐龙。某种意义上,那些在儿童游乐区摇头摆尾的铁皮恐龙已经算是雏形的仿生机器人。只是眼前的这些高仿真的机器恐龙有着极精细的外观和与真实生物无二的运动机能,可以乱真,和那些粗糙的产品不可同日而语。

众人还是难以置信,黎俊说:"如果是机器人的话,那你能控制它们吗?"

裴振中笑了笑,从裤兜里掏出来一个小巧的黑色遥控器,对准眼前一头正在狼吞虎咽树叶的副栉龙,按动按钮。遥控器上红光一闪,副栉龙顿时一动不动,变成雕塑一般,眼睛仍然圆睁着,就连半伸出嘴巴的舌头都没有收回去。

我们好奇地摸了摸它,副栉龙也没有任何反应。裴振中又按了一下控制器,副栉龙一下子如梦初醒,发出惊恐的鸣叫,扭头跑掉了。

我们都信服地鼓起掌来。这些恐龙是仿生机器人这一点,再也无人怀疑。林小九说:"哇,好棒!既然能控制恐龙,那我能骑在它背上直播吗?"我听了也大为神往。如果能骑在几可乱真的恐龙背上漫游全岛,那真是太酷了。

不料裴振中露出了为难的神色,"不好意思,目前这些机器恐龙还没有装上被人骑乘的程序，勉强要骑的话，实在有点危险。"

"那它们能跟我们玩吗？"琳达也问。

"这个也需要进行专门学习……目前可能还无法和人有太直接的互动。而且我们还是想尽量表现恐龙作为野生动物的一面。"裴振中委婉地说。

虽然这个不行那个不行，但我们也并没有太失望，毕竟能见到这么神奇的恐龙场景已经远远超出预期了。我们纷纷拿出手机拍照和录视频。林小九更是直播得停不下来，不断感谢"老铁们"的礼物，我看了一眼，短短半小时内，收看他直播的人已经上了一百万！光打赏估计就有好几万了。我看得眼红，赶紧放了两张照片到微博上，也是热议纷纷。"#恐龙岛惊情之旅#"很快冲上了热搜……

这时，金智达又提出一个问题："对了，既然它们只是机器，还要吃草和树叶干什么？"

"不吃我们怎么给它们供能？每天充电吗？"裴振中笑着说，"实际上它们身体里是有和动物类似的生物化学反应器的，能够分解有机质，给它们提供一部分活动的能量，另一部分靠皮肤上的太阳能电池获取，都储存进高能蓄电池。当然，即便真充电也可以，但我们的理念是要尽可能贴近真正的恐龙，进食和排泄等动作也就必不可少了。我们还会在其身上储存一些模仿动物体味的化学药剂，不时释放……"

"那为什么要造玻璃管道把人和它们分开呢？"黎俊问，"如果只是机器，总不会袭击人吧？"

"当然，不过这些机器恐龙智能程度不高，如果奔跑的时候撞或踩到游客，可相当于一辆大卡车从你身上压过去！"裴振中不知想到什么，脸好像抽搐了一下，"但凡出一两次事故，这个公园就没法办了，所以我们必须十分慎重。不过，起码你们在下一个游览环节，是可以和恐龙更加亲密地接触的。"

"那是什么？"我们充满期待地问。虽然明知不过是机器而已，但毕竟看起来是活生生的史前生物。下面还有怎样的神奇物种出场，也深深令我们好奇。

"你们很快就会知道了！"裴振中神秘地说,"下面我亲自领诸位参观,这边请。"

我们跟着他继续沿着玻璃管道步行,观赏各种大小恐龙。沈淇在后头赞我:"宝树,你可以啊,怎么一下子就猜出这些恐龙是仿生机器人的?"

"也没什么。"我有点得意地告诉她,"我不是说我查到裴振中博士毕业后,在日本一个科技公司搞研发嘛,那个公司的网页虽然是日文的,但是还能看到一些大致的产品照片……"说到具体内容,我有点难以启齿。

"什么产品?"沈淇好奇地问。

我见不说也不行,只好把她拉到一旁,小声告诉她:"那是一家做……情趣……用品的公司……好像说裴振中进入研发部门,很快就开发出了一种高端的新产品,是一种娃娃,会说话,会动……"

"像芭比娃娃那样吗? 还会说话和走路吗? 哇,太有意思了!"

"不是,"我真是哭笑不得了,"那种娃娃……和真人一样大……生理结构也……哎,你在日本这么多年,应该清楚呀!"

沈淇这下总算听懂了,脸刷一下子红了,"混蛋,这种东西我怎么会清楚!"

"咳咳,总之就是这一类产品吧。这种娃娃本来早就有,不过都是死的,一动不动,有二三十公斤重,需要……使用的时候就跟抬尸一样,能把人累死。据说裴振中研发的那种,不仅比别家的产品更具真实质感,而且能够像人一样自己爬上床,摆出各种姿势,还会叫……还会说话。可想而知非常受欢迎。虽然价格极其昂贵,但也卖出了很多,大赚了一笔。不过理念实在有点太超前,后来被竞争厂商举报,拿一些伦理争议说事,说是鼓励犯罪、儿童色情什么的,给禁止销售了。但裴振中赚到了钱,又得到了一些投资人的青睐,就创建了龙心。我猜测,他把这些机器人技术用来研发机器恐龙了……真想不到会用在这方面,其实还有很多重要的应用领域……"

"比如继续研发更高档的智能娃娃?"沈淇冷冷地说。

"当然……当然不是！"我觉察出话题转向不太对劲，"我的意思是，这种机器人技术在商业上和军事上的应用前景肯定都非常广阔，裴振中为什么选择了制造仿生恐龙，还是有点奇怪。"

"从旁人的眼光看是有点奇怪，不过这倒是我一直以来的理想。"忽然一个声音插了进来。我吓了一跳，原来我们谈得专注，没注意裴振中不知何时已经走近，还听到一些对话，不禁大感尴尬。

沈淇却大大方方地说："裴总，您来得正好，我们正聊您呢，对您是怎么开始研发机器恐龙的历程非常好奇，您能告诉我们吗？"

"当然，"裴振中微笑着说，"正如我昨天说过的，这一切都是从我的父亲裴大山开始的。或者说，是从我的父亲和你的父亲之间的交往开始的。"

我大感惊讶，沈淇也轻轻"啊"了一声，"原来我们的父亲有过交往吗？"

"当然，他们曾经是很好的朋友……这个故事很长。不过我们有充足的时间，我们到前面慢慢说吧。"

十分钟后，我们坐在一条小舟上，在一条狭窄的河道里漂流——还真是玩上了"激流勇进"。两旁古木参天，藤蔓交错，怪花奇菌，一派热带雨林的繁茂景象。耳旁各式鸟鸣不断，树林间也常可以看到鸟影出没。不过如果仔细看的话，那些丛林中隐现的"鸟"不少样貌都很奇特。其中许多有着长尾，翅膀上长着爪子，甚至嘴巴里有牙齿。有的在林中滑翔，有的在扑翼飞翔，还有的虽然有羽毛，但似乎没有翅膀，只是在地面上寻觅虫子。忽然间，一只上肢和下肢都长着羽翼，还拖着一条长尾的黑色怪鸟从我们头顶滑过，落到小河另一边的树上去了。

"哇，那是什么呀？"沈淇兴致勃勃地问。

"顾氏小盗龙。"金智达说，"它是一种独特的小型恐龙，脚上也长着飞羽，可以用四翼滑翔，是鸟类早期进化中的一个阶段。是吗，裴总？"

一旁裴振中点头说："不错，其实在龙鸟雨林中生活的诸多近鸟恐龙或者说古鸟，非常清楚地展现出恐龙进化为鸟的不同阶段。羽毛先是用来御寒，然后用来从树上滑翔，最后用来飞翔，而飞翔也经历了许多阶段的演化——当然，这些近鸟类的恐龙也都是根据金教授等恐龙专家发表的学术成果设计复原的，我是班门弄斧了。"

金智达谦虚了几句，裴振中缓缓转入正题："这其实也是再现了沈星光老师的《恐龙岛》里的场景，里面写到田小路和王霜霜两个人在这样一条小河上漂流，听到鸟叫声，还以为是普通的鸟雀，结果忽然从林中飞出一大群尾巴长长，长着爪子和牙齿的始祖鸟，铺天盖地……这个故事是小时候父亲说给我听的。"

大部分人都没有读过《恐龙岛》，有些不知所云，但金智达接口说："我也记得这一幕，这篇小说我小时候也看过，印象很深，还想着拍成电影应该很好看呢。想不到有一天能在现实中看到。"

"是啊，"裴振中说，"这一切都开始于1980年，开始于沈星光先生的笔下，开始于一个叫裴大山的大学新生和这个故事的相遇……"

侏罗纪往事

1980年暮春，上海。华东交大地质学系古生物学专业的大一学生裴大山在学校图书馆里翻开一本新到的《科学文艺》，读到了一篇叫《恐龙岛》的小说，一下子被吸引住了，手不释卷地读了下去。他不会想到，这篇小说将会决定他的一生。

裴大山的老家在四川自贡下面的一个小镇，七十年代初他上小学，小镇旁的田地里挖出了不少如房梁般巨大的骨头化石，被当成宝贝运走。少年时代的裴大山非常好奇，但乡下地方只传说是龙或者巨人的遗骨之类，荒诞不经。中小学老师稍微有一点点科学知识，但也说不清恐龙是什么，只说是一种远古的怪物，让裴大山越发觉得神秘莫测。不过到他上高中时，科学的春天降临了，新华书店里雨后春笋般冒出来许多科幻小说，他读的第一篇小说就是叶永烈的《世界最高峰上的奇迹》，让他一下子就迷上了恐龙。此时高考也恢复了，裴大山考大学时毅然报考了冷门的古生物学专业，顺利地被录取了。

裴大山到了上海读大学，更有条件阅读到报刊上的科幻小说。他在学习之余，读了《震惊世界的喜马拉雅——横断龙》《追踪恐龙的人》等作品，时常幻想在地球的某个角落还能发现史前遗留的恐龙。《恐龙岛》开头看似相似，却又不同，这篇作品实际的设定是用现代科技的方法，重新制造和培养出可以乱真的恐龙来。这让裴大山非常兴奋，不由纵情想象，如何能够让恐龙重新来到人间。

当然，最初这只是一个青年学生的胡思乱想，也许过几天就忘记了，不过事情很快发展到一个令人意想不到的方向上。

《恐龙岛》发表后不久，某家重量级报纸发表了古生物学家、华交教授贾文兰的批评文章，声称其中有着诸多讹误。特别是小说中设定的鸟是恐龙的后裔，用鸟类的基因重建恐龙，说恐龙身上有类似鸟类的气囊和羽毛，以及对其行走、奔跑姿态的描写等，被贾文兰大肆挞伐，认为是反科学的胡说八道。

贾文兰是建国早期成名的古生物学家，师从中国恐龙研究鼻祖杨钟健先生，曾参与云南禄丰、新疆准噶尔、山东王氏群等重要中生代化石产地的考察发掘和整理工作，描述和命名的恐龙有数十种，尤以在山东发现的、和霸王龙不相上下的东方暴龙闻名于世。新时期以来，他写了几本恐龙科普书，也搞得有声有色。据说，贾文兰之所以注意到《恐龙岛》，正是因为小说中对东方暴龙有大量的描写，却和贾文兰本人的论点背道而驰，贾文兰看了很恼火，认为问题非常严重，误人子弟。

贾文兰此时刚刚出版了重量级的著作《中国恐龙种属研究》。他的批评，无疑具有很大的权威性。不过，沈星光很快也撰文反驳，说他的灵感来自外国古生物学界的最新研究成果，有坚实的科学依据，于是变成了一次"恐龙论战"，其中又夹杂了诸如"科幻姓科还是姓文""科幻是不是宣扬伪科学"之类的争议话题，使局面变得异常复杂。许多科幻作家和科学、科普界人士都被卷了进来。

两人断断续续吵了一年多，到了1981年秋天，华交的科普协会看热闹不嫌事大，干脆邀请沈星光和贾文兰开一个辩论会，当面切磋。二人都慨然应允。会场设在一个阶梯教室里，观者如堵。裴大山也去了。结果，贾文兰当面炮轰沈星光，提出不少刁钻问题，还夹杂着许多拉丁文学名和生物学术语。沈星光毕竟不是古生物专家，相关知识主要来自一些科普杂志，难免被问住。贾文兰得意洋洋，直接宣称沈星光的小说是反科学的，误人子弟。

这时，裴大山听得义愤填膺，毅然从听众中站出来，加入战团。他最近读了学校刚刚购入的美国恐龙学家罗伯特·巴克、约翰·奥斯特罗姆等人的一些最新著作和期刊论文，认为沈星光的看法基本正确，帮他回答了不少贾文兰的诘难，并指出了贾文兰的一些错误。贾文兰在封闭环境下搞研究几十年，知识结构不免老化，一时陷入被动，说话支吾起来。下面学生大都是同情沈星光的，趁机喝彩起哄，主持人赶紧打圆场，宣布辩论会圆满结束。

裴大山一时兴起，得罪了本系的大教授，也有些惴惴不安，刚要离开，沈星光却叫住他，要了他的联系方式。没过几天，沈星光一个电话打到他宿舍楼，约他见面。二人在交大附近找了一家小菜馆，边吃边聊。沈星光道出来意，原来他打算把《恐龙岛》改成长篇小说，贾文兰的批评多有吹毛求疵，但也不是全无道理。比如说小说中用鸟类的细胞还原恐龙的基因，似乎就不可行，另外小说中他拿不准的地方还有不少，希望请裴大山帮他参谋，共同撰写，作品完成后也一起署名。

裴大山被沈星光折节下交的诚意感动，加上这也是他很感兴趣的主题，当场答应。两人后来在一年中又多次见面，探讨过一些小说方面的内容。主要是两个点，一是如何能在符合科学原理的基础上，让恐龙有现实的复活可能，让小说可以成立——在屡遭攻击和质疑后，沈星光非常在意这个问题；二是恐龙的具体形态和运动方式是怎样的，有什么特点，以便演绎小说的细节。

对于第一点，二人很快明确了，要复活真正的远古生物恐龙，没有现实中行得通的办法,构思走到了死胡同。沈星光决定改变本来的设想,采用仿生机器人的设定,但这种机器人必须和恐龙有着一样的构造和机制,才能自如地运动;这就引申到第二点,主要涉及生物力学的研究,这是一个当时国人还比较生疏的新兴交叉学科,结合了生物学、物理学、数学、计算机学等多门学科,模拟动物运动的动力机制。美国科学家罗伯特·亚历山大在这个领域成就卓著,最近还有一些研究恐龙运动学的论文发表。裴大山设法找来他的论文研读,大有收获。

不过他们很快也遇到困难,大部分恐龙化石稀少,而且早已磨灭了许多生物特征,对恐龙的姿态和骨骼、肌肉构造本身就有很多争议,难以作为确切把握其运动方式的基础。裴大山在这个方面做了许多探索,根据鸟类进化自恐龙的假说,研究鸟类——特别是火鸡、鸸鹋、鸵鸟等相对接近恐龙的大中型鸟类——的肌肉、气囊和骨骼构造及运动方式等,作为复原恐龙身上相关构造的参证,并和化石上残留的肌肉印痕相印证。如果大部分都对得上,就说明猜想基本被证实了,否则可能有误。通过这种"二重证据法",裴大山得到了不少重要的成果,初步建立了几种恐龙的运动学模型。

正当他们取得了若干突破时,1982年底,沈星光因为一次车祸意外受伤住院,打断了他们的日常交流。沈星光得了脑震荡,苏醒后很长时间内神志不清,合作创作的事情不得不暂停。不过就算没这件事,他们的这次合作也走不了多远:到了1983年,风云突变,科幻小说遭到了大批判,沈星光一下子被出版机构打入冷宫,很快卷铺盖回了老家南川,二人的合作只能半途而废。

虽然如此,但裴大山自信自己的研究在科学上有价值。他根据研究成果写了几篇论文,投去专业期刊,但却无一发表。原来,1981年那次公开讨论会后不久,某报纸上发表了一篇报道《科学不能臆想,幻想不是瞎想:记一场发人深省的辩论会》,作者大概是贾文兰的徒子徒孙。这篇文章把当时的辩论说成是贾文兰全面胜利,沈星光哑口无言,也把裴大山编排进去奚落一番,说本系青年学生P某大放厥词,迷信西方资产阶级没落的生物学说,说话语无伦次、漏洞百出,贾教授大度包容云云。

裴大山年轻气盛，受不得委屈，马上写了一篇文章回击，寄到那报纸的编辑部去。人家不肯发表，裴大山兜兜转转找不到地方发，只能自己油印了几份散发出去。虽然看到的人还不到三位数，但裴大山少年心性，竟然直接塞了一份到贾文兰的邮箱里，一定要让他读到。

这一下可捅了马蜂窝。贾文兰彻底被激怒了，他不好给什么处分，便在学术界公开放出话来，说这学生不务正业，哗众取宠，裴大山的论文投稿就连连碰壁；同时，裴大山面临毕业，想报考燕京大学一位教授的研究生，本来颇有希望，但贾文兰给对方打了一个电话，稍微提了句这个学生有些不太尊师重教，对方听出话音，也就拒了。裴大山读不成研究生，到了快毕业的时候分配工作，被分回老家自贡的自然博物馆当馆员。在那时候倒也是个旱涝保收的铁饭碗，但裴大山一发狠，连铁饭碗也不要了，买了张火车票，去了成立没几年的深圳特区闯荡。

深圳自然没有和古生物学对口的工作。裴大山好不容易找到一家同乡开的小玩具厂，留他当会计。这个厂子本来是仿制一些外国玩具，用塑料和铁片造出小人和动物的模型，做工粗糙，有的可以活动，但动作也很勉强，站都站不稳。改革开放初期还能赚两个钱，后来竞争厂商多了，生意也越来越难做。裴大山了解情况后，灵机一动，利用自己的生物力学知识，稍改良了一下模型的形状和构造，也没有增加多少成本，但变得灵活逼真了很多，销路大涨。同乡十分高兴，给了他一些股份，聘请他专门设计玩具。裴大山趁着改革春风发家致富，又结婚生子，日子过得很红火。没过几年，同乡因病退居二线，裴大山干脆把厂子盘下来，改名"宝龙玩具公司"。

有了充裕的资金以后，宝龙的玩具越做越高端精致，销路也是越来越好，成为国内叫得上名的玩具企业。转眼到了九十年代，裴大山一边给渐渐长大的儿子裴振中讲《恐龙岛》的故事，一边思考，眼看恐龙文化越来越受到青少年的欢迎，为什么不利用自己的知识积累，在这方面做一番事业呢？这时候电影《侏罗纪公园》风靡世界，裴大山也被点燃了昔日的激情。他不惜投入巨资，研发新的电动恐龙模型，准备投放市场。他还有一个更野心勃勃的计划，想打造一个再现中生代恐龙的大型主题公园，取名就叫"恐龙岛"，还邀请了《恐龙岛》的原作者，已经退隐多年的沈星光加盟！

"这就对了！"此时，我想到二十五年前的那次对话，不由拊掌道。众人都望向我。我也不知从何说起，只是摇了摇头，表示没什么。心中却波澜起伏：原来当年沈伯伯要去"恐龙岛"，不只是出席一个活动，背后还有这么大的布局。如果这个项目成功的话，沈伯伯不只是作为小说家复出，而且可以和裴大山联手做一番大事业，飞龙在天，也就不用回南川开小书店了。

但是沈伯伯还是回来了，再也没有提恐龙岛的事。当然，这应该是那场事故导致的，但当年到底发生了什么？

此时漂流已经到了尽头，我们弃舟登岸，裴振中暂停了讲述。茜茜对裴振中耳语几句，裴振中点点头说："快到中午了，前面的餐厅里已经准备好了丰盛的午餐，我们先去吃饭吧，要不菜都凉了。下面的故事，等吃饭的时候再说。"

暴龙恩仇录

餐厅在半山腰处，名字叫"暴龙餐厅"，入口做成一头暴龙张开血盆大口的造型，仿佛是走进暴龙的嘴巴里，旁边有不少服务员在列队迎候。餐厅肯定考虑过日后的客流量，规模很大，起码有几百张餐桌。墙上有一系列暴龙主题的壁画，还有一些很萌的小短手卡通暴龙塑像。虽然此刻还空荡荡的，但我仿佛已经看到几个月后这里人声鼎沸，满屋的孩子们嬉笑跑动的场景。

服务员却带我们走下楼梯，到了最底下的一个大厅，窗帘紧垂到地面上。中心一张大圆桌上已经摆满了菜肴。服务员介绍说："这是我们这儿特色的恐龙主题套餐，包括香煎三角龙排、炙烤恐爪龙腿、煲小盗龙汤……"

我们都有些吃惊，琳达问："什么，这些恐龙……还能吃吗？"

黎俊说："机器恐龙哪里能吃，多半是餐厅的噱头吧？"

裴振中微笑解释："就算能吃，我们也不舍得给游客吃啊！其实三角龙排就是牛排，恐爪龙腿就是火鸡腿，小盗龙汤就是鸽子汤……不过理论上，口感是有点相似的。这事其实是金教授给我们出的主意。"

金智达自豪地说："没错，这个事几个月前我帮龙心参谋过，想不到基本都用上了。这也不只是噱头，将来还可能通过基因重组、再生肉、分子料理等高科技方式，使其口味能模拟不同恐龙以及翼龙和鱼龙的口感，让人有更加贴近中生代的感觉。"

"不过，至少这一盘清炒蕨菜尖，还有这些贻贝，是中生代就有的地道食材，大家请享用。"裴振中也笑着说。

我们走了半天，也的确感到相当饥饿，上桌便吃了起来。但我们还牵挂着裴振中讲了一半的故事，过了一会儿，黎俊率先问："裴总，您父亲当年策划的恐龙主题公园，后来怎么样了？就是现在这个恐龙岛吗？"

裴振中笑着说："这个就说来话长了……我们先填饱肚子再讲。这里光线也太暗了，服务员，把窗帘拉开，让大家看看外面的风景！"

服务员应声按下一个按钮，窗帘缓缓向两边分开，那是一面巨大的落地窗，占据了整面墙的位置，阳光透过外面一片翠绿的热带雨林照了进来。房间里亮堂起来，稍微适应一下阳光后，我就看到，在一棵大榕树下有一团巨石般的庞大物体，背着阳光，一时看不清楚——

"啊！"周嫣然又惊声尖叫起来，指着外面的巨大阴影说，"那、那是——"

"霸王龙！"林小九兴奋地接口，"哇，我要开直播了！"

我也逐渐看清，那是一头皮肤呈黄褐色的巨大暴龙，卧在林中的一块空地上，起码有一辆大卡车大小，和我们之间大概也就相距十米。它被我们惊扰，睁开巨大头颅上一对阴鸷的小眼睛望向我们，然后缓缓用后腿支起身体。周嫣然一声低呼，站了起来……

"周小姐不用怕。"郎飞充当护花使者，拦在她身前说，"它肯定进不来的。"

"我才不怕！"周嫣然自觉失态，有些不高兴地说，又发脾气地质问裴振中，"裴总，你怎么老是搞突然袭击啊？"

裴振中赔笑说："周小姐恕罪，我只是想给大家一个惊喜。这个暴龙餐厅的一大特色，就是可以坐在这里，观赏在庭院中活动的暴龙。当然，我再重申一遍啊，这是中国发现的东方暴龙，不是霸王龙。"

在我看来，几乎也没有什么区别，那东方暴龙已经站立起来，两层楼高的厚重身体正对着我们，身上小疙瘩般的细密鳞片都能看得清清楚楚。它将小车般大小的头颅伸到窗边，凉棚般的粗大眉骨下，一对深红色的小眼珠在我们身上流转，仿佛是捕杀前观察面前的猎物，嘴巴未全张开，但隐隐可以看到尖刀般的獠牙上下交错……虽然明知道是没有灵魂的机器，但我们仍然深深感到了史前巨兽的威慑力。

"裴总，它万一扑过来，这玻璃扛得住吗？"我有点疑虑。

"放心，玻璃是超强钢化的，厚度有八厘米，能够挡住十吨以上的冲击。其实还有一层保险，一旦检测到它触碰到玻璃，芯片会释放强烈的电流，让它身上感到剧痛而不得不后退。"

"机器暴龙也能感到疼痛？"我有些惊讶。

"哈哈，我失言了。其实就是一个程序，感应到电流后，机器恐龙会做出类似痛苦的反应，吼叫着跑开，给人更真实的生命感。"

"哦，是这样啊……"

显然，暴龙已经受过好多次教训，它压根没有尝试接近我们。稍微观察了半分钟后，就丧失了兴趣，转身走回去，继续趴下睡觉了。

金智达问："裴总，这个暴龙……它会捕猎吗？"

我一听颇感兴趣，如果能看到暴龙捕杀猎物的场景，也是相当过瘾了。不料裴振中说："很遗憾，暴龙目前还没有这个能力。要完成捕猎这样复杂的动作，AI要经过反复的学习和试错，过程中很容易撞到身体或者摔倒。但这种庞大精细的机器，只要多摔几次就得大修，经济成本难以负担。所以我们只会喂食宰杀好的肉块，作为其日常活动能量的来源。希望恐龙岛正式运营之后，能够有更充裕的资金解决这个问题。"

这个解释听起来很合理，不过大家还是有点失望。裴振中见状补充道："不过呢，大家在下一个目的地，就可以欣赏到精彩的恐龙捕猎表演了！那就是我们的——狩猎河谷。"

"哇，是什么恐龙啊？""狩猎对象是什么？"众人七嘴八舌地问。

"大家少安毋躁，一会儿不就知道了？先吃饭吧。"裴振中笑眯眯地说。

我们吃饱了饭菜，服务员又上了咖啡和甜点。我趁机要求："裴总，现在还有点时间，您继续说说当年的往事吧？"

裴振中脸上的表情严肃起来。"好，不过请不要直播。"他对林小九说，"下面的故事，请大家不要外传，倒不是什么机密，只是不堪回首的往事……"

1993年夏，裴大山花了一些工夫，找到隐居南川县城多年的沈星光，讲述了自己的计划，还送给他一张《侏罗纪公园》的海报。沈星光一听非常振奋，表示愿意共襄盛举。裴大山已经有了一整套的计划，打算先在一些大城市搞一系列恐龙文化展，为新研发的可动恐龙玩具做宣传，也为未来吸引投资和兴建主题公园做准备。他请沈星光出主意，看怎么办才能打响头一炮。沈星光不愧是科幻作家，提出了一个惊世骇俗的点子：造一头真实比例大小的大型恐龙，让它活灵活现地在展览会场上兜一圈，一定能镇住所有的人！

裴大山眼前一亮，又考虑了几天，觉得此事很有可行性，于是请来专家，将机器人技术和自己当年的一些新知发现结合起来搞研发。宝龙投入了二十多万——相当于今天的几百万元，又花了大半年时间，造出来一只五米高、十二米长的东方暴龙。它的骨架用空心的铝合金管制成，外面用钢丝网围出各部分的身体轮廓，再用硅胶、玻璃纤维等材料制成皮肤黏附和上色。虽然和真正的恐龙还有一定差距，但乍一看也可以乱真。

最重要的是，它身上尽可能采用了裴大山所复原的恐龙骨骼和肌肉构造，四肢、脖颈和尾巴上带有二十个多向活动关节，具有五十多个自由度，臀部装有电池、电机和传动装置，用棘轮、齿轮和履带传动，能够实现行走。就机器人运动学来说，双腿行走最大的难点是容易摔倒，应当设置传感器和稳定器来实时修正轨迹。这一点当时难以实现，即便可能也得多投入数倍的资金，宝龙拿不出来。所以最终只用了一种简单芯片作为暴龙活动的控制器，内置有几个程序，能够令其在平坦道路上直线行走大约三十米后转身，可以保证它在展览期间来回行走表演。还能让它转动脑袋，张嘴发出吼叫。

经过一整年的筹备，1994年的国庆节，"恐龙岛之旅"科普文化展览在上海晨风公园的一角开幕，这里被布置成一片中生代丛林的样子，感兴趣的小朋友很多，连同其父母，座无虚席。开幕式上除了请来科幻作家沈星光（其他几位拟邀科幻作家均未到场），也请来了几位恐龙专家。其中赫然就有和沈、裴二人颇有一段恩怨的贾文兰教授。怎么会请他来？事后，人们有各种猜测。有人说是裴大山存心报复，要让曾经刁难过自己的老教授来见证自己的成功。也有人认为是贾文兰故意来砸场子。比较近情理的说法是，宝龙委托合作的科技协会邀请几位专家，裴大山繁忙中没细看邀请名单，贾文兰也没问明白详情，来了才发现是冤家路窄。

进入九十年代后，恐龙学的研究日新月异，国内外学术交流也很频繁，特别是九十年代初，介于恐龙与鸟类之间的辽西古鸟群的发现震惊了世界，鸟类属于恐龙说已经成为学界广泛接受的主流观点，对于恐龙的体型、姿势、运动等方面的观念也有很大调整。贾文兰此时已经退休，他信奉的旧理论和他本人一样黯然离开了学术界。不过老先生仍然相当坚持自己的观点，认为其他都是异端邪说。学界同仁和弟子们知道他脾性，没人敢和他正面争论，然而这次的展览却相当于当面打脸了。

裴振中当年也在现场，虽然还小，但也见证了整个事情经过。裴大山在致辞中，自然会满怀深情地提到国外科学家的成果、沈星光的小说以及自己的研究工作等，虽然完全没提贾文兰的名字，但越是这样越像是一种无形的羞辱。贾文兰的脸色红一阵白一阵，最后，裴大山还没发言完毕，贾文兰已经忍无可忍，当着许多在场观众的面，不屑地站起身来，打算拂袖而去。就在这时，异变发生了。

按照流程，从阴暗的苏铁森林的背景中传来吓人的吼叫声，然后一头威风凛凛、有两层楼高的东方暴龙走了出来。它的背部和地面平行，尾巴扬起，头部前伸而下倾，左右转动，沿着设定好的路线一步步走向另一端的出口。观众的惊叫声、欢呼声、掌声顿时响成一片。

然而这精心打造的精彩场面，却成了压弯贾文兰这头倔驴的最后一根稻草，他的怒火被彻底点爆了，发出一声喊叫："胡拼乱凑，这是对科学的亵渎！"

他一边叫嚷，一边翻过隔开恐龙步道的安全栏杆，工作人员在惊愕之下，竟没有想到拦住他。贾文兰跑到暴龙面前，指着在咆哮中前进的巨龙，对观众们说："同志们，东方暴龙是我发现的，连化石形态都是直起身体，垂下尾巴，怎么会是这个鬼样子？这根本就不是恐龙，是异想天开的赝品！是伪科学，大家不要上当！"

观众们感觉愕然，喧闹中也没听清这老头在说什么。有人见他神态狂躁，感到不安，但也有许多"聪明"的观众以为是节目效果，欢呼得更加大声了，整个场面异常混乱。

贾文兰并不知道，东方暴龙的步伐是设定好的，不会因为他挡路而停步。本来这种机器恐龙的步履是比较缓慢的，贾文兰虽然年过花甲，要躲开也并不难，但他对着观众大做演讲,挥斥方遒,激动中没注意暴龙正在一步步逼近。更糟糕的是,本来在那片"丛林"中,安排了一个手握遥控开关的工作人员,随时可以让暴龙停下来,以防万一。可突发这种紧急情况,他吓得手一抖,开关竟然掉落在塑料的蕨丛深处,他一时摸不到。

"快闪开!"

一个人扑上来,把贾文兰推开,却是裴大山。贾文兰被推到一边,躲开了暴龙的踩踏。裴大山就没那么幸运了,暴龙那饭桌般大小的三趾脚掌落到他背上,把他踩倒在地。机器恐龙内部空心,其实比真正的恐龙要轻得多,但体型如此巨大,总也有好几吨,裴大山的血肉之躯,当场就被踩扁了,鲜血飞溅出来……

"啊!"

"天哪……"

听到这里,众人忍不住发出惊呼。我已经知道这件事的结局,但仍然感到一阵战栗。裴振中说得也有些哽咽,擦了擦眼睛,喝了口咖啡,才继续讲下去。

在场的观众也感觉到了不对,但更可怕的场景还在后头。因为踩踏到了人体,略微影响了暴龙脚掌落地的角度,它下一步便走得歪歪扭扭,竟然直接往观众席冲去!还张开血盆大口,发出怒吼声……

这回没人以为是节目效果了,所有人都大惊失色,尖叫着往出口跑去。难免有冲撞挤压的,尖叫声、哭喊声和骂声混成一片。暴龙已经无法保持身体平衡,还没冲到观众席就轰然倒地了,硕大狰狞的头部摔在一个吓呆了的小女孩身旁,但其实没有伤到她。

裴大山成了这次事故中唯一的死者。因为挤压踩踏受伤的有十几个人,有几个人伤势还很严重。科普展览当然因为这次严重的意外事故而不得不取消,工商、消防、公安等部门介入调查。受伤观众的索赔官司一大堆,宝龙玩具厂本来已经投了太多钱在展会上,此时资金链断裂,又没了主心骨,就此破产,资产被竞争对手低价收购,曾经风靡一时的系列恐龙模型也在市场上销声匿迹……

裴振中讲述的时候，我几次不自禁地望向窗外沉睡的暴龙，想象二十五年前，这样的庞然大物在大上海的公园里踱步，人群四散奔逃的情景；我仿佛也变成了裴大山，被这样的巨怪当头踩下……不由打了个寒噤。

"当年我只有十岁，也在现场。"裴振中苦涩地说，"我目睹了一切。虽然已经过去很多年，但那天的场景还会出现在我的噩梦里。被恐龙踩扁的人是什么样子，你们见过吗？电影里都不敢拍仔细吧！我近距离见过，还是我的亲生父亲……父亲惨死，我们家也破产了，生活一瞬间从天堂跌进了地狱。

"不过也是从那一天起，我发誓，一定要重振恐龙岛，让父亲的理想重现人间！我在日本和美国读了自动化、电机工程等专业，一边研究父亲留下的几十本关于恐龙身体构造和运动力学研究的手稿，苦思冥想怎么结合起来。大学毕业后，我把一部分技术用来制造可动的智能硅胶娃娃，赚了第一桶金。又得到一些投资人的青睐，花了十年时间，投入天文数字的资金，打造了这个真正能令全世界疯狂的恐龙岛，这样才能告慰父亲的在天之灵！"

消失的手稿

"原来是这样……"我深深叹了口气。我终于明白了，当年沈星光面对的是多重打击：梦想破碎，好友身亡，而且也许自己还有责任。如果当年他没有和裴大山合作，也许裴大山就不会如此英年早逝。又或者，如果不是自己出了造一头机器恐龙的主意，也不会发生这次事故。沈星光很可能会这么责备自己。

"我说还是那个贾文兰不好！"郎飞粗声大气地说，"一个大教授，心胸那么狭窄。如果不是他发疯捣乱也不会出事，他不仅应该赔钱，还应该负法律责任！"

裴振中苦笑道："我们自然也想过，但贾文兰年纪大了，自己也受了伤，而且他虽然有名望，但也没几个钱，找他家只有徒劳扯皮。他毕竟也是著名学者，有关部门怕事情闹得太难看，在中间做了一些协调工作，协助我们应付了几个索赔官司，也就不了了之了。后来跟报纸那边也打了招呼，这件事非常低调地处理过去了，报上也只有几则简讯，没有详细的报道。"

"其实这件事，贾文兰老先生应该也很痛苦……"忽然，金智达插了一句。

我们都一怔，难道金智达也早知道这事？

金智达猜到了我们的疑问，主动解答说："我的导师算是贾老的小师弟吧，认识很多年了。不过这件事我之前也不知道详情。大概三年前，我跟着导师去贾家探病……对了，你们可能不知道，贾老前些年得了阿尔茨海默病，痴呆了。"

我稍感惊讶，再一想，贾文兰二十多年前就退休了，到现在也应该年近九旬，得这个病也不奇怪。再看裴振中，面色如常，没有什么惊奇的表现，看来他早已知道了。

金智达继续道："那年他刚确诊，还不很严重，基本还能正常生活。不过已经有一些认不清人了。我和他见面不多，他不认识我本也正常，但他看到我，居然叫了我一声'裴大山'，还问我伤好了没有，让我半天摸不着头脑。后来他家里人把他哄走了，我问裴大山是谁，大家支支吾吾，没人回答我。我导师也不愿意提，就说是以前一个学生，已经去世了。"

裴振中讽刺地说："看来，大家都懂得为尊者讳。"

"今天看来，足见贾老还是有一点愧悔的，所以才一直把这事放在心头。另外，他被带走以后，我在他书桌上看到有些最新的学术专著，被翻得很乱，还有一篇似乎是论文的草稿。我奇怪他这个状态还能写论文，就稍微翻了一下。果然，这篇文章语言散乱，内容支离破碎，说是笔记都嫌没有条理。看得出主旨是试图推翻目前的主流观点，维护自己当年的学说，但又怎么可能呢！不过，总也看得出他内心的煎熬……"

"这人啊，真是个老顽固！"郎飞呸了一声。

"我倒是有些别样的感触。贾文兰的确是个很固执的人，但也并不是自说自话，还是试图在学术上进行正面回应，坚持到底……有点像是堂吉诃德吧。当然，不可能有任何结果了……不知道他现在怎么样了……"

"据我所知，贾文兰去年病死了。"裴振中冷冷地来了一句。

"什么?!"金智达有些惊奇，"他已经……这事我怎么不知道？"

"这次我本来倒也想请他来见证一下，但找到他大儿子，才知道他阿尔茨海默病到了晚期，大约一年前在一家疗养院里去世了。"

"原来是这样……"金智达喟叹说，"这件事我们学界竟然不知道！贾文兰是做了一些过分的事，但在学界也曾是一代宗师，科普作品也影响过几代年轻人……想不到无声无息地离开了这个世界。恩恩怨怨，都随风而逝……"

这个话题是越说越沉重，众人都不语了，最后茜茜打破了沉默，"裴总，大家也吃得差不多了，下面还有两个园区要看，要不我们就出发吧？"

裴振中也觉察到氛围太凝重，转过脸色打了个哈哈说："看，都说糊涂了，咱们还有好几个园区没看呢。我保证，下面的游览更精彩！"

大家三三两两起身，我看裴振中的脸色还不太好，换了个话题问："对了，裴总，外面这头暴龙怎么老是倒头大睡，不起来活动啊？"

"它会定期散步的，不过暴龙运动所需的能量太大，目前我们只让它维持最低活动水平，等到正式开园以后，可能再调整一下它的行为模式。"

"咱们公园里有多少头暴龙啊？"

"现在只有一头，不过我们计划在未来再另外制造两头。"

"有没有考虑再造几头南方巨兽龙或者棘龙什么的，增加点花头？"

"没错，我们确实也计划增加其他种类的肉食龙，届时还要请你们各位多指点。"裴振中客气地回复，又问，"对了，宝树兄，你对恐龙也很了解吧？"

"不敢！比裴总和金教授这样的专家肯定差远了。"我忙说。

"哈哈过谦了，听说你是沈星光老先生的亲传弟子？"

这事比较复杂，我也不知从何说起，只是说："不知道算不算，不过我从小就认识沈伯伯，他也算是我的科幻领路人吧。"

"果然！你的那个什么《恐龙之旅》我前一阵看过，想象力不错，颇有老先生三分真传啊！"

"哪里，您过奖了……"我一边客套一边内心吐槽，什么叫三分真传？那不等于说只有人家的皮毛？

裴振中却切入正题，"其实有件事我想请教你，你知道……沈老有没有留下一份《恐龙岛》的手稿？"

又是手稿！我想起沈淇曾经告诉我龙心问她要手稿的事，顿觉讶异。他怎么对手稿的事念念不忘，难道这其中还另有什么玄机？

"这事我不清楚。他去世以后，沈淇年纪还小，很快又被她母亲带到日本去了，后事办得比较仓促，那些手稿都没保留下来。"

裴振中慨叹道："太可惜了……"

"是啊，不过也还好，《恐龙岛》是早已发表的作品，手稿也只是有点纪念价值吧。"

裴振中看了我一眼，摆手说："你误解了。我说的不是当年短篇小说的手稿，而是后来长篇版的手稿！"

我吃了一惊，"长篇版？就是和你父亲合作的那本书？真的写出来了？"

"嗯，"裴振中说，"可能还没有定稿，但肯定是基本完成了的。当年他没跟你提过？"

"没有提，其实当年我也不知道他就是科幻作家沈星光。"

"这样啊……"

裴振中告诉我，在八十年代初期，沈星光和裴大山密切合作，已经写出来了一部分稿件。可惜后来风云突变，科幻小说一度连发表都不可能，二人也各奔东西。当年复印不易，手稿只有一份，被沈星光带走了。到了1993年，裴大山重新联系上了落魄的沈星光，提出建立恐龙岛的计划，令沈星光也重拾了写作的热情。他告诉裴大山，当年的文稿还在，自己一定会写完这部小说，还和他聊了一些故事思路，说可以按当年的约定共同署名。裴大山说不必了，他没有时间再搞创作，但只要沈星光能写出来，他可以资助出版，起码能包销十万册。如果和将来筹建的恐龙岛主题公园结合起来，没准将成为真正的科幻畅销书！

在裴大山的鼓励和敦促下，展会前夕，沈星光终于完成了这部历时十余年的作品，差不多有二十万字，并把手稿带去了上海。裴大山连夜读完之后，非常振奋，认为各方面都远超过短篇版。他打算在开幕式上向媒体公布《恐龙岛》长篇版完成的消息。这些裴大山都记载在自己的工作笔记里。

但因为那次事故，一切再次被切断了，裴家家破人亡，公司也关门大吉，不可能再完成这个约定。"这件事，我觉得也是父亲的终身遗憾，所以很想找到这份手稿，把它给出版了。"裴振中说。

我听得内心起伏不已。想不到沈伯伯当年还写了这样一部重量级的长篇小说。我不清楚他为什么后来没有去寻求出版，也许是因为这部书稿和好友之死有关，令沈伯伯无法摆脱负罪感而不愿再翻看；也许是科幻低谷时期，这样天马行空的长篇科幻小说如无资助很难出版；也许是因为稍后他就把主要的精力集中在研制"梦之箱"上而无暇顾及了……最终，这部浸透着汗水与血泪的小说手稿竟在"梦之箱"中沉入河底，化为泥浆。作为写作者，我不禁深深为它感到惋惜。

不过这也让我解开了一部分先前的疑惑：当年龙心出重金购买的，其实并不是那个已发表的短篇，而是不知下落的长篇版！这一方面是出于对沈家的报答心理，另一方面，长篇版和短篇版虽然在技术描写上颇有不同，但情节框架和人物应该差不多，所以只要写明购买的是"恐龙岛"的IP，沈淇也就很难再把长篇版卖给别人，相当于"锁定"了这部手稿，可以避免一些潜在的麻烦。一百万看似很多，但对于恐龙岛的项目投入来说不过是毛毛雨。

我想了想说："裴总，沈伯伯的手稿确实已经不在了，具体的情况你可以问沈淇……呃，还是我跟你说吧！"不知怎么，我总不希望看到他太接近沈淇。再说，他这么坚持追查这部手稿的下落，只是因为情怀？还是别有缘故？这件事看似已经清楚，但还是有许多难以捉摸的地方。比如裴振中到底研发出了什么技术才在仿生机器人领域取得了如此令人瞩目的进展？仅仅是生物力学方面的成果，还是有 AI 技术上的突破？当然，这种商业机密，我也不指望裴振中能告诉我。

我简短地告诉他，手稿被扔进了河里，肯定是找不回来了。而一时冲动丢掉手稿的事，一直是沈淇的一大心结，嘱咐他不要再问沈淇这方面的详情，以免刺激她。裴振中连连点头，说："你放心，我明白，不会再问了！"

我看了他一眼，感觉他隐隐有些喜色，不由得诧异，得知自己苦苦追寻的手稿已经彻底消失，有什么可高兴的呢？忽然间，一个念头令我不寒而栗：难道……难道我完全搞反了方向，他高兴的正是这部手稿毁灭了？

我心念电转。也许裴振中压根儿不是想出版这部未刊稿，他从买版权到各种打探，目的都只是不想让它被别人看到，或者其中一些关键信息被人所知。至于它是在自己的手上，还是已经毁掉，这倒无所谓。

这是为什么？我毫无头绪，但我可以肯定，恐龙岛上还有更多秘密，或者说，恐龙岛的真正秘密，也许我们根本还没有摸到边际……

狩猎谷的恐怖猎手

离开餐厅，又经过一扇铁门，就进入了狩猎河谷。刚才我们漂流的小河在不远处的一个悬崖上泻下，变成一座小小的瀑布，落到下方又成为河流，而两边都是高地，自然便成为有些险峻的峡谷地形。不过悬崖断面整齐，能看出是人工开凿的。

我们一进入狩猎河谷，就又来到一条玻璃管道中。这条管道在下方有支柱支撑，形成一座蜿蜒的高架桥，离地面约十米高，恰经过雨林上方，但也有类似王棕、垂叶榕等高大乔木高出管道之上。除了这个俯瞰视角外,还有一条路线是往下的,通向雨林深处的地表。我们看到林中似乎有灌木摇动,好像有东西出没,都感到心痒痒的,不知道会见到怎样神奇的生物。

裴振中在两条管道的分岔口问茜茜:"阿江那边准备好了吗?可以投放猎物了吧?"

"应该差不多了,我让他们五分钟后开始。"茜茜说。

"好的,"裴振中对我们说,"诸位,请这边走。"便沿着阶梯从岔路下去。

我们跟着他走了下去,这条玻璃管道通向林中。这片树林与刚才古鸟出没的雨林区并无大异,只是因峡谷里缺少阳光,更显得光线昏暗,气象阴森,总让人感觉随时会有掠食者扑出来。但走了好一段路也没见到任何动物。不久后,我们来到一处数十米方圆的空地上。这里的玻璃管道围绕着空地弯成半圆形,显然是为了方便从各个角度观景而设置的。

裴振中停下脚步,我们充满期待地等待着主角登场。但又等了几分钟,也没见到任何恐龙或其他动物现身。裴振中皱起眉头,问茜茜:"怎么那边还没把牛放出来?"

茜茜说:"不知道啊,刚才阿江还答应得好好的。"

"你再去催一催。"

"好,我去打个电话。"

茜茜走开几步,到管道另一头去打电话。这时候,我好像听到一阵急促的声响,对大家说:"有脚步声!恐龙来了!"

话音未落,我就看到了来者,一头红黄相间的恐龙在林地与管道之间出现。这家伙乍看有几分像刚才的似鸟龙,但脑袋大得多,身体小一点,毛色也更加鲜丽。

"恐爪龙!"金智达指着它说,"原来狩猎谷的猎手就是恐爪龙!太棒了!各位,这就是《侏罗纪公园》里迅猛龙的原型!"我们纷纷赞赏不已。林小九更是对着恐爪龙就是一阵狂拍，激动得说话都结巴了。

"但是……"沈淇犹疑地提出，"你们有没有发现哪里不对劲？"

"什么？"我们都不明白。

"这个什么恐龙爪……"她指了指正在跑近的羽毛恐龙说，"好像在我们的通道里面？"

玻璃管道在这里弯曲成半圆形，和雨林风光内外叠映，一时确实看不清恐爪龙是在里在外。然而恐爪龙迅速接近，很快在管道的拐角处出现，可以清楚地看到，它和我们之间隔着的，就只有空气而已……

恐爪龙和电影里所谓的"迅猛龙"大小相似，约一米高，三四米长，但一个重要的区别是，真实的恐爪龙身上覆盖着似鸟的羽毛，而"迅猛龙"则全身覆盖着蜥蜴般的鳞片，看起来更加吓人一些。这也就是为什么对恐龙的科学认识已经日新月异，但一代代"侏罗纪"系列及其他一些电影，仍然保留了这个基本设定——巨蜥总比大火鸡可怕多了。

说到底这只是电影里的区别，当你真正面对一头美洲豹体型的"火鸡"时，这种区别就可以忽略不计……

恐爪龙也停住了脚步，微微弓起身子。我看到它背部是红色的，腹部黄色，前肢的羽毛又带着绿色，鲜艳得仿佛是放大了一千倍的金刚鹦鹉。头顶还有紫色的羽冠，但深灰色狭长眼睛的前面，是一条隐约能看见尖牙的长吻，胸前提起一对带长羽的长爪，而双脚中间的一枚趾爪尤其硕大，向上弯成弧形，宛如一把锐利的镰刀——这正是这个名字的由来。

"裴总，不知怎么电话打不通了，我——"茜茜的声音在我们身后响起，又戛然而止。

我心中有点打鼓，不自觉退了两步，但想毕竟只是机器恐龙，也没什么好怕的。林小九胆子更大，站在最前头，兴奋地跟直播观众说："老铁们快看，眼前这个就是迅猛龙，哦不，恐爪龙。大家看清楚它的大爪子没有——谢谢白马小姐送的游艇……"

紫冠恐爪龙的喉咙里发出某种低沉的咕哝声。

我带着几分忐忑，转向裴振中，"裴、裴总……这又是什么特别节目吧？"

看到他的脸色，我的希望破灭了。裴振中脸上全无血色，掏出那个黑色的遥控器，颤声说："大家别、别慌！"

听到这话，本来还指望是什么特别表演的众人也慌了，争先恐后地往后躲。只有林小九还后知后觉，继续说："看这巨大的爪子，啧啧，要是做成泡椒凤爪——"

紫冠恐爪龙仿佛听懂了他的调侃，发出一声怪叫，疾冲过来！林小九瞬间石化。

眼看恐爪龙就要撞上林小九，但裴振中已及时按动遥控器，紫冠龙正要扑击，忽然间像被抽掉筋一样瘫软下来，靠惯性在地上滚了两圈，滚到林小九脚边，不动了。

"当啷"一声，林小九的手机掉在地上。他难以置信地望向我们，"这……这是……"

"啊！"身后的周嫣然发出今天第三次尖叫。但这次有充分的理由。我本来以为她是反应弧太长了。一回头却发现，另一团花影从我身旁掠过，重重地撞在了裴振中的身上，裴振中还没来得及使用遥控器，就翻倒在地。那东西也收不住脚，往前窜出几步，才转过身来。竟然是另一头狰狞的恐爪龙。毛色与刚才的那头略有不同，它的背部更多是蓝色的，头顶长着或者说插着雪白的羽冠。

它们在玩两头包抄？

我还没想清楚，那头白冠恐爪龙已经跳到裴振中倒地的身躯上，爪子乱抓乱挠。裴振中发出杀猪般的惨叫，我们大家也都乱成一团。

这时候，"砰"的一声，一瓶矿泉水飞来，重重打在白冠龙的头上。恐爪龙晃了晃脑袋，还没明白怎么回事，头上又挨了另一瓶矿泉水，不由向后退了两步。

等看清向它挑战的对手后，不由得发出愤怒的咆哮。

连我也不敢相信自己的眼睛。从恐爪龙爪下力救裴振中的，居然是刚才还惊声尖叫的周嫣然。这时候，这个娇滴滴的女明星竟然像神奇女侠一样威风凛凛地站在凶恶的恐龙对面。

"周小姐?!"包括琳达在内，我们都不敢相信地叫道。

"臭恐龙！在好莱坞我就想收拾你们了！"周嫣然怒喝道。

说时迟，那时快。恐爪龙弓起背，愤怒地朝周嫣然冲去。周嫣然的反应却极为敏捷，施展一个漂亮的"旋子转体"让过，随后又飞起美腿，用连环脚踢击它的脖颈，再一个后空翻，翩然落地，居然是个练家子！我万万没想到，今天在这里还能看到一场中国女侠大战机器恐龙的科幻武侠灾难惊悚动作片！这要写成小说，读者还不得投诉胡编乱造？

白冠龙脑袋稍稍一偏，张口又向周嫣然咬来。毕竟它只是插了羽毛的金属之躯，拳脚的物理攻击伤害微乎其微。周嫣然几个腾跃，不知怎的，一下子骑在龙背上，当上了"龙骑士"。恐爪龙这回慌乱起来，不安地上下跳动，想把她甩掉。但周嫣然牢牢地抱住它的脖子，让它挣脱不了，还揪下了不少羽毛。

我们在一旁想要助阵，却也帮不上忙，只能无用地大叫大嚷："小心！当心！"只有郎飞还能在一旁掠阵，挥舞拳脚，口中叱咤呼喝，但也无法近身。

这时候，我看到脚边有个黑色的方形物体，忽然想起来，这是裴振中那个可以关闭恐龙内部芯片的遥控器？原来刚才被恐爪龙一撞，掉在了这里。我急忙捡起来，上面的按钮很多，不知道该按哪个，乱按几下，好像没任何用处。

裴振中倒在一旁，提醒我说："左上角……红色的按钮……"

那白冠恐爪龙却颇为机警，挣扎间，看到我们打算给它关机，立刻扭头狂奔，带着背上的周嫣然远远逃开，窜进了弯道深处，不见了。

"放下周小姐！"郎飞大喝道，拔腿就追，想想不对，又回头对我说，"遥控器！"将我手中的遥控器拿走，握在手上，追了过去。我和金智达、黎俊对视一眼，也跟着郎飞一起追去。一个女孩子遇险，几个大男人总不能干看着。

没跑多远，我们就发现周嫣然一个人站在拐角，除了头发散乱，衣服有些破损外，似乎没受什么伤。

"周小姐，你怎么样？"郎飞问。

"没事，"周嫣然镇定自若地说，"我从它背上跳下来，它看到你们赶过来，也不敢再逞凶，就跑掉了。"

"周小姐，你的功夫真是太厉害了，竟然能降服恐龙！"沈淇赞道。

周嫣然笑了笑，带着几分骄傲说："我小时候是武校出身，勤学苦练十来年，出道后一直想演动作片，但电影里只让我演没用的花瓶！想不到这点功夫今天还可以用上，还是和恐龙对打！真是痛快！"

琳达也上来泪眼汪汪地慰问，我们说了几句，走回原处。茜茜扶着裴振中刚刚爬起来，正在检查他的伤口，裴振中的背上血迹斑斑，我们问他有没有事。裴振中龇牙咧嘴地说："还好，就是背上被恐爪龙抓了几道，伤到皮肉了，再多抓几下连骨头都不保……"

周嫣然问："裴总，为什么这些恐爪龙会突然出现在管道里？"

裴振中有气无力地说："我不知道……玻璃管道按理应该是保持密封的，它们不可能进来……"

黎俊皱眉，"就算没有密封，那也只是一些披着仿生皮肤的机器啊，怎么会突然把人当猎物？难道……难道是人工智能觉醒了？这些恐龙的编程是用的什么算法？还是由一台中央电脑集中控制的？"

"这个……啊……好疼……"裴振中无心应答，只是一个劲儿地痛哼。

郎飞检查了一下那头被关闭的紫冠恐爪龙，霸王扛鼎般把它一动不动的躯体举起来查看，没看出什么门道，扔到一边，骂道："这些畜生真是发疯了！"

林小九捡回手机，查看了一会儿，惊慌地抬头说："直播断了，网络好像也没了，联系不上外头了！到底出了什么事啊？"

我也看了下手机，确实发现没有了信号。还没细想，便听到细微而频密的脚步声从前方传来，和刚才的质感相仿，而且更加嘈杂。我脱口而出："不好！好像还有几头恐爪龙朝我们过来！"

裴振中说："我们快……快撤离这里……"

显然大部分人都是这么想，我们匆匆往回奔逃，想先逃回到暴龙餐厅再说。但想不到，刚到上去的阶梯处，就又呆住了，阶梯上赫然有三头毛羽缤纷的恐爪龙像看门狗一样守在那里，见到我们过来，纷纷直起身子，抬起脑袋，张开獠牙毕露的长吻……

我们情不自禁地后退，但后方已经出现了另外三头恐爪龙，其中包括刚才那头白冠龙，又形成两面包抄的格局。

郎飞握着遥控器，问裴振中："这遥控器能同时关闭所有这些恐龙吗？"

"不行，"裴振中说，"必须对准头部，三四米之内才能起作用……"

也就是说，如果三头恐爪龙同时进入距离我们三四米之内，顶多能干掉一头，而另外两头只需要半秒钟的时间，就能乘机扑上来把我们撕碎，更不用说后方还有三头同类！我方即便郎飞和周嫣然战斗力比较强，也不可能对付五头同时进攻的恐爪龙……

郎飞也看出问题所在，说："这个设计的bug也太大了吧？"

裴振中苦笑着说："设计的时候，也没想到人会被这么多恐龙围猎……"

两头的恐爪龙在逐渐逼近，郎飞挥舞着遥控器，说："别过来啊，谁过来我就灭谁！"它们似乎也稍有忌惮，放慢了脚步，但仍然在缩小包围圈。我的心跳越来越快，没准儿都超过了一百八十下每秒。早上起来的时候，谁能想到下午会莫名其妙地在热带雨林里被一群恶龙咬死？

忽然茜茜叫道："看，边上的小门打开了！"

我斜眼望去，果然在阶梯之侧有扇小门，是用同样的玻璃材质制成，所以一时看不清楚开闭。它现在的确是打开了，能感到外面吹进来的微风。那些阶梯上的恐爪龙想必就是从这里进来的。

后面的几头恐爪龙忽然发出尖厉的嘶吼，开始了冲锋。说时迟，那时快，只听郎飞大喝一声："孽畜看招！"

我们精神一振，还以为他要放什么大招，却见郎飞扭头就跑，身形如箭，从那道小门窜出去，转眼间就在雨林中消失了。这让我真的信服他在非洲草原上和狮子对峙过。众所周知，遇到狮子的秘诀是，你不需要跑得比狮子快，只需要跑得比自己的同伴快……

当然，在生死关头，逃命本来也是无可厚非的选择。问题是，郎飞还带走了我们唯一可能克制恐爪龙的装置，现在就连一头孽畜都关闭不了了……

我们也无暇多吐槽郎飞，此时两边的恐龙同时发起攻击，众人争先恐后往外跑去，林小九挤开我们，第二个逃了出去。我反而成了队尾，跑了几步，听到背后脚步散乱。回头看去，两边的恐爪龙跑得太快，撞到了一起，又绊倒了后面的几头。这给了我一点缓冲时间，我匆匆逃出小门，沈淇居然在门边等我，对我说："快关门！"我反应过来，立刻回身和她一起关闭小门，但那头该死的白冠恐爪龙的脑袋已经伸了出来，爪子也扒在外面，不让我们关闭这扇门。后面几头恐爪龙也越来越近。

我们正手忙脚乱，却看到一条纤纤玉腿飞起，踹在恐爪龙的鼻子上，逼得它把脑袋缩回去，正是周嫣然的玉女无影脚。我们趁机用力关上小门，稍稍松了口气。

暴龙发威

几头恐龙在门边挤着撞着，我看到令人寒毛直竖的一幕：白冠龙正在用前肢的爪子握着门把手，尝试开门！简直和电影场景里一模一样。我刚要逃走，听到

有人说："不用怕，这扇小门为防止游客乱开门，设置了无法从里面打开，除非输入只有工作人员才知道的密码。"

我扭头看去，说话的正是茜茜，我问她："那刚才门是怎么打开的？"

茜茜这回迷茫了，"不知道……现在电话都打不通了……"

那五六头恐龙眼看开不了门，眼珠一转，转身又沿着玻璃管道跑去，沈淇说："它们……要绕到另一边出来！"

不错，既然刚才恐爪龙从两面包抄，说明另一头很可能也有小门开启。它们随时可能再追上来，此处无法久留了。我们见雨林中隐约还可以看到裴振中他们的身影，拔腿追了上去。

等我追上，发现大部分人都还在，只有郎飞和林小九腿脚快，不知跑到哪里去了。金智达正在质问："裴总，这到底是怎么回事？你得给我们一个交代！我们是来参观的，不是来当猎物的！"

"那些恐龙到底是活的还是死的？我感觉它们简直比我们还聪明！"黎俊说。

裴振中说："我不知道，这种事以前从来没有过……难道是吉米……"

我也问："裴总，你到底知道什么？人命关天，快告诉我们吧！"

裴振中苦着脸道："可能是公司副总吉米捣鬼。最近我们对公司的前景有不同意见，吵了好几次。但我不知道他怎么……"

茜茜上前劝导："各位嘉宾，我知道大家一定有很多问题。但我们现在还在狩猎河谷，恐爪龙随时可能追上来，还是先离开这里吧。"

金智达问："怎么走？安全的通道已经回不去了。"

裴振中说："沿着这条小路下去，倒是还有一条通道，可以回到暴龙餐厅，不过——"

话音未落，我看到后方林中的灌木丛晃动，似有什么东西出没，心下一惊，说："我们先过去再说！"

我们在林中奔跑了一阵，身后的追兵已经越来越近，一头头怪物在林木中窜高伏低,时隐时现,甚至有好几团羽毛像在空中飞舞。定睛一看,居然是几头恐爪龙在树枝上跳跃追赶,依稀便是在管道里伏击我们的那几头,当然也可能是其他的,我们分不清楚。

金智达在我身边一边跑,一边还不忘吐槽:"他们……这个复原明显有问题……恐爪龙的身体构造不可能在树枝上跳跃,太反科学了……"

我也忍不住骂道:"这哪里是恐龙,分明就是妖怪!科幻小说都不带这么写的!"

说话间,已经跑到一座悬崖之下,面前是爬满了热带藤蔓的石壁。身后至少还有七八头恐爪龙一边追赶,一边向左右两边分开,形成了瓮中捉鳖之势。

裴振中向石壁上一指,对我说:"那几片叶子下有密码锁,密码是491001#!"

我看出这个石壁及上头的藤蔓似乎是用仿真材料造的,也没有时间思考,掀开藤叶,找到密码锁,慌忙按下一个个数字,手一抖还差点儿按错,按完后回头看了一眼,那几头恐爪龙越追越近,只有十几米远了,几乎立刻可以扑过来……

忽然间悬崖石壁上发出隆隆巨响,群龙略感吃惊,停下了脚步,一条裂缝在蔓藤间出现,原来这只是一扇伪装成悬崖状的大门,竟高达七八米。我们也没有时间等到大门完全敞开,不顾三七二十一,从中间刚出现的裂缝中挤了进去。

那些恐爪龙稍微一怔,又追了上来。我们穿过还没完全打开的门缝,也不管那是什么地方,拼命往内部跑。里面其实是一个很大的下沉庭院,三面都是峭壁,遍布着大树和灌木,剩下一面是巨大的玻璃窗,里头是个摆了很多桌子的大厅,看起来倒是有点面熟……

随着跑动,面前出现一座巨大的黄褐色肉山,唤醒了我们的记忆。好几个人异口同声地叫道:"暴龙餐厅!"

不错,这就是我们刚才欣赏暴龙的地方,只不过现在却在玻璃的另一边。原来它和狩猎河谷不过一墙之隔,并且还有一条通道可以连通。

"你们别叫了!"金智达提醒说,"别惊动它……"

问题是，暴龙已经醒来，正慵懒地回过头看我们，然后迅速抖擞了一下身子，爬了起来。我们在奔跑中不得不来个急刹车，无法再前进了。背后那些恐爪龙也再次向两边排开，形成天罗地网之势。

随着大地的震颤，暴龙完全站立起来，将近五米高的身躯杵在我们身前，尚未张开的凶吻几乎就悬挂在我们头顶，一低头便可以够到我们所有人。那种泰山压顶般的压迫感，用老虎、棕熊、巨人都无法比拟，一定要形容的话，堪比……小学时拿着教鞭站在我面前的班主任。

但暴龙也没有贸然动手——不，动嘴——而是一会儿看看我们，一会儿看看后面正在接近的恐爪龙，小眼睛中似乎也充满了困惑，不知道这些小家伙们在玩什么花样。面对这样的庞然大物，恐爪龙似乎也有些恐惧，收住脚步，不敢贸然向前，场面一时反而安静下来。

片刻后，一头胆大的恐爪龙打破了这暴风雨前的平静。它扑向裴振中，试图咬他，速度极快，裴振中向后躲闪，却仍然被它咬中了裤腿，要被拖到外头。我总不能见死不救，便一把拽住他，身旁众人又拉住我，正在对峙不下的当口——

暴龙发出一声惊天动地的大吼，像是向所有我们这些小家伙们示威，然后脑袋迅速下探，一口咬中正在拖拽裴振中的恐爪龙背脊，将它叼起来。恐爪龙发出嘶叫声，身上电火花四溅，暴龙愤怒地晃了两下脑袋，将恐爪龙又用力咬了几口，然后松口，从五六米的高处抛向地下。

恐爪龙脑袋着地，脖颈折断，身上多了好几个大洞，露出了里面诸多复杂的电子元件和断裂的金属骨骼，四肢却仍在不协调地乱动。

众恐爪龙似乎也被吓呆了，往后退了两步，但随即对巨大的对手发起了愤怒的反击，其中几头冲到暴龙身下，似乎要攻击它的腿部，另外几头在周围迂回包抄。暴龙尾巴一扫，击倒一头恐爪龙，一脚下去，便又踩中了一头，然而另外一个同伴已跳到它的腿上，又爬到背上，狂抓乱咬。暴龙想去咬它，却咬不到。

在混战中，我们几个渺小的人类像半兽人和树人对战中的霍比特人一般连滚带爬，四散奔逃。我一时也没法管其他人，只有拉着沈淇，狂奔到玻璃窗边上，猛敲窗户："有人吗？快救我们！"然而，刚才还有不少服务员的餐厅，现在居然一个人也没有，也不知道到底出了什么事。

这时候茜茜也披头散发地跑了过来，我问她："这里能进去吗？"

茜茜说："好像边上有一扇小门。"我瞥见边上有一块地方的玻璃的确和周边稍微有些缝隙，上面还有一个黑色的密码锁。

"密码是什么？"我问。

"我也不知道啊。"茜茜说，"我不负责这块业务……"

我心中忽然想起一个数字，跑过去，也无暇多想，输入了刚才的密码"491001#"。一秒钟后，一个绿点亮起，门开了。

"还好这个密码是新中国成立日，比较好记！"我心想，推开门，让沈淇和茜茜进去，马上又关上。四顾几眼，周围很安静，万幸这里倒还不像电影里的餐厅一样已经被恐龙占领了。

"这是怎么回事啊？"我问茜茜。

茜茜晃了晃手机，说："刚才公司群里通知，说有紧急任务，让所有员工立刻放下手头工作，去码头的游客中心集合，然后就没有信号了，我也联系不上任何人。"

"这是有预谋的啊！到底是谁干的？"我想，难道也和《侏罗纪公园》一样，是竞争公司下的黑手？

"两位教授也过来了！"这时沈淇说。原来黎俊和金智达看到我们跑进门里，也跟了过来，茜茜打开门，让他们进来。两个人相互搀扶着进来，都头破血流，受伤不轻。

我看黎俊腿上被鲜血染红，伤得好像更重，问："黎老师，你不要紧吧？是被恐龙咬伤了吗？"

黎俊龇牙咧嘴地说："刚才跑路的时候，被荆棘划伤了大腿，倒也不打紧……

金教授,你怎么样? "

金智达捂着额头说:"我也摔了一跤,没准儿会破相,哎哟……这些是什么恐龙啊? 一点恐龙学的基本常识都不讲! "

说话间,琳达也哭着逃了进来。我问:"周小姐呢? 还有裴总? "琳达满脸是泪地摇了摇头,显然也不知道。

我们在地上遍寻不着,还是沈淇眼尖,指着高处说:"你们看! "我顺着她指的方向看去,看到裴振中已经爬到附近的一株大榕树上,树冠很大,离地有六七米高。然而一头半黄不绿的恐爪龙也跳到了其中的一根树枝上,正一步步地朝他逼近,只是树枝毕竟狭窄难行,所以步伐很慢。裴振中往后退了两步,已经到了枝杈尽头,退无可退了。

"怎么办! 他不被吃掉也会摔死的! "沈淇惊呼。

这时,茜茜拉了拉我的衣袖,我回头一看,她把一把尖头的大厨刀递给我,"宝树老师,这个……也许你用得着……"

我和这丫头四目相对:不是,你什么意思啊? 这种时候让我上吗?!

如果我是自己笔下的小说主角,肯定就奋不顾身地上去救人了,可在现实世界,我也就是一个手无缚鸡之力的文人,面对一群武装到牙齿的怪物,拿把菜刀能有啥用? 要是真的肉恐龙,运气好还能捅死一两头,但是金属的……

没办法,周围除了几个更柔弱的女孩,就是黎俊和金智达两个伤员,我已经是其中最强壮的了。如果要救裴振中,我是最好的选择。该死,我们的神奇女侠周嫣然到哪里去了?

我心中天人交战,巴不得像郎飞一样逃之夭夭,但不知怎的,还是硬着头皮把厨刀拿到手里,拧动了门把手……

"宝树! "沈淇忽然叫我。我望向她,希望她说"你别去了,去了也没用……"

沈淇关切地看着我,说:"你要小心! "

我心中也不知是甜是苦,点点头,横下心,出了门,回到那个危机四伏的暴龙庭院中。几乎十分之一秒内，门就在我身后关闭了。

我心惊胆战地走了几步，回头看了一眼，隔着玻璃，大伙儿像参加追悼会般悲切地望着我，让我想起"风萧萧兮易水寒"的名场面。我暗叹一声，把刀叼在嘴里，从一个较低的树杈爬上了树干。暴龙和几头恐爪龙还在树丛后的空地上鏖战着，叫声此起彼伏，掩盖了我的声音。这棵榕树也不是很好落脚，我花了一两分钟，总算爬到了五六米的高处。然而此时，那黄绿羽毛的恐爪龙纵身一跃，已经到了瑟瑟发抖的裴振中的面前。不能再耽搁了！但要我上去和恐爪龙搏斗，实在又觉得腿发软……

此时天降奇兵。一个倩影从更高处的树枝上落下，落在裴振中之前，正是我刚才内心拼命召唤的周嫣然。她发出一声娇叱，飞足踢向黄绿恶龙的脑袋，将它逼退了一两步。然而这恶龙也丝毫不惧，怒吼着又要向前扑去——

我见它没有防备，正是我出手的好时机，向前两步——

对准它，用尽力气掷出飞刀——

讲真，我这点战斗力，能做到这一步就够可以的了！

不料准头差得太远，厨刀从恐龙的头顶掠过，反而差点砍中周嫣然，周嫣然慌忙后跃避过，厨刀落下，正砍中她身前的树枝。树枝的末端已经比周嫣然的手臂还纤细，快被两人一龙的重量压断，再中上一刀，顿时"咔嚓"一声断裂，裴、周二人还没反应过来，就跟前头的枝叶一起掉了下去。

巨龙山

我还没搞明白发生了什么，黄绿恐爪龙已经转身盯着我，愤怒地反扑过来。我后面就是树干，躲无可躲，情急之下，反而低头向前蹿去，避开了它的扑击，但这树枝又细又摇晃，我哪里站得住脚，脚下一空，身体下坠，片刻后落到一个半软不硬的狭窄所在，整个人恰好坐了上去。我也顾不得身上疼痛，眼看又要滑下，本能地抓住边上一块皱褶处，暂时稳住了身形。只见眼前黄色和褐色的条纹交错，身下如同蹦床般起伏不定，这才明白，我竟然掉到了那头暴龙的尾巴上。

暴龙这时甩动尾巴，我便如大风中的一片树叶般摇摆起来。我死死抓住尾巴上的几个疙瘩，但头昏脑涨中，也越来越撑不住了。眼看身体失去平衡，已经快要掉出去，这时忽然有人说："把手给我！"一把抓住了我的手，把我拽到暴龙的背上。

我抬头一看，原来是周嫣然，这姑娘轻功了得，在摇晃的暴龙身上竟还能行动，裴振中也在前头，脚横跨在暴龙背脊两边，身体半趴在上面，瑟瑟发抖。

"你们……怎么会在这里？"

周嫣然瞪了我一眼，说："还不是拜你神乎其技的飞刀所赐！"

"……"

我看到裴振中将身体贴在暴龙背脊和脖颈间的凹陷处，手紧紧抓着它鳞片皮肤上的皱褶。我和周嫣然也如法炮制，趴在暴龙背上，抓住它表皮的凸出或凹陷处，以求尽量平稳。暴龙的背脊宽大，三个人倒是也都坐得下。当然，这巨怪是否乐意让我们骑乘，却是另一个问题。好在它似乎还在和恐爪龙缠斗，无暇顾及我们。

此时，刚才那头黄绿色恐爪龙也从树上跳到地面，见到我们仿佛见到仇人一样，大声嘶叫着，从暴龙的胸部下方往上一跃，抓住暴龙的侧肋，又要蹿上它的肩部。裴振中正坐在那里，真不知道哪来那么大深仇大恨！

暴龙却做了一个我从未在任何电影或者科普片中看到过的动作。我在暴龙背上看到，它用身体前方那只有两根指头的"小短手"钩住了恐爪龙的尾巴，把它拽了下来。暴龙的前肢，虽然相对其十几米长的体型来说小得滑稽，但真正长度和成人的手臂长度相仿，而且粗壮得多，一时将恐爪龙牢牢钳住。恐爪龙在它双手间拼命挣扎抓挠，却是全然无用。暴龙双手并使，上下一扯，恐爪龙细小的身体便断为两截，又是羽毛乱飞、零件四落。

暴龙再度秒杀恐爪龙，兴奋地抬望眼，仰天长啸，差点儿把我们都甩下来。攻入暴龙庭院的恐爪龙此时已经一头不剩，不知是都被撕碎还是跑回去摇人，不，摇龙了。暴龙此时才察觉到外头的门已经打开，好奇地向外走去，迈着沉重的脚步，一步步走出自己的窝巢，走进狩猎河谷。我只觉得身下高低起落，仿佛在一叶扁舟上颠簸。

"现在怎么办？"我低声问，"怎么下去啊？"这个高度，别说下面还可能有恐爪龙，就算是一片空地，跳下去也得摔断一条腿。

"最好不要轻举妄动。"裴振中轻声说，"暴龙背上的触觉传感器很少，可能它还没有感知到我们的存在。但你要下去被它发现就不好说了。"

"三个大活人在背上它难道不会发现？"我问。

"像你的背包里多了三只仓鼠，你也未必有感觉。"

我看暴龙的步伐还比较稳定，应该暂时还不至于摔下去，苦笑道："想不到这次居然能体验一下骑乘暴龙，这项目要能普及，裴总你就赚翻了。"

话虽如此，但总还处于岌岌可危的境地，我们也无法放心。暴龙沿着悬崖边林木稀疏之处不紧不慢地行走。我观察林中动静，一时也看不到那些恐爪龙。我问裴振中："这个狩猎河谷，到底有多少头恐爪龙？"

裴振中想了想说："应该有……那个十……十八头。"

我听了差点儿没背过气去。侏罗纪系列电影里出来追杀主角的那些"迅猛龙"，顶多也就五六头，这个破岛居然弄来了十八头妖怪！即便刚才通过各种方式"杀死"了六七头，也只是抹去了零头，起码还有十头在，一个个还都是钢铁战士，谁吃得消啊！

周嫣然也问："那还有十来头吧，在哪里？"

裴振中摇头说："本来控制中心有每一头的位置，但现在网络断了，联系不上。如今它们可能在任何地方……"

我不由得留神往下看，看那些恐爪龙是否隐藏在灌木丛里，不过下面暂时并无动静。刚抬起头，却发现眼前的一棵树的枝叶间有一条长长的蓝色尾巴晃过去，不禁大叫："不好，有埋伏！"

说时迟，那时快，我话音未落，那怪物已从树冠里扑出，落到暴龙背上。我认出来，正是在管道里曾和周嫣然缠斗的那头白冠龙，它脖子上明显少了一丛羽毛，是被周嫣然揪的。它盯着周嫣然，目光凶狞，从喉咙深处发出低沉的咆哮……

它将扑未扑之际，周嫣然反应奇快，身子就地一旋，飞起一记旋风腿，正中白冠龙的脑门。力量虽非特别大，但劲力用得巧，那恶龙竟然被一脚踢了下去。周嫣然冲我们一笑，但我却发现她背后另有一头黑色羽冠的恐爪龙从树枝间扑出来——

"小心！"

周嫣然一惊回头，已经被那黑冠龙撞中，一起从暴龙背上摔了下去。

"周小姐！"我和裴振中同时惊叫道，探头去看。周嫣然落在草地上，摔得七荤八素，还没爬起来，那头黑冠恐爪龙却已经翻身起来，上前扑咬。更可怕的是，那白冠龙也从另一边扑了过来，显然是要报仇雪恨……其他几头恶龙也从灌木丛中跳出来伏击暴龙……

暴龙被惊扰，似乎觉察到危险，发出不安的叫声，大步向前跑去。我们抓住它的身体都不易，刹那间，周嫣然和几头恐爪龙交错的身影就被林木掩盖。

"住手！"裴振中痛苦地大叫一声，支起身子，就要从暴龙身上跳下去。我以为他疯了，慌忙拉住他，"你干什么？"

"周嫣然，我要去救她！"裴振中说。

"你自己身上还有伤，救不了她的……"我颤声说着，不觉也带上了几分哭腔。周嫣然刚才还救了我，但现在她被一群恐爪龙围攻，我竟无能为力，只能看着她被恶龙撕碎……

"你不明白！"裴振中嘶声说，"所有这些恐爪龙，都是冲着我来的，它们的目标是我……只要我死了，你们就不会有事……"

"什么？"我大吃一惊，"它们是要干掉你？这怎么可能？"

但仔细一想，好像的确如此。恐爪龙多次的攻击，主要的目标好像就是裴振中本人，我们只是和他在一起，才被顺带攻击和冲撞。我们看到恐龙出现后，一直是按照电影里恐龙胡乱吃人的套路去设想，没有发现它们的目的性其实非常明显。

我一时怒从心头起，抓着他问："它们为什么要袭击你？你怎么不早说！"

"我一开始也拿不准，后来才……你让我下去吧！它们已经追来了！"

我回头看去，果然从树丛中又跳出了十头上下的恐爪龙，呼啸着朝暴龙追来。依稀可以看到参与围攻周嫣然的黑冠龙，难道片刻间，周嫣然已经遇害？

我一时真有把他推下去的冲动，但还是忍住了，"周嫣然多半已经……你下去也是白白送死，再说，解铃还须系铃人，现在有什么办法？"

"可以去生物控制中心关闭所有恐爪龙的芯片……"裴振中说，忽然又说，"已经到尽头了！"

我看到前方似乎还是连绵的雨林，略感诧异。但等到再近几步，又稍微看到一点反光，一下子明白过来，"前面有玻璃——"

最后一个"墙"字还没有出口，暴龙已经撞了上去。我只觉得身下巨震，与此同时，那堵号称可以防止大型恐龙撞击的玻璃墙，顿时像一块普通的窗玻璃一样，被撞得粉碎。暴龙毫不停息，一脚迈过去，继续向前跑动。

"你不是说这是什么超强钢化玻璃吗，怎么碎了？！"我怒道。

"这里的玻璃和暴龙餐厅的不同，本来是为防备狩猎河谷的恐爪龙设计的，要薄很多，暴龙的冲击力强大百倍，扛不住啊……"裴振中无奈地说。

不过我们起码跑出了危机四伏的狩猎河谷，或许仍不失为一件好事。又穿过一片比较稀疏的雨林后，我看到了一条极宽阔的石板路，宽得让我怀念地想起北京的长安街，对面是一座几十米高的山丘，山腰上立着三个大字标牌："巨龙山"。

"巨龙山！"我惊讶地问，"这是什么地方？"

裴振中还没有回答，我已经看到了答案。在我们前方大约五十米外，一头雄壮的蜥脚巨龙正在踱步。虽然离得还远，但已经占据了小半个视野，可见它庞大无比。

我还是第一次看到"活的"巨龙，虽然在高度危险中，也不禁多花了几秒钟来欣赏。它的尾巴如巨蟒般在空中舞动，身体像缓缓移动的双层巴士，相对细小的头部在云梯般的脖颈上若隐若现。它如同统治大地的君王，稳步巡视着自己的领地，身后扰攘，也没有让它回一下头。

暴龙看到这比自己还大得多的庞然大物，似乎也感到好奇，不但不畏惧，反而加快脚步，赶上前去，超过了它。过了一会儿，蜥脚巨龙的全貌出现在我们面前。可以看到，经过粗壮的长尾和四根移动巨柱支撑的小楼般的身躯之后，是长得异乎寻常的脖颈，将近二十米，斜斜地越伸越高，横过整个天空，如要伸入云中，最上面的脑袋却小得可笑，好像只是粗大一点的尾巴尖。

暴龙望着这行走的巨物，发出一声惬意的叫声，好像很开心的样子。难道这家伙想把这蜥脚龙当下午茶不成？

"这是合川马门溪龙！"我毕竟是恐龙迷，一眼也认了出来。马门溪龙的特点就是超级长脖子占据身体总长度的一大半，论比例在恐龙中无出其右。

"是中加马门溪龙，"裴振中却纠正说，"它是中国最大的恐龙之一，比合川马门溪龙大得多了。全长三十三米，肩高五点五米，体重约六十吨……机器恐龙还是比真正的恐龙要轻一些，内部中空，大概也就二十来吨吧，但路面也得是特别加固的，否则容易塌陷。"

我在小说里也曾写过侏罗纪时代马门溪龙巡游的场景，本来颇感兴趣，但此刻没心情和他侃恐龙经，"你刚才说什么生物控制中心？怎么才能干掉下面这些家伙啊？"

"生物控制中心的服务器能统一关闭各种恐龙的芯片。"裴振中说，"本来打个电话就能搞定,但5G网络基站已经被断开了,所以只有去那里。"

"那里是哪里?"

"离这里不远……"裴振中说,苦笑了一下,"但是得转几个弯,暴龙怕是不会听我们的指挥……"

说话间,众多恐爪龙又已经追上暴龙,跃跃欲试地想跳到暴龙身上,暴龙烦躁地和它们撕咬起来,身体摇摆得更加厉害,眼看我们在它身上待不住了……

"快跳!"裴振中忽然说。

"什么?"我没听明白,跳下去找死吗?

"再不跳来不及了!"裴振中一边说,一边竭力站起身,跃向正在不紧不慢经过暴龙身边的马门溪龙!

马门溪龙的背部比暴龙背高出半米左右,裴振中没有站稳,一个趔趄,趴在马门溪龙背上,发出一声闷哼,总算没掉下去。

我不知道为什么马门溪龙的背比起暴龙背是更好的选择,但裴振中应该有他的理由。形势所迫,我也不得不站起身来,准备起跳,但此时,暴龙在和恐爪龙的缠斗中,和马门溪龙的距离已经拉大了。我脚下不稳,竭力往前一跃,却只落到马门溪龙的后腿,甚至也抓不牢它的糙硬皮肤,滑落下去。我心中大骇,伸手胡乱抓着,不知怎的,竟然抓住一根牢固的东西。抬头一看,竟然是一根铁杆,上上下下,还有好几根与之平行。

这……竟然是一架安装在它腿上的梯子?

我也来不及多想,站稳脚跟,就爬了上去。马门溪龙正在行走,节奏舒缓,攀爬并不太难,我们在它身上爬动,它似乎也没有任何感觉。

裴振中没说错,一旦我们转移到马门溪龙身上,那些恐爪龙就转而攻击这边。一头猖狂的家伙已经跳到梯子上,学人一样抓住梯子往上爬,离我也不过几米之遥。

我吓得三步并两步爬到马门溪龙的背上,眼前的一幕又令我目瞪口呆。

在它的背上, 在距离我四米左右的位置上, 已经打开了一个一平方米左右的盖板, 露出了内部的通道。裴振中的身子已经下去, 只露着一个头, 对我说:"快进来!"

恐龙岛的秘密

后头的恐爪龙连连嘶吼, 几乎要抓到我的脚踝, 我没有哪怕一秒钟的思考时间, 便连滚带爬地挣扎过去。从那入口直接跳到下面的地板上, 裴振中也立刻关上盖板, 插上插销, 爬了下来。上头传来恐爪龙的撞击和敲打声, 它们进不来了。

我打量了一下四周, 这是一个长约六米、宽约三米的狭小空间, 显然是在马门溪龙的肚子里, 随着其走动而微微摇晃。两侧有乳白色的感应灯照亮, 我站在过道上, 两边安有四排共八个座位, 每个座位上都有一顶醒目的黑色头盔。裴振中走到最前面一排, 坐在左边的座位上, 面前是一些仪表盘和屏幕。

"这是龙腹驾驶舱。"他对我说,"是我设计的最得意的项目之一, 等开园了一定非常火爆。"

"这个地方能操纵马门溪龙?"我惊讶地问,"可是刚才里面没有人啊?"

"其实马门溪龙只是按照设定好的程序走动,"裴振中对我说,"没有生物属性, 就是一台行走机器, 绕着巨龙山的这条路是环形的, 它可以在上面周而复始地转圈, 也可以转为手动操纵。坐好! 系上安全带! 戴上头盔。"他对我说。

我坐在他身边, 系上安全带, 戴上头盔。发现那原来是一个全视野的 VR 头盔, 戴上它, 就可以从马门溪龙的视角看到周围的一切, 仿佛自己也化身为巨龙, 感觉倒是很奇妙。

我猜得没错, 恐龙岛的确是用了 VR 技术!

此时, 恐爪龙已经不再攻击暴龙, 暴龙也走开了很远。但有两三头恐爪龙正跳在马门溪龙背上，大力抓挠着那块盖板。身下还有好几头同伴在窜来窜去。

"去死！"我听到裴振中咬牙切齿地说，顿觉身体倾斜，事实上整个驾驶舱都开始竖起来。摘下头盔一看，发现裴振中正在拉面前的一根操纵杆。我又戴上头盔观看，随着他的动作，马门溪龙抬起前腿，整个庞大的身躯接近人立。我感觉自己离地有二十多米高，背上那几头恐爪龙猝不及防，抓不住，纷纷从数米高的地方滚落到地上。

裴振中又让它落下前脚，从将近五米的高处重重踩下，一头恐爪龙当即被踩中，半个身子立刻扁了，电火花闪烁了几下，再也动弹不得。余下几头恐爪龙也吃了一惊，往后逃去，裴振中却不放过它们，让马门溪龙挥动有力的长尾，一头恐爪龙被抽中上身，整个被打飞。剩下的几头吓了一跳，又往后逃了几步，不敢再靠近马门溪龙的尾部，只能远远跟着。

"裴总，现在可以说了吧？"我见危机暂时解除，又摘下头盔，问他那个我早就想知道的问题，"这些恐爪龙怎么就成精了？为什么要干掉你？"

"唉！"裴振中长叹一声，下定了决心般说，"好，我长话短说吧。我有几个投资人，他们出了几十亿美金帮助我搞研发，但当恐龙研发基本完成后，却找各种理由反对开园。我找他们谈了好几次，才搞明白，这些投资人背后有M国的几个军工企业巨头，他们是投资各项新技术的，特别关心其军事应用。经过评估，那些巨头认为仿生机器恐龙技术在军事上有很大用处，想要垄断这项技术，永远为M国所用！

"因为我一直让自己掌握的股份保持微弱多数，所以他们没法通过董事会改变我的决定，就对我许以重利，让我停止恐龙岛的计划，把公司盘给M国的军工复合体，至少把恐龙岛挪到M国去开办，我在金钱上肯定不会吃亏。但我的梦想就是让父亲的恐龙岛在自己的国家成为现实，怎么可能答应？所以我一边敷衍他们，一边暗中加快了开园的准备，想尽快造成既成事实，让他们无法再干涉。"

"所以这次的'恐龙岛惊情之旅'——还真是惊情——才搞得这么仓促。"

"是的，只能提前几天通知，否则变数更大。想不到军工复合体居然铤而走险，要杀掉我……我一直以为他们不会对我下手，因为整个工程的系统信息只有我才全面掌控，就算带走我手下所有的工程师，没有我他们未必能复制这些恐龙……但看来他们最近取得了关键的突破，或者以为可以取得突破，已经不需要我了……现在他们要的是我从这个世界上消失，这样M国的军工复合体就能垄断这些划时代的技术！"

"但为什么要用恐龙来杀你？那些恐爪龙是怎么回事？"

"你亲眼看到那些恐爪龙，还会怀疑它们的战斗力吗？它们比人类力量大，比人类敏捷和灵活，但又不是真正的动物，而是钢铁之躯，稍加改造就可以训练它们使用人类的武器，如果把这样的战士派上战场，有多少人能够抵挡？还不用牺牲活人，对于那些西方政客来说，在政治上也很加分。"

但这没有正面回答我的问题，我又问："但他们可以用别的方式下手，枪杀啊、下毒啊，为什么选择用恐爪龙？"

裴振中叹道："我想这事他们也是临时决定的，要杀掉我，用恐爪龙可以伪装成一个出错的事故，另一个目的大概是检验一下恐爪龙的真实战斗力。"

"到底是什么划时代的技术？"我问，"是什么技术能让这些机器恐龙像士兵一样来杀人？这些恐爪龙到底是什么？是机器人，还是——"忽然之间，一连串线索涌入我脑海。

那些恐爪龙的模样，狡诈的目光、愤怒的吼叫和进攻、惊慌的逃跑……还有刚才在雨林中那些快乐飞翔的半龙半鸟，那些在草场上自由奔跑的生灵……那头据说没有加载过任何捕猎程序的暴龙，它刚才竟将好几头恐爪龙撕碎了……还有什么生物控制中心，还有说马门溪龙"没有生物属性"，言下之意是……

"你真的想要知道吗？"裴振中有些踌躇地说，"知道这件事，你可能也会被追杀……"

"不，"我脑海中一道电光闪过，脱口而出，"我已经知道了！这些恐龙，也许除了这头马门溪龙,它们……它们都是活的!是有生命的!"

我看到裴振中的脸色变了,继续说:"我明白了,这个方法当初就记载在沈星光的手稿上。是沈伯伯教给了你真正赋予机器恐龙以生命的方法,这才是恐龙岛真正的秘密!所以你要找到这部手稿,不能让别人看到!"

裴振中狐疑地问:"那份手稿是真的遗失了,还是在你手里?"

"手稿的确遗失了,但我也猜出来了。是机器学习,人工神经网络,对不对?沈伯伯可能在手稿中提出了一种新的算法,让这些机器恐龙通过经验和试错,拥有了生命和自我意识……"

人工神经网络,是一种模仿生物大脑神经元关联的运算模型,近年来,随着AI技术的发展有了日新月异的进展,已成功地解决了许多现代计算机难以解决的实际问题,表现出了良好的智能特性。目前还和人类的智力水平有一定距离,可要说模拟到动物水平,并且还能执行特定的任务,却已经不是不可想象的了。当然这个解释还有许多问题,但我相信距离真相已经不远。

裴振中却用一种几乎可以算是怜悯的眼光看着我,"看来你还是没有明白,只是瞎猜,方向还完全错了,在科幻里都算不上有创意……"

我完全错了?

他又叹了口气:"不过事已至此,就告诉你好了。你猜对了一点,当年沈星光老先生的手稿中,的确用一个巧妙的设想赋予机器恐龙以生命。没有那么玄乎,他写道:'研究所的科学家在那些机器恐龙身上安上了活体大脑……'"

"你说什么?"我以为自己听错了,"活的……大脑?可是……可是恐龙不是早就灭绝了吗?哪里还有活的恐龙大脑呢?"

裴振中摇头,"你还是没想明白,为什么非要恐龙本身的大脑?沈老师的设想是,只要让动物的大脑去控制恐龙形态的身体,让它按照动物的方式去活动,那么它也就是活的恐龙……"

我迷茫了片刻,但忽然便明白了。一阵难以言表的寒意爬过我周身的皮肤,耳朵里好像有一群蜜蜂在嗡嗡作响。原来，那些奔跑、飞翔、嬉戏的大小恐龙们，在它们那些羽毛、塑胶、钢铁的身体表面下，在芯片、电池、线缆和齿轮之间，有一个真正活着的、柔软而温暖的大脑，在看着、听着、体验着这一切……

裴振中的话还在不断传来，"当然，为了让不同构造的机械恐龙顺利运行和呈现出不同的恐龙特征，要讲究脑和身体对应。动物基本上都是被本能驱使的，本能决定了它们的身体动作模式，所以必须找到本能可以与某种恐龙的行为模式相匹配的动物。比如说似鸟龙，非常明显，连接鸵鸟的大脑就可以了；三角龙可以用牛脑；副栉龙可以用驯鹿的脑；微肿头龙用兔子的脑；伶盗龙之类用鸡脑；孔子鸟等古鸟用鸽子、乌鸦等鸟类的脑；小盗龙得用飞鼠的脑，经过多次实验，只有它才能驾驭独特的四翼滑翔……当然，一般得从幼体就开始连接，这样才更容易适应和调整，但也有些例外……"

我感到阵阵晕眩，仿佛看到那些可怜的动物幼崽，它们被麻醉后，脑部被取出来，完整地移植到机器体内，让当事人——不，当事动物——以为自己就是恐龙，以为自己生活在中生代……不，这么说也不妥当，那些动物自然不会有古生物学的概念。但是它们确实是过着远古恐龙的生活！那它们在某种意义上，是不是真的变成恐龙了呢？这是怎样匪夷所思的存在状态啊！

"绝了，"我喃喃说，"沈伯伯还真是一代鬼才，能想出脑移植的点子来！这种技术在今天真的能实现吗？那也……也太厉害了吧？"如果现在能够实现脑移植，将人脑放进不会生病的机器身体里，那么人的寿命岂不是可以延长好几倍，甚至变成超人？

裴振中笑了笑，说："脑移植？当然还实现不了。首先，你得给大脑制造出一个严密精细的生物学环境，比如呼吸和血液循环系统，那你还得需要某种心脏和肺……在机器里维持这个环境非常困难。再说，如果真能够实现，就算我再喜欢复活恐龙，也会首先考虑在人体医疗上的应用，这能拯救多少人啊……"

"可你不是说……"我有点糊涂了。

"当年，沈老师的确在手稿中呈现了这个点子，但技术水平上还实现不了。说实在的，本来我也没有太当真。最开始，我的思路仍然是制造出AI控制的机器恐龙。后来，这个方案逐渐显示出其限制性，机器学习虽然很有效，但始终无法避免一定程度上的错误率，举个最简单的例子：平衡控制。如果使用自主学习程序，双足在高高低低的复杂地形上行走、奔跑、跳跃等，尽管看起来已经和真正的动物几无区别，但平均每天还是会摔倒好几次。大型恐龙身体巨大沉重，摔几下就会变形破损，需要维修、更换部件甚至报废。近鸟类恐龙虽然身体比较小，但飞行的时候一旦坠落，损坏会更加严重。最多一年下来，就没几头完好的机器恐龙了。这在经济上是无法承担的。

"当然，像马门溪龙这种缓慢、稳定的行走方式，问题倒不大。但不可能所有恐龙都这样呆板地活动，游客一看就觉得假，和恐龙岛的梦想差太远了。我评估了一下人工智能的发展速度，起码还要二十年才可能制造出可以乱真的机器恐龙……

"好在当年父亲在笔记中记下了沈老师的小说梗概和一些创意要点，让我找到了灵感：让真正的动物来赋予恐龙以生命力！当然，目前要把大脑移植到机器里是不可能实现的，所以恐龙岛稍微修改了这个设定。动物的大脑当然都留在它们的身体里，让它们的身体系统去供养。我只是研发了一个侵入式BCI系统，确切地说是一系列微电极阵列和OPM探测器，探测其EEG和MEG信号，并以卡尔曼滤波器进行解码……"

他看到我有点茫然，换了一套表述："我是说，在它们的脑部插入了一个脑机接口，以最新的相关技术精确探测、收集和分析其大脑皮质中的电磁信号，经由一个中继服务器，转换成机械控制指令，再以微波形式发射到机械恐龙的处理器，以此来实现对机械恐龙的遥控。同时，机械恐龙传感器上采集的信息，按照相反的流程，转换成脑电波输入到动物的脑中，被它们感知到。这样一来，效果和移植大脑也没多少区别了。"

龙战于野

我总算理解了他的意思："你是说，类似于阿凡达①的方式？"

"是的，可以说是这个概念。"

"那它们本来的身体呢？也浸泡在营养液里？"

"没有那么高端，但的确也都放置在专门的护理床位上，变成了植物人——植物动物。营养物质依赖于外部的注射……而且因为技术水平限制，它们无法再醒来。"

"为什么？"我吃了一惊。

裴振中的声音低沉了下去，"侵入式的脑机接口设备，本身就会对大脑产生一定损害，何况这个连接要求彻底切断大脑和其身体感知及运动系统的联系，这是不可逆的，即便撤走脑机接口，也很难再恢复……坦白讲，动物本身并没有受多少苦，你要是了解过现代动物养殖的过程，就知道它们比在养殖状态生活得快乐多了。"

这个我的确略知一二。比如现代养殖场的小鸡从蛋壳里一出来，就生活在逼仄的笼子里，不见天日。看不到母亲，也没有活动空间，只有无数的饲料，每天只知道不停吃喝。一个半月后出栏，浑浑噩噩地被赶到流水线上，高速旋转的刀片掠过，瞬间将它们大卸八块，结束了其短暂而荒诞的一生。其他养殖禽畜也都类似。这些可怜的生命，如果给它们机会，让它们做一个变成恐龙、在山野间悠游自在的梦，也许会快乐得多吧？

我拍了拍自己的脑袋，强使自己摆脱这些散乱思绪，"但这些生物真的能和恐

---

① 阿凡达（avatar）来自梵语，本来是"身外化身"的意思。其远程控制某一身体的引申意义，因为电影《阿凡达》而广为人知。

龙的身体匹配得那么好吗？它们不也经常会摔倒吗？特别是幼年就直接接入巨大恐龙的身躯，必然会出问题，那不是适得其反？"

"没有那么简单，首先会制造一个虚拟现实环境，让它们接入一个虚拟的恐龙身体，如果摔倒或受伤，BCI设备会刺激其痛觉神经元，让大脑感到痛苦……经过一段时间的训练之后，如果达到合格标准，就可以接入真正的物理身体了。当然，不是每个幼体都合适，如果实在训练不好，也只有放弃。"

还有许多枝节问题，我也无暇多想，集中到先前的关键问题，"那么，那些恐爪龙是什么动物？或者说，它们是连到什么动物身上的？"其实答案已经隐隐浮现，呼之欲出了……一股寒气从我心底升起。

裴振中看了我一眼，说："你应该也想到了吧？恐龙和各种现存生物的相似性总是有限的，像恐爪龙这种双足行走的大型掠食动物，身体构造和生活方式和几乎所有现代生物都不相同，我们尝试过使用火鸡、鹤、狗、猕猴……都很不理想。没有任何生物的本能和恐爪龙哪怕只是大概匹配，所以我们只好另辟蹊径，寻找学习能力最强的动物，只有这种动物才能'学会'恐爪龙的生活方式，而这种动物就是——"

"人类！你们用了人类！"我感觉自己几乎要疯了，"让人变成……这相当于杀人！"

"我是说猩猩……我再疯狂也不至于想用人类，"裴振中苦涩地说，"至少一开始没想过。之前试验过猕猴，无法达到要求，也已经比其他动物改进了一些，所以我想的是灵长目的几种大猿，但那些都是珍稀的保护动物，要找到几头做实验也不容易。后来，副总吉米跟我说，他在东南亚W国有人脉，可以弄一批红毛猩猩来，我就派他过去了。他去了那边以后，又说事情办得不顺利……过了两个月，总算运了两头猩猩回来。我去查看，发现是两个残疾孩子，一男一女，男孩大概十岁，女孩要小两三岁，他们的手和脚都没有了，甚至舌头都被割掉了，简直就是传说中的人彘。他们呆呆地看着我，和待屠宰的动物没有多大区别……

"我大吃一惊，问吉米怎么回事。吉米说，W国的猩猩已经快灭绝了，他设法搞到两头，却很快病死。该国贫困混乱，毒品猖獗，内战不断，那些恶棍利用孩子去贩毒和打仗，导致大量出现残疾儿童，也没人管，就扔在野外让他们自生自灭……他想，与其让他们死掉，还不如让他们来操纵恐爪龙……"

"这……这想法也太离谱了吧！"

"我也是这么觉得的，我一开始强烈反对，说这是毁了孩子，让他把孩子送走。他反而说我伪善，说送回去和杀了他们没有区别，如果我那么关心他们的福利，为什么不干脆收养他们？我承认，自己确实没有勇气去收养两个残疾的外国孩子。他说既然如此，让他们作为恐爪龙，在风光宜人的狩猎河谷里安然生活，未必是坏的选择。我有点动摇，但还是说不行，这涉嫌犯罪！他却说，他已经打通了W国卫生部门，把孩子送来相当于进行某种医学治疗的研究，就算死了也没有法律问题。我们争执不下，再后来吉米瞒着我实行了这个计划……"

"可那也才两个啊，怎么会变成了十八个？"

裴振中长叹一声，"有一就有二，那两个孩子适应得不错，很快就学会了作为恐爪龙生存。男孩就是刚才那头白色羽冠的恐爪龙，女孩就是黑色羽冠的……不久后，吉米又先后运来三批孩子，慢慢就变成了十八个……其实恐爪龙本来不需要那么多，那时候，我已经被他洗脑成了自己在做善事，也就不反对了……吉米又告诉我，这个事传出去一定会被媒体歪曲，所以要绝对保密。我等于被他拉上了贼船，我没有想到的是，他的真实目的根本不是做慈善，也不是为公园考虑，而是要训练出一支机器恐龙的军队！"

"他怎么训练那些恐爪……那些孩子呢？"我都不知道该怎么表述，"他亲自来给这些恐……这些孩子上课吗？"

"如果是这样，我也许早就发现了。"裴振中说，"他找了一个W国的当地人，名字很长，我们一般就叫她阿江。阿江能够和这些孩子沟通，所以让她去训练，告诉他们该怎么生活和捕猎。另外进行一些捕猎的练习，让他们捕杀山羊、野猪甚至牛……完成一次捕杀后，会刺激他们大脑的一些兴奋中枢，作为奖励。这次本来要进行的表演，就是让这些恐爪龙去撂倒一头小牛，但想不到……"

"可这些孩子，让他们一辈子成为恐龙，去穿行丛林、撕咬动物，实在是……实在是不把他们当人看了！"我不知如何形容，说了句废话。

"我知道，这是一个肮脏的秘密。但吉米说得也不错，没有我们，这些孩子也早就死在东南亚的丛林里了，我们给他们的至少不是最糟糕的。吉米想做的事更加疯狂，昨天他告诉我他的打算，他想要收集成千上万个这样的孩子，让他们组建一支恐龙军团，不一定是恐爪龙，还可能包括暴龙、异特龙、角龙乃至翼龙、沧龙……或者干脆参考恐龙和其他生物，造出更有战斗力的新形体，那将是完全不可控的。"

我心头一片混乱，想象一支由人类孩子控制的机器恐龙军团，它们不仅看上去狰狞可怖，凶猛敏捷，而且能使用人类的各种武器，甚至没有痛觉，在身体受损的情况下也可以持续战斗，谁能是它们的对手？阵地战也许还可以用密集火力来阻拦，一旦进入城市巷战，普通的士兵和百姓在这些凶暴的非人怪物面前，只能束手待毙。

再说，这些严重残疾儿童能有多少呢？就算在战乱国家，也未必能多到组成一支军队。也许当它成为一种需求之后，这些人会被源源不断地制造出来，健康的儿童也会变成残疾，甚至黑手会伸向一两岁的婴儿，让他们从刚刚记事起就作为机器恐龙存在，完全熟悉恐龙的生活，而根本不知道自己本来是人……这是多么黑暗的前景！

"必须阻止吉米！"我喃喃道，不觉握紧了拳头，"我们得怎么做呢？他在哪里？"

裴振中说："他前几天去M国了。说帮我跟军工复合体斡旋一下，却处处为他们说话。现在想来，吉米根本就是他们安插在我身边的人……现在应该是在国外遥控指挥。"

"那么在岛上作怪的难道就是这些恐爪龙？它们有那么聪明吗？不是说网络系统也被破坏了吗？总得有人去干吧？"

这次，裴振中没有回答我的问题，皱起眉头，"等下，你有没有感觉到……后面好像还有别的东西……"

果然，我也发现了，除去马门溪龙行走时的震颤外，还有一种细微的有节律颤动，并且颤动的幅度每次都在加强。

"不会吧……难道是……"裴振中呻吟般地说，忙戴上VR头盔查看。

我也戴上VR头盔，一回头就看到了那位不速之客。

另一头蜥脚类巨龙在我们后面出现。它的个子更高，身形更大，皮肤呈赭红色，肥厚的脖颈高高扬起，比起略显单薄的中加马门溪龙要厚实雄壮得多。感觉起码有两头马门溪龙那么大。

"这又是什么龙？"我心惊胆战地问。

"是、是阿根廷龙……"裴振中更心惊胆战地说。

我吓了一跳。关于最大的恐龙是什么，一直有争议，但阿根廷龙是其中最有竞争力也是证据最确凿的。我记得它肩高六七米，体长可达四十米以上，体重上百吨，中加马门溪龙比起它就像是小矮人。不过想来也不奇怪，裴振中要把恐龙岛打造成世界最好的恐龙公园，怎么少得了世界上已知最大的恐龙？

"它难道也是人的大脑控制的……"

"不，和这头马门溪龙一样，是纯粹的行走机器。本来是存放在仓库里的，今天没有让它表演的计划，怎么突然跑出来了？"

"这家伙跑得还挺快……"我指出。

的确，也许蜥脚类巨龙不该用"跑"来形容，因为看上去也只是缓慢踱步。阿根廷龙的步伐显然比我们快不少，二龙之间的距离以肉眼可见的速度缩短。我们也在用身体感受到，它行走时，大地发出越来越明显的震颤。

"当然，我们在它身上运用了新式的传动装置，它的最快速度比马门溪龙要快30%左右！"裴振中似乎还带着几分骄傲说。

"那你觉得它走这么快是来找马门溪龙玩的吗？"我反问，"这家伙来势汹汹，我们还不快跑！"

裴振中也如梦初醒，在控制面板上操作。我只觉得身下震动，显然马门溪龙也加快了速度，企图逃脱背后追赶的巨龙。但速度毕竟慢了许多，那家伙很快赶上来了，竟然用长脖子甩动脑袋，去撞马门溪龙的臀部，我们所在的隔间不由得一阵晃动。

"混蛋！"裴振中骂道，"我花了一千多万美元造的超级巨龙，不能拿来这么撞啊……"

"我们会被它撞倒吗？"

"你会被姚明撞倒吗？"

"……你就不能把马门溪龙设计得大一点吗？中国的恐龙凭什么比外国的小那么多！"

胡乱吐槽间，阿根廷龙又赶上来两步，竟然高高地扬起前腿和上半身，对着我们的马门溪龙做了一个非常情色的动作。要是金智达在这里，看到这一幕没准会被气昏，两种根本不是一个科，也相差将近一亿年的恐龙，怎么可能在一起表演交配？

我们只觉得周围巨震，阿根廷龙小山般的身躯压了上来。马门溪龙再也行走不了，也维持不了几秒钟的站立，"咯咯"几声乱响，金属骨架弯折，龙体也向一旁翻倒。驾驶舱如从数米的高度滚落，我和裴振中不由得滚倒在控制舱的墙壁上，我被摔得七荤八素，耳旁听到主控电脑不住地鸣叫示警："警报！警报！本机发生侧翻，无法恢复站立。请舱内人员立即撤离……"

我和裴振中自然也不需要它提醒，咬牙起身，绕过地面的障碍，连滚带爬地向刚才进来的入口处跑去，但那个两米长的入口竖井在翻倒后，只能趴着慢慢爬出去。我一边爬动，一边还感觉到地面仍在传来震动，说明阿根廷龙并没有倒下，还在我们周围迈步,天知道它要干什么。

我和裴振中好不容易推开顶部盖板,趔趄着爬了出来,回头一看,不禁心胆俱裂。

泰坦巨人般的阿根廷龙还在我们头顶,再度用后肢直立,它长脖子上的小脑袋看起来几乎高耸入云,两条巨柱般的前腿再次举起,像镇压孙悟空的五行山一样砸了下来。那一瞬间,我明白了当年裴大山临死时的感受。

我们没有时间,也没有足够的机敏做出任何反应,便看到某个黄褐色的巨物撞在阿根廷龙落下的前腿上。巨龙似乎颤抖了一下,前腿划过一条歪斜的曲线,两个巨型磨盘般的脚掌擦着我们身边落下,大地的剧震几乎让我们弹起来。

那个巨物现在就在我们头顶,或者说我们在它身子下面。巨大的楔形下颚、小短手、疙疙瘩瘩的皮肤、粗壮的三趾脚掌……

过来撞开阿根廷龙,拯救了我们的,是一头暴龙。

这位暴龙先生,自然就是我们骑在它背上逃到巨龙山的那位老朋友。

可那暴龙怎么会帮助我们?它到底是什么?又到底发生了什么?

一连串的问题从我脑海掠过,但并没有一丝一毫的余暇思考。阿根廷龙站立不稳,还在摇晃,暴龙又撞了上去,让它又退了几步,脚步错乱,几条腿起起落落,仿佛是一个巨人拿着几个锤子在玩打地鼠,每一下都可能把我和裴振中二人砸成肉酱。

"快走!"我拽着还在发怔的裴振中快步逃出这片巨龙的战场。跑出上百米后,才感觉稍微安全了一些。回头一看,阿根廷龙却并未倒下,反而又站稳了脚跟,重拾起巨龙的威严,侧身一撞,便将试图扑咬自己的暴龙撂倒在地上。暴龙在人类和恐爪龙面前是那样的庞然大物,和顶天立地的阿根廷龙相比,又如同面对哥利亚的大卫[1]般弱小。

更糟糕的是,在它们身后,那些阴魂不散的恐爪龙见到自己的克星被更大的

---

① 哥利亚和大卫都是《圣经》中的人物。哥利亚是非利人勇士,在侵略犹太人时,被少年大卫杀死。

巨怪克制,仿佛得到了鼓励,竟又冲着我们飞奔而来!

我和裴振中逃了几步,回头一瞥,竟见到了更惊心动魄的一幕。

面对倒地的暴龙,阿根廷龙故技重施,再次抬起前脚,打算用浑身的重量踩扁这个不自量力的小小对手。我心头一紧,不由得瞪大了眼睛。此时此刻,我已经意识到这头暴龙一直在有意搭救我们,虽然不知道它是什么——或者说它是谁——但这具暴龙的躯壳即将在这里被摧毁,似乎是不可改变的事实。

惊变陡然发生。

当阿根廷龙的前半身高高抬起时,倒地的暴龙竟然又挣扎着站起来,把握时机,巧妙地撞击了阿根廷龙左边的后腿,而此刻是阿根廷龙重心最不稳之时。它并没有阻止阿根廷龙的身体落下,却令倒下的方向变得倾斜。我不知道如果是真实的阿根廷龙还能不能稳住身躯,但这部机器显然不行。它的动作僵持了几秒钟,白色的肚皮从暴龙的头顶划过,身体整个翻转了过来,以侧面着地的姿态笨拙地撞在地面上,溅起一片朦胧的烟尘。它的长颈斜斜甩过天空,小脑袋重重摔在地上。等到尘埃落定,可怕的巨龙已经彻底倒下,而离开地面的四脚仍然在像走路般弯曲伸缩。

那几头正在冲着我们跑来的恐爪龙,也被压在了阿根廷龙倾塌大厦般的身躯下,瞬间团灭!

重　聚

"太帅了!"我忍不住叫出了声。

"天哪……"裴振中也惊叹。

这一下撞击,暴龙也被压趴在了地上,背部凹陷了一大块,腿上似乎也受了损,站不起来,只发出某种不知是痛苦抑或是困惑的古怪叫声。

"它是什么？"我问裴振中，"这头暴龙一定有某种来历！难道它也是……"

裴振中却好像没听到我的话，面色惨白，喃喃说："它……它……不可能……怎么会这样……"

我还来不及问他，就听见"嘀"的一声轻响，倒地的阿根廷龙背上打开了一个洞，一个人从里面爬了出来。我心头一凛，我早就该想到，这部地球上最大的行走机器之所以发狂般追杀我们，当然是因为也有人在里头操纵。但那是什么人？

那人爬出来后，迅速站直了身子。我微微一怔，那是一个四十多岁的中年女人。身材高大、短发、瘦削、面目黝黑，有一些南亚人的特征，她穿着和裴振中类似的、藏青色的恐龙岛制服，脸上有一条长长的陈旧疤痕，朝我们诡异地笑了一下。

"是、是阿江……原来是她……"我听到裴振中说。

我这才反应过来，这位就是阿江。我一直以为是个男人，想不到却是女性！可这位驯龙高手到底是什么人？

阿江向我们走来，指着暴龙，说："Unbelievable! He saved you! Isn't it an irony?"我注意到，她用了"he"一词。

裴振中的脸色惨白，怒斥道："你背叛了我！吉米给了你多少好处？让你想方设法来杀我？告诉我，无论他给了你多少，我都可以给你双倍！"

"抱歉，裴先生。我要的，你永远给不了。"阿江冷然说。

"你到底要什么?!"

"我要这个罪恶的恐龙岛被炸得粉碎，沉入大海，再也不会出现！"

阿江恶狠狠地宣告，伸手到嘴边，吹了一声口哨，然后是另一声。

"喂，你在召唤那些恐爪龙吗？"我忍不住嘲讽说，"恐怕它们已经被你刚才的坐骑压成肉酱——不，铁饼了。"

我也真是乌鸦嘴，话音刚落，就听到远处传来某种鸣叫的应答声，还不止一头，感觉起码还有三四头的样子……在不同的方向上……

"糟糕,我们快跑……跑到暴龙那里去!"我急中生智。左近都是无遮拦的野地,也许那暴龙就是唯一能庇护我们的存在。

"不……"裴振中摇头,"不行,这……这也太荒谬了……"

"今天的荒谬事还少吗?!"我也不管那么多,拉着裴振中,还是往百米开外的暴龙处跑去。

还没跑到暴龙跟前,阿江已经追了上来。我看这阿江不过是弱质女流,身上也没携带什么厉害武器,又心生一计,没准儿可以在恐爪龙到来前制服她?稍微鼓起勇气,上前说:"Hello! How are you? My name is Baoshu..."伸手想拦住她。如果她不听,那我就用强了——

一秒钟后,不知怎的,我已经被她双手反扣在背后,疼得好像关节都要碎了,"啊呀呀,疼疼疼……"

阿江嗤笑一声,随即我屁股中了一脚,被踢飞出去,一个狗啃屎摔在草地上。这年头的女人们怎么一个比一个能打呢?

阿江没心思取我性命,而是奔向裴振中,她身后几头残存的恐爪龙也跟了上来,一共有三头。裴振中已经跑到了暴龙身边。暴龙再度支起部分变形的身体,发出一声怒吼,喝得想靠近的恐爪龙又远远逃开了去。

正在僵持之际,汽车引擎声遥遥传来。我看到在巨龙山的山腰上,出现了一辆——不,是三四辆车——沿着巨龙行走的道路迅速开来。车身上有恐龙岛公园的标志,显然是救兵到了!

我大喜过望,拼命挥手,"快来,我们在这边,快啊!"

阿江的脸色变了,不顾暴龙威胁,一个箭步冲上前,用胳膊勒住裴振中的咽喉,就要下杀手。我刚才吃过她苦头,知道自己不是对手。但救兵马上就来了,岂能现在放弃?我大喝一声:"住手!"上前想要分开他们,阿江脚下功夫了得,又是一脚踢中我胁下,把我踢开。好在阿江无心对付我,出手不重;裴振中被她一阵裸绞,已经翻白眼了……

正在惶急之际，山坡上，一头蓝色的恐爪龙迈开双腿，朝着我们飞奔下来。这本来是雪上加霜，但当我看清具体的情状，不由得惊呆了。

一个英姿飒爽的波波头女郎，分开健美的长腿，骑在蓝背白冠的恐爪龙身上，衣袂飘飘，仿佛是骑着飞马的女武神般自天而降。

"周嫣然？！"我不敢相信地惊呼出口。这正是我们以为已经不幸遇害的周嫣然。

这一幕让阿江也看得呆住了，手上微松。裴振中本来已经快没气了，此时趁她分神，在她手臂上狠狠咬了一口。阿江痛得缩手，裴振中便连滚带爬，逃出她的控制。阿江反应过来，一把抓住裴振中的肩头。拉扯之际，周嫣然已经接近，扔出一枚石子，正中阿江的肘部，似乎打中她的麻筋。阿江痛哼一声，手臂垂下，裴振中跌跌撞撞地脱离了她的控制，大步跑到周嫣然的身后。

周嫣然护住裴振中和我，她身上可见不少擦伤，本来漂亮的衣服也破烂了几块，所幸并无大碍。我的目光落到边上那头刚刚跑来的恐爪龙身上。此君竟然就是之前袭击裴振中的那头白冠恐爪龙，但现在似乎没有敌意，只是困惑地一会儿看看阿江，一会儿看看我们。

周嫣然对我们说："小白是我的朋友了，刚才是它救了我。"说着还摸了摸那头白冠龙的脑袋。这家伙蹭着她的玉手，呜呜叫了两声，似乎还颇为享受。

我还没来得及细问，一辆吉普车已经疾驶而至，车上跳下来四五个保安。我看到他们每个人都拿着遥控器，足以把那些恐爪龙全部"关机"——我已经知道，遥控器真正的机制是切断恐龙与本体大脑之间的无线连接。他们呼喝着，拿出遥控器就要动手。暴龙仿佛知道这东西的厉害，一声大吼，大步跑开了去。

恐爪龙们知道不是对手，哀鸣着向后退去。白冠龙离我们最近，晚了一步，被强制关掉了芯片，一下子瘫倒在地上。

"喂喂，你们干什么？！"周嫣然怒道，"小白是我的救命恩人！"

那些保安哪里搞得清楚状况，吵嚷间，阿江已经和另外三头恐爪龙远远跑开。她熟练地纵身跳上一头恐爪龙的背,让那家伙驮着她,三龙一人,消失在山坡后头。

此时,第二辆吉普也到了,又下来一批保安,继续围着我们。我松了口气,至少不用担心安全问题了。

第三辆车上却都是旧识。沈淇、金智达和郎飞他们都在车上,见面都有劫后余生的欢喜。沈淇眼眶红红的,似乎哭过,下来见到我,忘情地拉着我的手说:"宝树,你没事啊,真是太好了!"

我心头一暖,沈淇果然还是关心我的!被阿江打中的地方似乎也不疼了,心想这时候电影里男女主角是不是就该拥吻了?看来沈淇没这个觉悟,我只好苦笑着说:"还好!你们怎么会来的?"

沈淇简单说了几句。原来周嫣然、裴振中和我当时掉下榕树,餐厅里的人看不清楚,以为都已经遇害。他们当时成了惊弓之鸟,不敢贸然穿过龙鸟雨林和游龙草原,生怕那里的恐龙也失控了,只好先躲在餐厅里,发现固定电话还能用,联系上了外面的安保部门。不久后,保安的车队开到餐厅来接人,路上还遇到了刚才落荒而逃的郎飞和林小九——郎飞补充说,自己可是干掉了两头恐爪龙,正在寻找大家。

黎俊和林小九伤情较重,琳达吓晕了过去,三人被送回港口区休息。其他人见大部队来了,生命无忧,也都吃了定心丸,跟着车一起来救人。

众人又问我们是怎么回事,但其中涉及隐秘太多,我一时不知从何说起。裴振中说:"这事现在没空细说,在背后捣鬼的阿江跑了,我们得去追她!"

郎飞大怒,"原来是这个内鬼干的,等抓到她,非让她把牢底坐穿不可!她在哪里?"

一名看起来是队长的中年保安说:"我们已经封锁了港口区域,阿江现在不可能离开岛上。不过要是在森林里躲着,找起来也比较麻烦。"

裴振中摇头说:"从刚才的方向看,她怕是去生物控制中心了!"

我刚才听裴振中提到过几次生物控制中心，如今才反应过来，"难道……是这些恐龙的本体……所在的……"

既然所有的恐龙本质上都是生物大脑遥控的"阿凡达"，那么生物控制中心，自然就是控制这些机器的大脑及其身体所在的地方了。

"快追！"裴振中一边往车上钻，一边急切地说，"吉米应该已经给了她生物控制中心的进入权限，如果她……她会……"

我也明白过来，对于吉米来说，当然希望消灭裴振中本人，他掌握脑机遥控机器恐龙的核心技术，起码能顶五个师；但更重要的，是大部分相关设备以及数据都储存在生物控制中心，如果能够彻底破坏，也就能够让裴振中好几年的研究成果化为乌有，要恢复又得拖上许多年——如果还可能恢复的话。

"等一下！"周嫣然说，"你们先让小白醒过来，它也许能帮我们！"

"小白？"我愣了一下，但很快反应过来，是那头白冠恐爪龙，我对保安们说，"听周小姐的吧，给它……开机。"

众保安望向坐在车上的裴振中，裴振中看看小白，点了点头，"好，可以激活它，小心点。"说完就吩咐司机开车走了。

一个保安小心翼翼地用遥控器，激活了小白的芯片，小白睁眼，又跳了起来，在人们的包围中，发出恐惧的声音。周嫣然拍着它的脑袋说："没事了，没事了……"

我忍不住问："周小姐，它……怎么会听你的话？"

周嫣然茫然摇头说："我也不知道，刚才我从暴龙背上被撞下来，有生命危险的时候，它忽然挡在我面前，阻止其他恐爪龙行凶，还带我逃走。我们东奔西跑，最后逃到了一个小山头上。后来我尝试和它交流，它居然好像听得懂一点点我的话。可是我还没完全搞明白，就看到两头巨龙在山下打架，又看到你们，我们就下来了……"

"听得懂？"我喃喃说，"难道他是华裔的孩子……"

"华裔？"周嫣然对这个大秘密还一无所知。

沈淇也问："你在说什么？恐龙也有华裔吗？"

我用最简单的语句告诉她们："岛上的恐龙，其实是由动物的大脑遥控的。特别是这些恐爪龙，背后其实可能是一些来自东南亚 W 国的残疾儿童。他们被弄成植物人以后，大脑和这些机器恐龙连接起来，让他们以恐龙的形态生活……"

小白忽然间抬起头，发出某种痛苦的嘶叫声，仿佛在表达无尽的愤怒。我心中一动：小白如果是华裔孩子，很可能能够听懂中国工作人员的一部分语言，也对自己的处境更加理解，也许这就是他叛离阿江的原因？

远处，暴龙吼叫起来，仿佛是在应答小白的嘶叫。留下的几个保安吓了一跳，想要处置它，但忌惮暴龙的庞大凶猛，又不敢靠近。

"别管它了，"我对他们说，"刚才是它救了我们，它应该不会伤人的……"

暴龙又站了起来，看了我们几眼，似乎不再感兴趣，一瘸一拐地走向一个临海的悬崖，好像想去看海。

那暴龙到底是什么来历，我们还一无所知，我想这个秘密最后还是得落到裴振中身上，对众人说："走吧，我们也过去，搞清楚到底是怎么回事。"

郎飞摩拳擦掌，"对，我也要找那个阿江算算这笔账！"

茜茜犹豫地说："这……各位嘉宾还是先回酒店吧？目前生物控制中心还没有开放参观……"

小白却嘶叫了两声，周嫣然坚定地说："不，事到如今，我要知道恐龙岛还有多少秘密！我要知道小白为什么会变成这样？！"

我也说："我们现在能就这么回去吗？说起来，裴总现在还处于危险中，我们也许能帮上忙。茜茜，你就带我们去吧！"

茜茜叹了口气，让保安空出一辆吉普车。我们几个上了车，茜茜开车，风驰电掣地开向生物控制中心。小白当然不方便上车，周嫣然便骑在它的身上，跟在我们后面。那地方倒也不远，转过一道斜坡，就看到了。那是一栋不太起眼的灰色长方体建筑，只有两层楼高，如果不说是干什么的，人们多半会猜是堆放杂物的仓库。

还没到门口，已经看到三四个穿着白大褂的工作人员从里面争先恐后地撒腿跑了出来。

"太吓人了，怎么会这样……"

"我的数据还没有存……"

"别管那么多了，保命要紧！"

我抓着一个跑出来的人问："到底怎么了？"

"你们没看到那些恐爪龙吗？见人就咬……好在裴总和保安队已经下去了，让我们先撤离。"

我心里也有些发怵，但想既然裴振中带着一队保安进去了，应该问题不大，还是走了进去。里面果然是一个仓库，两边放着一个个箱子，再往内，进了里面的房间，是一部电梯，显示有地上一层和地下四层。我和沈淇、郎飞等人进了电梯，茜茜应该来过这里，她按了负一层的按钮。电梯门缓缓合上，开始下降。

海底大厅

一般来讲，负一层不过在地下几米，但这里的电梯却下降了很久，我感觉起码在地下数十米的深处，可见生物控制中心之机密。等我们出了电梯，发现眼前是一间很大的控制室，有数十个工位和数不清的电脑，三面的墙壁上都是显示屏，滚动着不明所以的数字。最前方是一堵落地式玻璃墙，可以看到外头的情景。

这里居高临下，下方是一个宏伟的大厅，至少有上千平方米。在这里，光洁的乳白色大理石地板上，整齐地排列着一个个看起来非常高科技的设施，它们有好几种大小，小的只有一米多长，大的有五六米。基本构造都很类似，勉强形容的话，其中一半是透明的圆筒，或者说是被某种玻璃罩住的"病床"，而另一半则是由巨大的机箱、控制面板和复杂显示界面构成的仪器，应该就是裴振中所说的信号转换装置。

我看到，在距离我比较近的一些小型圆筒里，每张"病床"上都卧着一些小动物，比如鸡、兔子等；稍远处的一些大中型圆筒里，可以看到有或躺或趴的猪、牛和鸵鸟之类的动物，甚至隐约可以看到一些仿佛是残疾人形的生物……它们都一动不动，身上插着许多输液管，脑后更有一根根数据线通向后面的仪器。这个疯狂而怪诞的场景让我不由得想到《黑客帝国》中的名场面。

沈淇拽了拽我的衣角，对我说："看那边！"

我看到阿江站在一堵墙壁附近，身边横竖倒着三头恐爪龙，显然已经被保安们"关机"了。裴振中和恐龙岛的保安们，还有几个没走的技术员，大概二十多个人，站在她对面几米外。虽然看起来胜负之势已经很明显，但是阿江还没有束手就擒。众人似乎也忌惮她功夫了得，不敢靠近。

我放下心来，问茜茜："怎么下去？"

"这边！"茜茜带着我们从一道侧门出去，又从旋转楼梯下到下一层。我们战栗地穿过一排排沉睡着牛、猪、鸵鸟和乌鸦的透明圆筒，我知道，在这里沉睡的这些平凡生命，就是外面那些生龙活虎、蹦蹦跳跳的"恐龙"的真身。它们在一个个奇幻的美梦里，在草原上或雨林中过着另一种远古生命的生活，早已忘记了自己到底是什么生物……不知怎么，我脑海中闪过"庄周梦蝶"的典故。如果它们在梦中一直过着恐龙的生活，是否可以说它们就是恐龙呢？如果它们还能醒来，回到真实的身体里，那这对它们来说，也许更像一场噩梦吧……

我们逐渐走近对峙的两边。周围已经有不少圆筒及附属设备被推倒或损坏，上面都是恐爪龙的抓痕，但总体来说，破坏程度不严重，范围也不大。这些可恶又可怜的家伙们，甚至没有侵入任何一个圆筒，就已经被干掉了。

我走近时，听到裴振中说："……阿江，别挣扎了。我们的同事通过卫星电话报警，三亚海警局的快艇正在驶来，分分钟就会赶到，你现在收手还来得及。"

阿江咧嘴而笑，脸上长长的刀疤像是一条在扭动的蛇，"呵呵，要是警察来了，你恐怕比我还要慌吧？这个岛上的秘密，经得起查吗？说起来，你手下这些保安，以前也没见过这些可怜的动物吧？他们知道这背后的故事吗？"

裴振中脸色变得十分难看，咬牙说："不错，我会有麻烦，但你和吉米的图谋也不会得逞。"

阿江似笑非笑地说："你说得也对，詹姆斯·帕克森的图谋的确不会得逞——他已经去了另一个世界。"

"什么?!"裴振中惊呼，我也以为听错了。那个从未露面的幕后黑手吉米，怎么突然就死了呢？

"吉米死了！"阿江说，"其实他这几天一直在岛上，昨天夜里更是潜入生物控制中心，从主机中拷贝了大量核心数据，他本来想和我在今天动手，在杀死你和摧毁生物控制中心后离岛，逃往公海，M国海军的舰艇在那里接应……但现在，他的尸体已经沉到了狩猎谷的河底。"

"谁杀的？"我们异口同声地问。

"当然是他们杀的……"阿江指了指倒地的恐爪龙们，"或者说，是我杀的，你们真应该看看他临死时的表情！吉米是一点也没想到，这些恐爪龙会突然向他下手。"

我们也没想到，"你……为什么？"

"为了这些孩子，"阿江神色庄严地说，"吉米这个疯子，把他们永久地变成了怪物，囚禁在机器里，让他求生不得求死不能。还想把成千上万的孩子也变成同样的怪物……我不能让他这么做，如今只有我能阻止他了。"

"可难道你不是他……"

"不错，我是吉米找来的人。他许给我重利，还供给我毒品，用毒瘾控制我，让我已经无法回头，但我也是个人！这些年我陪着这些孩子一起长大，他们是我的同胞和兄弟姊妹,我看得到他们无法摆脱的痛苦,我们不是吉米的工具!再也不是了!"阿江说,我看到泪水从她的眼角流下。

"既然如此,那你为什么不来找我?"裴振中问。

"找你?"阿江擦去眼泪,又冷笑道,"你做的事,和他做的有多少区别?你犯下了多少罪,自己没数吗?再说,讲个人的道德操守也没有意义。这项技术一旦扩散开去,很快会有一百个、一千个吉米和裴振中出现。在第三世界,更会有几百万个孩子被培养成非人的杀戮机器。这些年来,我下定决心,要亲手终结这一切!"

我渐渐觉得蹊跷,都说反派死于话多,阿江说这么多是要干什么呢?不像是山穷水尽的样子,倒好像要干一件大事之前的演说。此时她还有什么能力"亲手终结这一切"?

郎飞向前一步,喝道:"别说那么多废话!赶紧投降,有想说的话找警察说去!"

"别过来!"阿江警告说,"你看这是什么?"

她手上变出来一个黑色的小薄片,上面似乎有一个按钮,"别动!这是炸弹的引爆开关,你们再过来一步,这里就会被炸掉!"

"哪来的炸弹?少虚张声势!"

阿江撩开衣服,露出肚子上一道淡淡的疤痕,"我做过一个手术,这里埋藏了大约两公斤的C4塑胶炸药,随时可以遥控引爆。"

大厅中忽然安静下来,郎飞身形一晃,不知使出了什么移形换影的功夫,神奇地往后瞬移了七八米。

裴振中愣了一下,问:"你怎么会有这种炸药?"

"当然是吉米给我的,"阿江说,"你知道他和M国军工复合体的关系,弄到这点东西易如反掌。"

裴振中额头上已经冒汗,仍强自镇定地说:"不对,如果有炸药的话,刚才你有好几次机会可以炸死我，为什么不炸？”

阿江笑了，“炸死你并不是终极目标，你死了，它们怎么办？”

她指着周围那些大大小小的圆筒，“它们不知道会落到谁的手里，继续成为试验品和玩物……不，我要终结这一切，彻底洗涤这个罪恶之地。如今，既然已经把你引来了，那么……”

保安队长听着色变，忙拉裴振中，“裴总，我们快走！”

“不许走！”阿江说，“你只要一动，我就立刻引爆炸药！”

裴振中擦了擦汗如雨下的脸，说：“你想怎么样？”

“你必须死，”阿江说，“但没有必要让无辜的人为你陪葬。你过来，让其他人走吧。”

裴振中点头，微微颤抖地说：“好，我明白了。你们离开这里，快点！”他深吸一口气，一步一步走到阿江跟前，阿江一把抓住他。

众保安也不过是图一份工资，眼看到了生死关头，又何必为老板陪葬？不知哪个领头，一时纷纷扭头就跑。我们几个也向后跑到旋转楼梯处，又忍不住回头看。

茜茜却没有动，而是哭出了声，“裴总……呜呜……阿江姐姐……怎么会这样……”

阿江喝道：“茜茜，你是个好女孩。我刚来的时候是你陪了我好几天，还送过椰子糕给我吃……所以我才放过你，还不快走？”

茜茜一咬牙，扭头哭着朝我们跑来，沈淇拉上她，“危险，我们先离开这里！”

我刚要上去，一瞥眼，看到在圆筒之间隐隐露出几根蓝色和白色的羽毛，还在悄悄移动。

难道是……

我不及多想，用英语说：“等等，阿江，你还有一件事情应该告诉我们！”

“什么？”阿江愕然问。

"那头暴龙的本体，到底是什么？"我问，"或者说，是谁？这是裴振中的一个大秘密，对不对？既然你要拉他一起死，不如在死前告诉我们，也好让人们知道裴振中的真面目啊！"

"那头暴龙……"阿江赞许地点点头，"你问得好！这的确是裴振中干得最见不得人的事。虽然很多内情我并不了解，但我知道，他丧心病狂地让一个人变成了植物人，灵魂永远被困在暴龙的身体里，那个人的名字是——"

她突然停下，望向身体右方，可已经来不及了。一道蓝影蓦地从右边扑出，一口咬中了阿江的手臂，阿江痛呼一声，手一抖，炸弹开关落在地上。与此同时，周嫣然也从另一边一个箭步跃出来，一脚把开关远远踢开。

"干得漂亮！"我忍不住叫道。刚才我问阿江的问题，固然是真想知道答案，但主要还是为了拖延时间和让阿江分神，给周嫣然和小白以偷袭的机会，想不到真的成功了！

周嫣然更不停手，一拳打向阿江太阳穴，想制服她。阿江不得不伸手格挡，和周嫣然缠斗起来。裴振中看准机会，脱离阿江的控制，撒腿朝我们跑来。小白在一旁，着急地兜着圈子。

阿江受伤在前，心神纷乱，没过几招，已经连中拳脚，落了下风。她忽然放弃打斗，往后跑了几步，将背心贴在墙壁上，脸上露出古怪的笑容，说："一切都结束了。"

"对，一切都结束了！"周嫣然说。

阿江却凄然地说："原谅我，孩子们，我不得不这么做……"

我瞧出不对，叫道："周嫣然，她还有开关！快走!! 快!!!"

周嫣然也反应及时，立刻往后连翻两个空心筋斗，落在五六米之外，扭头就跑——

但还是晚了一步。

阿江怪笑着，用力咬紧了牙关——

某种东西被咬破的声音——

一道灼目的亮光——

亮光消失后,伴随着一声几乎能将耳膜震破的巨响,阿江的身体也消失了,连血肉横飞之类的形容词都不需要,几乎是彻底化为虚无。

与此同时,墙壁的一部分也消失了,出现了一个直径数米的大洞。

在那大洞后面,平静幽深的南海,瞬间化为无数怒吼的雪浪,奔涌进来。

恐龙岛最后的秘密

"快逃啊!"

还在控制室观望的人纷纷四散奔逃。我急忙拉着沈淇跑上楼梯,还没到上一层,冰冷的海水已经冲到了脚下,将我两只脚瞬间打湿。

我们上到负一层,回到控制室,感到暂时摆脱了海水,才战战兢兢往下看了一眼。刚才还宽敞明亮的大厅,已经变成了一片泽国,完全被淹没了。汹涌翻腾的海水深处,隐约可以看到那些装载着各种生物的透明圆筒,那些仪器似乎还没有立刻坏掉,一盏盏灯还在海水深处亮起,但有的也开始闪烁不定……

周嫣然和小白却不见了,显然已经葬身滔滔海水。我只能为他们难过零点一秒,便和同伴们一起奔向电梯方向。

电梯刚刚上去,估计是先走的郎飞和金智达等人。这里只剩下沈淇、茜茜、裴振中和我。电梯显示还在上升,我按了向上的键,乞求它赶紧下来。海水还在巨大的压力下怒涨着,片刻后便升到了这一层,淹没了我们的脚踝。

"来不及了!"裴振中当机立断,"走安全楼梯!"

安全楼梯在走廊的另一头,只有二十米左右的距离,但我们每走一步,都感觉水位上升一些,从脚踝到膝盖,再到肚脐……还差好几步,整个走廊几乎已经被淹没了，我们都漂浮起来。蓦然间，灯光也熄灭了，一切陷入黑暗中。

黑暗，海水，冰冷，绝望。

这里已经变成了死亡的国度。

我还依稀记得方位，拼死喊道："楼梯间就在前面，别慌，吸气游过去！"

我拽着沈淇，深吸一口气，在水底游了片刻，摸索着游进一个房间。是不是楼梯间，当时已经难以判断，只是借着最后一点气力，竭力蹬腿，向上浮去。幸运的是，这里的确是楼梯间，随着不断上浮，可以看到上面有一点光芒照下来，在我们肺里的空气耗尽之前，总算浮到了水面上。

海水又托着我们往上了若干米，最后大概已经和海平面齐平，不再上升。此处已经有一些顶上照下来的光亮，我们几个爬到楼梯中间的一个平台，感觉筋疲力尽，或躺或趴，大口喘着气。

"你怎么样？"我问沈淇。沈淇脸色一片惨白，大口喘息着，湿漉漉的头发黏在脸颊上，不知怎么，让我觉得有一种特别的性感。

"我没事。"她笑了笑，然后想起了什么，笑容转为悲戚，"可是，周嫣然，她……她……"

我的胸口好像被大锤打了一下。周嫣然虽然在刚认识的时候看起来为人傲慢，胆子又小，但她其实比我们都要正义和勇敢，还多次搭救我。这位可爱可敬的好姑娘，竟然就这样葬身在海底……

"那是什么？！"茜茜忽然指着脚下问。

在已经平静下来的海水间，隐约有什么东西在移动着，好像是什么怪异的动物……

我们对视一眼，有些害怕，站起身来，又向上走了几步，才看到水面上出现了一个人头，然后是一个长着白色羽毛的狰狞脑袋……那怪物从水下跳上来，一下子就跃到了平台上。

我擦了擦眼睛，才看清楚，正是小白。在胸口位置，它用两只前肢托着生死不知的周嫣然。一人一龙，身上的水不住淌下来。

小白把周嫣然放在地上，凝视着她。周嫣然刚才显然被炸弹波及，身上带着不少血，又喝了许多海水，肚子鼓鼓的，似乎已经没有了呼吸。

"快救人！"沈淇喊道。我这才反应过来，想起一般溺水的急救办法。把周嫣然扛在肩膀上，让她大口地吐出海水。放下后，沈淇为她做人工呼吸，茜茜给她进行胸部按压。片刻后，周嫣然发出了粗重的呼吸声，缓缓睁开了眼睛。

"你没事吧？"我问。

周嫣然微微点头，她的目光越过我们，定在我们背后，"小白……是你救了我？"

事后，周嫣然告诉我们，她被C4炸弹波及后，虽然昏厥，但还有一点意识，感觉到有谁托着自己，先是跑，再是游，再是潜水。在复杂的建筑里，在汹涌的海水中，九死一生，逃得性命。如果不是小白这不知疲乏的钢铁之躯托着她，找到了逃生路线，她必然早就断送在下面了。

那一刻，周嫣然和小白四目交投，霎时仿佛交换了千言万语。周嫣然自然是无以言表的感激，乃至对可爱宠物的喜爱，但我看到小白眷恋而欣慰的目光，却一下子明白了。

当年，小白被带到恐龙岛的时候，还是一个不到十岁的小孩子，此时却应该有十几岁了。无论他以怎样非人的形式存在，他的生理和情感仍然在发育，变成了一个情窦初开的少男。在作为野兽和工具被训练了多年后，他遇到了一个美丽、勇敢、飒爽，让他无法下杀手的女孩。

他对阿江的背叛和对周嫣然的忠诚，都有一个再简单不过的理由。

一个属于公主和她的骑士的理由。

虽然这一切与我无关，但后来我曾千百次回想起这一幕，也不禁想，如果时间能在这一刻停止，该有多美好啊。

小白忽然张大嘴，仿佛又要咬人。我们吓了一跳，它却开始发出古怪的叫声，四肢抽搐起来,身体不协调地东倒西歪,仿佛在发羊癫风。

"小白!"周嫣然看出不对,想去抓它,已来不及了,只抓住它头顶的一根白翎。小白一翻白眼,抬起镰刀般的恐爪,向后倒去,落入水中……

"小白……"周嫣然哭着叫道。我和沈淇抓住她,怕她落入水里。小白不再动弹,缓缓地被黑暗的海水吞没。一丁点儿白影消失在无边黑暗中。

"裴总?"我问裴振中,但心里也猜到了原因。

裴振中从游上来以后就没怎么说话,失魂落魄地待在一边。此刻看到小白沉底,凄然地说:"完了,全都完了……"

周嫣然一把抓住他,问:"不可能!你一定有法子的,对不对?小白他……"

"每个脑机接口舱,以及电脑主机都有防水和临时供电设备,但只能在紧急情况下坚持几分钟。现在,海水淹没了下面所有的地方,那些本体都无法……"他说不下去了。

这提醒了我,岛上所有的恐龙,此时此刻,应该也都经历了同样的命运。在草场上,雨林中,峡谷里……那些刚才还奔跑蹦跳、鲜活热闹的生命,都已经在一瞬间倒下,化为废铁和塑胶;那些欣欣向荣的世界,再次变得沉寂;在真正的恐龙灭绝的六千五百万年后,这些转世的恐龙们,再次遭遇了人造的"大灭绝"。

周嫣然木然地放开裴振中,呆呆地坐倒在地,看着小白剩下的那根羽毛,渐渐哭出了声……

不知过了多久,我们一个个失魂落魄地走出了生物控制中心。门外已经聚集了好几十人,跟没头苍蝇一样焦急,一见到裴振中都来询问各种事宜:"裴总,这是怎么回事啊?"

"裴总,游龙草原所有的恐龙都倒下了!"

"裴总,龙鸟雨林也……"

"裴总啊,到底出了什么问题?"

裴振中摆了摆手,无力地说:"大家散了吧,一切都没有意义了。"

"裴总，那今年的年终奖咋办？"一个满头是汗的小伙子还在问。

"你看过《侏罗纪公园》没有？"裴振中忽然来了一句。

"看过……这和现在的事有什么关系？"那小伙子还没明白过来。

"那你该知道，我们这样的公园，最后只有关门……"裴振中苦笑了起来，"你们别缠着我了，放心，岛上还有些资产，遣散费不会少了大家的……"

他像赶苍蝇一样赶开那些手下，往一处海边的悬崖走去。过去了一整天，此时已经是傍晚。落日西斜，阳光在海面上散落成万千碎金，点点波光凄美哀伤，如同裴振中破碎的梦想。

在临海的悬崖上，趴着那头帮助过我们几次的暴龙。此时，它自然也失去了生命，蜷缩成一团，像是一只熟睡的猫咪。

"裴总！"我追过去叫他，"关于这头东方暴龙，你有什么话要说吗？"

裴振中摇了摇头，"没有，这是我和他之间的事。"

"他刚才救了我，救了我们，也就和我们相关了。"我说，"也许他当年做错过很多事情，但他也并不是一个坏人。"

裴振中看了我一眼，"所以，你知道他是谁？"

"491001。"我背出那个暴龙餐厅的密码，"我本来以为是指1949年10月1日，新中国成立日，但一想也不是很通，这和一头暴龙有什么关系？"

"你只不过玩了一个掩人耳目的手法。这个密码，应该倒过来，100194。你在美国留学多年，习惯使用美国人'月/日/年'的日期格式，就是94年10月1日国庆节，恐龙岛展览开幕的那一天，也是你父亲遇难的那一天。

"所以东方暴龙的本体，必然是和那一天有关的人物，还会有谁呢？当然就是当年发现东方暴龙，又和你父亲有恩怨纠缠的那个人……"

裴振中的脸色变得更加惨白，不置可否。我指着已经死去的暴龙，继续说："我不知道你怎么做到的，但我相信他就是贾文兰！被你用脑机接口放到暴龙身体里的贾文兰。这才是你真正的复仇，把仇人变成一头恐龙再囚禁起来！撇开其他的不论，不得不说，这个'创意'令人叫绝。"

裴振中又沉默了一会儿，凝视着海上翻滚的白浪，说："我跟你讲个故事吧。在'文革'的时候，有一位大科学家，被造反派抓去批斗，迫害致死……"

"什么？"我不知道他为什么跳到不相干的话题。

"他的女儿目睹了一切，后来被下放到林场里，阴差阳错，进了一个科研基地，她一心要复仇……"

"裴总，我看过《三体》……"我不得不提醒他。

裴振中却置若罔闻，"那是一个仿生学的研究基地，在南海上。那个女儿发明了移植大脑去控制机械身体的技术，并制造了许多机器恐龙来研究。后来，她指挥一头机械翼龙去抓走了那个害死她父亲的造反派头目，把他的大脑移植到一头机械霸王龙的身上，让他作为一头非人的怪兽被圈养起来。没想到，那霸王龙却找到机会作乱，导致了恐龙岛失控……"

"这是……《恐龙岛》长篇的剧情？"我终于明白过来。这还挺符合那一代科幻作品的文风。

裴振中喟然说："这个创意我不敢掠美，来自沈星光先生。这是我复仇计划的灵感来源，也是我要找《恐龙岛》长篇手稿的真正原因。那是太明显的线索……"

"所以……他真的是贾文兰。"虽然我已经猜出来了，但裴振中亲口承认，还是令我一阵战栗。

"不，他不是贾文兰。"裴振中却说。

"……"

"至少不再是了。来到这里以后，他因为阿尔茨海默病忘记了一切，忘记了自己的名字、身份、子女……甚至忘记了自己曾经是个人类！他来到恐龙岛大半年，我观察很久，发现他真的把自己当成了恐龙，也习惯了恐龙的生活。"

"……"

"阿江说，这是我的罪孽，我倒不这么觉得。这样的深仇大恨，谁在我的位置上，都不可能放下。多少次我从噩梦中惊醒，又有多少次我辗转反侧，彻夜失眠。我脾气乖戾，心里只有工作，这么大岁数了连个女朋友也没有……都是拜他所赐！"裴振中表情狞厉地说。

我想告诉他，其实我也没女朋友，这两件事未必有关系，但想想这时候不适合说这个，还是闭嘴了。

"再说，"裴振中继续道，"贾文兰晚景凄凉，他的两个儿子在他发病之初，设法转移了他的几处房产、拿到他的银行卡后，就不怎么管他了，把他扔到一个破养老院里被护工虐待。不需要我做什么，他已经得到了人生最严厉的惩罚，不是吗？但我还是决定执行渴盼了多年的计划。我让吉米帮忙，找人偷偷把贾文兰带出来。那时候老头子似乎还记得一些事，居然叫我'裴大山'，还流了眼泪……嘿嘿，我希望他知道自己身上将要发生什么。

"吉米帮我做了善后的工作，找到了一具无名浮尸冒充贾文兰，让养老院以为他是走失后溺水而死。养老院为了掩盖丑闻，把尸体匆匆火化，再通知家人，他的儿子们也不在乎……事情做得天衣无缝。但吉米却试图以此要挟我，最后让阿江也知道了一些内情……

"贾文兰来到恐龙岛，变成了暴龙，按照他最讨厌的方式存在和生活。他什么都不记得了，忘记了自己曾经是人类，学会了像暴龙一样活着，过着一种恐龙的人生，不，龙生……研究了一辈子恐龙，最后能亲自体验到恐龙的生活方式，或许也是一种幸福吧！"

"但我觉得，"我犹疑地提出自己的猜想，"他还是人类，也还模糊地记得自己是人类，所以才几次从恐爪龙的魔爪下救了我们。不过，也许……也是因为……你和你父亲长得很像吧？"

裴振中身躯微微一震，"你什么意思？"

"也许他在内心某个角落还记得你的父亲，也许他做的一切都是为了保护你，为了赎罪？"

"异想天开！一个阿尔茨海默病晚期的患者，自己的儿孙都不记得了，还能记得几个外人？坦白讲，他的表现我的确没有料到……我不知道他为什么变成了暴龙还要设法救我们？也许他真的还有些人性？人啊人，到底什么是人呢？"裴振中喟叹道。

我也默默思索着这个问题，贾文兰、阿江、吉米、小白乃至裴振中……是非善恶，恩怨纠葛，谁能分清？到底什么是人？什么是龙？我已经分不清了……

说话间，我们已经来到了卧倒的暴龙身边，望着这位闭上眼睛、平静逝去的"恩公"。我想，裴振中固然意在复仇，但对于失去一切记忆的贾文兰来说，最后过上恐龙的生活是幸还是不幸呢？如果在他还有清醒理智的时候让他选择，他会选择像普通的阿尔茨海默病人一样忘记一切，在养老院孤独地过上几年，最后凄凉地死在病床上，还是希望能在死前化身为自己最喜爱的生命体，以最切近的视角体验它们的生活呢？

"无论如何，他已经离开了这个世界。"我喃喃叹道，"尘归尘，土归土了……"

"哈哈哈！"裴振中忽然怪笑了起来，问了我一个刚才问过别人的问题，"你看过《侏罗纪公园》没有？"

"……"

"你要是看过，自然也知道，"裴振中悠然道，"暴龙最后总是不会死的，这是永恒的定律。"

"你是说……这怎么可能?！"

我不禁望向暴龙，发现它已经睁开了一对小眼睛，竟然"活"了过来！

裴振中的声音传来："他的真实身份特殊，我也怕太多人发现这个秘密，脑机接口舱没有放在生物控制中心楼底下，而是放在地面仓库深处的一个集装箱里掩人耳目，当然没有被海水淹没……他没有死，只是疲倦了，睡了一个觉而已。"

暴龙看了我们片刻，目光深邃而漠然。我分不清它是人，是龙，抑或只是毫无情感的机器。它转过头去，用两脚站立起来，抖擞了一下庞大的身躯，朝海边略微走了几步，向着西天落日的方向，发出一声惬意的长啸。啸声在一片金红的茫茫海上远远地传了出去……

"真美啊，我一生的梦想在今天归零了。但不知道为什么，看到此情此景，又觉得一切都值得了……"裴振中望着暴龙在海边屹立的身影，带着奇特的迷醉说道。

夕阳斜照下，我看到海天线上，几条隐约有公安标志的快船正分开波浪而来。

余　论

以上，就是"恐龙岛谜案"的经过和真相。

海警到来后，把我们都带回三亚，花了好几天时间，调查清楚了事件的原委。因为涉及外国间谍和尖端军事技术，案件很快移交给了有关部门，其中内情也不是我们能了解的了。裴振中被带走了，我再也没有见过他。

我们在社交网站上发布的内容，尤其是林小九中断的直播，在网上一度掀起了轩然大波，毕竟有几十万人看到了活生生的恐龙，无论有关部门如何想降低舆论的影响，都收效甚微。当然也有很多反对和质疑声，认为是用电脑特效渲染出来的炒作，龙心文旅忽然被查封，似乎更印证了这一点。虽然如此，还是有很多人相信，这个神奇的公园的确复活了恐龙。至于是什么技术，又有很多争论，有人说是基因编辑，有人说是时空虫洞……其实也有一些网友大致猜到了，但真相和谣言看起来一样的荒诞不经。

无论这件事炒得多么沸沸扬扬，很快便没有人关注了。只过了不到十天，2019年12月31日，武汉卫健委发布了一则石破天惊的通告，及此后疫情在全世界范围内的迅猛扩散，让舆论场在很短时间内就不再关注"恐龙岛谜案"。如今再提起来,已经成了当年的龙柱传说般的笑谈。

周嫣然受伤不轻,又因为小白的死难过了很久,隐退了半年。期间传出"周嫣然躲到国外生子""吸毒被封杀""死于病毒感染"之类的恶劣谣言,但周嫣然很快复出,被邀主演国产科幻大片《流浪的球Ⅱ》,让诸多谣言不攻自破。

我知道,周嫣然和小白在共患难的短短几个小时里,彼此已建立了深刻的羁绊,这必将影响她的一生。后来,我还从沈淇那里听说了一件事,周嫣然借助在有关部门的人脉,设法查到了小白作为人类的真实身份,还去了一趟W国,找到了小白唯一一个妹妹,资助她来中国读书和生活……

希望长眠在南海海底的小白能够知道这些……

2020年暮春,正好是沈星光的《恐龙岛》发表整四十年,黎俊给我打了一个电话,问我知不知道恐龙岛事件的进展。我告诉他,自己和他一样一无所知。但是想来,阿江既然已经杀死了吉米,又毁灭了生物控制中心的关键设施,裴振中应该也在国家的严密监管下,加上最近扰乱世界的疫情,恐龙岛事件大概就此告一段落了。

黎俊轻声笑了起来,"未必,记得我说过的话吗?恐龙本质上是一种人类精神世界中的模因,它早已经复活了,还在不断地繁衍、增生、进化……"

"但是至少这一波已经——"

"你忘了,现在起码还有一头暴龙,在这个世界上溜达着呢……"

我心头一凛,想到此时此刻,在南海温柔的月光下,在一个林木婆娑的孤岛上,有一头曾经是人类的暴龙,仍在海边徜徉和吟啸,也许还和裴振中在一起……这种怪异之感实在是无法言表。

"我有一种预感,"黎俊说,"恐龙岛的故事会继续下去,因为恐龙作为模因,将永远和人类为伴,甚至融为一体……说到这个,你有没有想过把它写成小说?"

"写……这种绝密的事件能发表吗?"我觉得他太异想天开了。

"写成故事才是最好的掩护,没人会相信的。不过无论人们是否相信,这都是模因进化的一部分。过去和未来合一, 人和恐龙合一, 这是恐龙模因最新的进化方向, 恐龙一定会再次演化出来的, 嘿嘿……" 他笑了起来。

我受不了他这么神神道道, 又敷衍了几句, 挂了电话。我给沈淇打了电话, 告诉她黎俊的建议, 询问她的意见。沈淇也笑了笑, 说:"宝树君, 你知道我的回答是什么才来问我的吗?"

"不知道啊, 我怎么知道?"

"《恐龙岛》长篇的手稿已经永远遗失了, 南海的恐龙岛也关闭了, 但是我总觉得, 我们的恐龙岛还在那里。我爸爸、裴家父子、贾教授、阿江、小白、周嫣然……还有你和我, 还有金教授他们, 当然, 还有所有那些动物化身的'恐龙'……我们都是这个故事的一部分, 我想看到这个故事, 这个真正属于'恐龙岛'的故事……" 沈淇轻轻地说。

所以就有了这个故事, 有了——我们的恐龙岛。

（责任编辑: 姚海军）